青妤記

6之3〈梨園驚夢〉

一半是天使 著

風文創 034

目錄

目錄

話說前因

為了爭取在貴妃壽宴上獻演，花子妤卯足全力，拚命排練唐虞特別為她量身編寫的新戲【木蘭從軍】，在大師姊金盞兒指導下，也練就了再下腰三寸的絕活，對於這次打擂比試她更是信心滿滿。誰知臨上臺前，紅衫兒無意間撞到她、踩了她一腳，好巧不巧正踩到她扭傷的腳踝，她強忍劇痛演完全場，下臺時已是冷汗涔涔，再也支撐不下了……

然而坐在臺前觀看的唐虞早就看出她的異樣，終場後奔到後臺，眼看狀況危急，唐虞再也顧不了那麼多，眾目睽睽下抱起子妤，一路回到後院。

如此不避嫌的親密舉止，且不說戲班內眾人議論紛紛，子妤自己更是芳心暗許，對照顧她頗多的唐虞再也無法按捺戀慕情愫，而唐虞明明對子妤也情生意動，卻又放不下道德規矩的束縛……

對於腳傷復發的事，子妤早就懷疑是登臺前，青歌兒偷聽到唐虞鼓勵她的話而利用紅衫兒撞到她，卻苦於沒有證據揭發。正好阿滿帶回打翻了的湯盅碎瓷片，瓷片所散發的怪異香味，引起子妤深深的疑惑，莫非這青歌兒連要熬給金盞兒喝的清喉湯也動了手腳？

章九十三　絲絲入扣

四分五裂的碎瓷裝在食籃中，上面還沾著薑黃色的藥汁，一股似有若無的熟悉味道吸入鼻端，子妤蹙了蹙眉，還是一眼認出了這一堆碎瓷原本的樣子。

「這味道，雖然清淡，應該是青歌兒師姊每日送到落園的清喉湯。」子妤自言自語地吐出這句話，伸手小心拿起一片碎瓷在手，仔細瞧了瞧，又湊到面前聞著，神色疑惑。「可是，怎麼會在阿滿姊的食籃裡呢？」

雖然不知道這碎掉的湯盅怎麼會在阿滿的食籃裡，但聞著這股清喉湯的濃郁香味兒，子妤心中卻生出了更大的疑竇。

咬咬唇，用絲帕包好碎瓷片，又將食籃的蓋布重新蓋好，子妤半點沒有耽擱，拿起籃子就出了屋子，卻並不是去還給阿滿，而是直接往南院而去。

一路上，子妤腳步顯得有些急，雖然腳傷並未痊癒，但心中的懷疑若不能早些解開恐怕會更難受。可等她到了南院，卻發現唐虞屋中並沒有人，想著這個時間，子妤又轉身直直往紫竹小林而去。

果然，遠遠便聽見一陣輕緩的簫聲從小林深處傳來，子妤也加快了步子，提起裙角往裡而去。

簫聲越來越分明，可聽在耳裡，子妤總覺得這悠揚的曲調中彷彿摻雜了一絲半點愁緒，就像落落楊花，飛舞紛紛間墜入了溪流之中，順水沈下，緩緩而去，沒有了原先的繽紛顏色，讓聞者憑添了幾分遺憾和悵然。

素色青袍，長髮後束，竹林疏影間，唐虞端立在亭中，側影被日光勾勒地越發挺拔，遠遠看去好像只是林中的一抹青竹，若非他此時眼神矇矓悠遠地望著腳下池塘，手執長簫輕輕吹奏著，否則還真分不出他到底是個凡人，還是無憂無擾的竹中仙君。

自那晚比試過後，子妤已經三日未曾見過唐虞，不為其他，只為他那句讓人心生嫌隙的勸告之話。

「男女大防」本是應該，可為什麼當唐虞正色提出時，自己卻有了一種被羞辱的感覺呢？心底對他的喜歡已經毋庸置疑，雖然有道鴻溝橫在面前，可說實話，兩世為人的花子妤並沒有感到多少阻礙。若是兩人相愛，什麼規矩，什麼倫理，她都可以拋開不管；可她卻還是忽略了唐虞這個古人的顧忌。

子妤敢肯定，唐虞一定是對自己有所感覺，若不然，他不會突然提起男女大防這點來教導自己，同時，恐怕也是想警惕他自己。

其實子妤也有些不明白，自己到底為什麼要負氣離開，是氣唐虞不敢面對自己的感情？還是氣自己不敢去爭取？或者自己只是不想去面對如此複雜的問題罷了，逃開，裝作一切都沒有發生，才是最好的解決辦法。

想到此，子妤深呼吸了兩口氣調整好自己的狀態，臉上揚起一抹平淡如常的笑意，走上前去，柔聲打斷了唐虞的簫聲。「唐師父，打擾了。」

唐虞的側臉似乎有著一閃而過的訝異，收起竹簫轉過頭來，看著子好緩緩步入亭中，卻有種緊張感瀰漫在心頭。「子好，妳怎麼來了……」說著不由自主地看了看她的左腳踝，又問：「腳傷可好些了？」

搖搖頭，子好笑意嫣然，似乎三日前的紛爭從未發生過一樣。「多謝唐師父關心，腳傷已經沒有什麼大礙，明天就可以開始正常練功了，一定不會耽誤半個月後貴妃壽辰演出的。」

「沒事兒就好。」唐虞卻笑得有些勉強，從子好刻意保持的笑容中看到了一絲難掩的疏離感，喃喃道：「我從未擔心貴妃壽辰的演出，只是擔心妳的腳傷……」

「什麼？」

正好一陣風吹過，加上唐虞的聲音的確是在自言自語的呢喃，子好並未聽清楚，加快了步子跨入亭中。「您剛剛說的話我沒聽清楚，是什麼？」

「沒有。」唐虞笑笑，將竹簫別在腰際，示意子好過來坐下，替她斟了一杯溫茶，不冷不熱，正好適合初夏解渴。「妳特意來找我，是有什麼事嗎？」

接過唐虞遞上的杯盞，看著淡淡陽光下他修長的手指，子好失神了片刻，復而才從袖兜中掏出一方絲帕放在石桌上，輕輕打開，露出一塊殘破的瓷片。

「這是何物？」唐虞疑惑地捏起瓷片，並未察覺異常。「怎麼有股藥味兒？」

子好看著他，先是將如何得來這瓷片簡單說了，最後又一字一句地提出自己心中所猜測——「上次我去求大師姊教我下腰的訣竅，正好碰見青歌兒送了清喉湯給她飲用，和這瓷片所殘留的味道一模一樣，你聞聞，可有什麼不妥之處？」

「清喉湯？」唐虞眼神一沈，心中閃過一絲不祥的預感。「雖不知道那清喉湯是哪些藥材搭配，但從名稱看來，不過是麥冬、玉蝴蝶、乾菊花之類。但若是清熱除燥之藥，這味道聞起來濃香猶在，似乎不應該啊！」

「我第一次聞到就覺著有些奇怪，因為離得遠，倒是聞不出裡面加了些什麼。」子妤說著，從唐虞手上拿過瓷片來，放在鼻端仔細嗅了嗅，有些失望地又放下。「我聞不出來，所以來請教唐師父。」

「我再仔細聞聞。」唐虞先前沒在意，被子妤這樣一說，又拾起瓷片仔細地聞了起來，半蹙著眉似乎在回憶和思考，好半晌才徐徐道：「殘汁太少，又蒸發了這麼久，味道已經留存不多，我也聞不出來。」

子妤有些失望，拈起絲帕想要將這瓷片包好。

「啊！」失神間，子妤竟一個不小心觸到這破碎瓷片的邊緣處，鋒利的切口立即就把指腹劃開了一道小口子，血珠瞬間便滲了出來。

「小心。」唐虞趕忙一把將子妤的手腕握住，看著一滴鮮紅的血珠停在她晶瑩如雪的指腹上，想也沒想，趕緊掏出懷中的絹帕輕輕幫她拭掉血跡，順手包紮了起來。

只是匆忙間沒注意到，另一樣東西順勢也給帶了出來，掉在了地上。

被唐虞的動作弄得一愣，子妤眼看著他如此小心地替自己包紮傷口，心中有些說不清的感覺，正想開口拒絕，卻一眼看到地上掉落的東西，忍不住俯身拾了起來。

那是一方小小的香囊，似是被人把玩已久，原本光澤感極強的米色錦緞已經變得暗淡了不少，上頭用了碧色細絲繡出迢迢水波，當中一株淡青色的並蒂青蓮，青蓮栩栩如生……正是子妤當初送給唐虞的那只香囊。

可上面那株青蓮旁邊的一朵並蒂蓮花，卻並非自己所繡啊?!子妤不解地抬眼，表情疑惑地看著唐虞。「這是我送給你的香囊？」

唐虞剛剛只著急子妤的手被劃傷，並未注意懷中的香囊也一併被帶了出來，此時看著子妤拿在手中正死死盯著那「並蒂青蓮」的圖樣，心下一愣。「這香囊……」

「可為什麼是『並蒂青蓮』的圖樣？」子妤低頭看了看這香囊，分明就是自己當初繡的那一只，但圖樣卻有些不一樣。

「嗯……」唐虞有些尷尬，因為明知這香囊有異，自己卻貼身帶著。

子妤忐忑地仔細回想，終於記起那一夜為了趕著把香囊繡出來，結果半夜睡著了。第二天早晨醒來，阿滿說已經幫自己繡好了香囊，而自己也一時著急沒有打開荷包來檢查一下。

想到此，子妤卻突然抬眼。「這並蒂蓮不是我繡的。」說著用手指了指當中那朵稍大的蓮花，有些著急地解釋著。「一定是阿滿姊，她肯定以為我是繡給止卿的，所以才悄悄加了一朵並蒂蓮在旁邊。唐師父您千萬不要誤會，我原本只繡了這一朵蓮花在上面。」

眼看子妤的粉腮越來越紅，猶如點點霞光暈在上面，唐虞不想讓她覺得尷尬，淡淡地笑了笑。「算了，或許只是個誤會而已。」

搖頭，子妤也不知道該如何解釋，咬了咬唇瓣。「我這就回去問阿滿姊，這個香囊，我還是收回來吧。」說完，順勢將香囊往袖兜裡一塞，連看也不敢看唐虞一眼，羞得轉身就走。

唐虞搖搖頭，自嘲地苦笑著。想當初自己剛收到這香囊時還有些猶豫和迷惑，卻沒想到竟是阿滿的傑作。不過，她為何會幫子妤添上一株並蒂蓮？剛才子妤解釋說阿滿以為她是繡來送給止卿的，難道阿滿認為子妤和止卿之間有什麼？或許，他們兩人之間真的有情……

不期然地，唐虞感到心底一涼，好像有什麼東西被人抽走了，澀澀的滋味頗不好受。臉上浮起一抹無奈的表情，似乎不願多想，隨即抽出了竹簫繼續吹奏。

只是這曲調卻透出幾分憂鬱，斷斷續續，也將這小竹林中的水塘給染得鋪上了一層愁色。

章九十四　迷霧初開

手中攥著送給唐虞的香囊，子妤不顧腳傷才剛剛痊癒，一路走得有些急。

戲班中偶爾有弟子遇見她，都會主動停下打招呼。看來經過前院戲臺的比試，大家都或多或少認可了花子妤在戲班中的地位，至少不僅僅是塞雁兒的婢女，還是一個可以與他們同臺競技的戲伶。雖然大部分弟子覺得她占了很大的運氣成分，但平日裡她的勤學苦練都有目共睹，加上那晚驚豔四座的演出，有好些低階的女弟子甚至有些崇拜。

懷著心事，子妤沒來得及停下一一和這些師兄弟、師姊妹寒暄，一路來到了沁園。

「阿滿姊？」

子妤推開屋門，裡面並無一人，只好轉身往後院的雜屋而去。

阿滿果然在那兒，手中抖著被單正在晾曬衣物，眼見子妤臉色焦急，桃腮緋紅地來尋自己，趕緊放下了手中的活兒迎了過去。「怎麼了，妳腳傷才好，怎麼走得這麼急？」

「阿滿姊，剛才妳是不是去了南院找唐師父？」子妤直接開口詢問。

阿滿臉色一變，愣了愣，隨即才點點頭，表情有些尷尬，支支吾吾地道：「嗯，想著替妳過去說聲謝謝，送了兩塊酥餅過去。可唐師父並不在，我放下便走了。」說完，趕緊扭過頭繼續晾曬手上的衣物，似在逃避什麼。

將阿滿的手拉住，子妤追問道：「妳是不是看到當初我送給唐師父裝香囊的荷包？所以才跑回來追問我當初繡香囊的事？」

被子妤逼問得沒法躲閃，阿滿也忍不住了，反手握住子妤的柔荑，臉色愧疚地點頭道：「對不起，當初我以為妳是繡來送與止卿。平素裡我看著你們要好，想幫妳戳破這層窗戶紙，將來成就一對良緣罷了。我真沒想到妳竟繡了兩個香囊，其中一個還是送給唐師父的。我……」

沒顧得上聽完阿滿的解釋，子妤出言打斷了她。「所以，那個『並蒂蓮』是妳繡上去的。當初怕我發現，妳特意哄騙我說幫忙勾了邊然後封在荷包裡的，是嗎？」

「對不起，子妤，我……我這就去找唐師父說清楚此事。」阿滿咬咬牙，將挽起的衣袖抹了下來，見勢就要離開的樣子。

扯住阿滿的衣袖，子妤臉色有些發青，眼神也黯淡地沒有一絲光澤。「說清楚什麼？無論是唐師父還是止卿，戲班規矩如山，又怎能解釋得清？別人都知道妳我同在沁園做婢女，定然事事都互相傾訴。若妳去告訴唐師父以為我要送香囊給止卿，所以妳才畫蛇添足繡了朵並蒂蓮，他會怎麼看？」

阿滿搖搖頭，看著子妤臉色不善，也焦急了起來。「可若是不說，萬一唐師父誤會妳怎麼辦？」

呼出一口氣，子妤抿了抿唇，眼神回復了些許清明。「都過去快半個月了，唐師父隻字未提。若不是今日我不小心看到，我想他自始至終都不會主動問我。對於唐師父的為人妳我都清楚，他只會當成是我無心罷了，根本未曾誤會什麼。」

聽著子妤的話，阿滿卻越聽眼神越迷惘，直到看到子妤臉上掠過一抹苦澀的意味，突然有些明白了，神色有些詫異地脫口問道：「子妤，難道妳……因為唐師父沒有主動問妳而覺得遺憾？」

別過眼，子妤下意識地不敢面對阿滿，抬袖抹了抹額上的細汗，這才回頭勉強一笑。「阿滿姊妳在說什麼呢。唐師父既然沒問，那就是他並不在意，我有什麼好遺憾的？」

「那妳為何一路急急趕過來問我？」阿滿可不信，微眯了眯眼。「子妤，妳可不能犯傻啊。唐師父於妳雖無師徒之名，卻有師父之實。這跟止卿之間的關係大不一樣。妳若是與止卿互相傾心，只要不鬧出什麼丟人的事，戲班裡誰會多嘴一句，大家心照不宣罷了，等你們退下來結成連理是順水推舟之事。可若是唐師父，若妳傾心的人是唐虞……這戲班必容不得你們啊！」

「我沒有！」子妤的臉有些微微泛紅，嘴上的否認卻顯得有些心虛，她使勁地甩了甩頭，似是下定了什麼決心，咬牙道：「阿滿姊，對於唐師父，我自然有欣賞也有愛慕。但這些不過是小女孩心中的幻想罷了，又怎麼可能當真？況且唐師父對我一直視如親徒，就算知道我喜歡他，他也絕不會接受的。這些我都知道得清楚明白，妳就相信我吧！」

胸口湧起一陣心酸，阿滿走過去，輕輕將子妤攬過來輕擁著，憐惜地拍了拍她的後背。「好姑娘，妳長大了，也知道喜歡人了，這本是好事，可妳要想想自己的處境、自己的身分。有些感情，放在心裡想想就行了；有些人，站在遠處看看就好了。日子還得繼續，那些不切實際的東西，無論妳再怎麼追求，也永遠不會變成現實。聽阿滿姊的話，對於唐師父，妳可以尊敬、可以欣賞、可以崇拜，但千萬、千萬不可以動了真心。好嗎？」

被阿滿這樣抱住，子妤也露出了一抹無奈的苦笑。

兩世為人，自己卻還是如此幼稚，如此無法控制自己的情緒。算一算，這些年真是白活了，簡直是越活越回去了！十六歲，還真當自己是個春心萌動的少女嗎？想到這兒，子妤臉上的笑意更深了，只是裡面蘊含的澀意也越發地苦澀了起來，濃濃的，有些化不開。

或許感受到了子妤的平靜，阿滿放開了她，看著她笑意嫣然的樣子，心疼地替她攏了攏額前散落的髮絲。「子妤，妳沒有父母，從小就在戲班成長。咱們一起生活，妳就把我當成親姊姊，以後有什麼事兒別憋在心裡頭，找阿滿姊傾訴就行。雖然阿滿姊見識少，但好歹會真心為妳好，知道嗎？」

子妤點頭，嬌顏上浮起一抹感激之色，如此動情真誠的話語讓自己冰涼的內心又變得暖起來。「阿滿姊，我從來都把妳當親姊姊一般看待的。」

「實心眼兒的傻丫頭。」阿滿伸手揉了揉她的頭，寵溺意味是那麼的明顯。「這事兒妳就放下吧。既然唐師父未曾問起，以後也不會過問。」

「對了，阿滿姊，」子妤想起了什麼，話鋒一轉，問道：「先前妳去南院送了酥餅之後回來，是不是遇見青歌兒師姊？」

「妳怎麼知道？」阿滿沒有否認。

子妤四下看了看，明知道這個時候塞雁兒去了無華樓陪著花夷用晚膳，卻還是有些不放心，壓低了聲音又問：「剛才妳擱在我屋裡的食籃裡面，我認得是青歌兒師姊送給大師姊的湯盅，怎麼會被妳拾回來？」

簡單講了在落園外面遇到青歌兒的事，阿滿見子妤一副若有所思的樣子，不解道：「怎麼了？有什麼不妥的嗎？」

「阿滿姊，妳和後廚房的劉婆子相熟吧？」子妤也沒回答，挽住阿滿的手腕。「明兒個妳去問問她，青歌兒師姊每次熬藥後藥渣子倒在哪兒的，就說妳想看看這清喉湯的配方要給四師姊熬來喝喝，讓她幫個忙，別告訴青歌兒。」

「妳到底要做什麼？」阿滿知道子妤打小就機靈，絕對不會多此一舉做些沒意義的事，看她如此反覆探問那青歌兒的藥，乾脆問道：「妳不會是懷疑青歌兒送給大師姊的湯藥有問題吧？」

「我也不敢肯定。」子妤咬咬唇，遲疑了一下，還是將偶爾在夜裡聽見的咳嗽聲，還有那一日去請教金盞兒時聞到的奇怪藥味兒等都悉數告訴了阿滿。

阿滿聽得眼睛越睜越大，檀口微張。「這……難道那青歌兒是想害大師姊壞了嗓子，然後取而代之？天哪，她膽子也太大了！」

子妤小心地捂住她的嘴，低聲道：「這只是我的猜測罷了。等妳拿到藥渣，我送去給唐師父看看裡面都有些什麼，若是沒什麼便罷了，若是有問題，咱們也不能坐視不管。」

「放心，上回咱們賭牌劉婆子還欠我兩吊錢。我去問，她一定幫忙。」阿滿也覺得事態有些嚴重了，想了想囑咐道：「這事妳也別告訴其他人，我們先想辦法弄到藥渣再說，若是走漏了風聲，那就不妙了。」

子好自然不會對其他人提及，點點頭。「阿滿姊，那我回屋休息一會兒，晚膳過了還得和子紓、止卿對戲呢，剛才一路跑過來腳傷又有些疼了。」

「去吧，回去自個兒先上點藥，晚膳來了我端到妳屋裡用。」阿滿拍了拍子好的肩頭，示意她先回去休息，三兩下將木盆裡的衣裳晾好，也沒耽擱，想早些過去後廚房找劉婆子問問，順便看看讓她們幫忙燉的骨頭湯好了沒，得讓子妤補補，不然半個月後的貴妃壽辰還拖著個傷腳可不妙。

劉婆子對於阿滿的打聽並未放在心上，只如實告訴她，青歌兒每天打早就會自己去後廚房熬湯藥，那個時候半個人影都沒有，每次也沒見到有藥渣子留下，因為她都會收拾得很乾淨。不過久而久之，劉婆子還是發現廚房裡的茴香在漸漸減少，似乎是青歌兒每回都抓些去用了。

得了劉婆子的告知，阿滿也越來越懷疑這青歌兒有些問題。

趁無人的時候去煎藥，之後一點兒藥渣都沒有留下，這不是作賊心虛是什麼？想起青歌兒平素裡那副溫柔娟順的模樣，阿滿就覺得背後一寒，趕緊拿了晚膳，準備好好和子好商量一下，看來只能想其他法子去揭開這個謎底才是！

章九十五 含怨深深

隔不到半個月便是諸葛貴妃的壽辰，花家班裡最為忙碌的自然是即將獻演的花家姊弟和止卿。另外，塞雁兒被花夷安排要一起進宮獻演，所以暫時不出堂會、不去前院包廂裡獻唱，每日都在園子裡認真練功，無暇顧及其他。

倒是金盞兒難得偷閒，只說最近天氣太燥，嗓子有些疲倦了，經花夷同意便暫時歇個小半月，並推了許多堂會和前院包廂的點戲，準備安靜地休養一陣。

既然四大戲伶中的金盞兒和塞雁兒都掛了歇息的牌子，紅衫兒和青歌兒便順勢頂了前院戲臺的這個缺。比試那晚，一齣【白蛇傳】可算是一夜成名，看官們回味不盡，每日點名請她們唱戲的帖子絡繹不絕，已經從五月排到八月去了，多多少少彌補了一些她們未能參加貴妃壽辰演出的遺憾。

再說沁園裡，阿滿一邊要伺候塞雁兒，而子妤還在調養腳傷，並兼顧著練功唱戲，所以阿滿乾脆請示了塞雁兒，準備讓茗月搬入園子，一方面可以幫忙照顧塞雁兒的日常起居生活，一方面也能讓她多掙些銀錢補貼家用。

子妤自然歡喜，換上一身青枝抽芽的素色裙衫，去了趟六等弟子們所居的後院，準備親自接了茗月過來。

漫步穿過二進院子的中庭，子妤想起自己許久未曾回來這裡，不由得放眼四處打量著，似乎在尋找回憶。

「咦，這不是子妤師妹嗎？」說話間，一陣香風從身後飄過，月洞門處露出兩個窈窕的身影，正是春風得意的青歌兒和紅衫兒。

兩人攜手而來，一個臉色溫和，一個表情不屑，看得子妤心裡也有些彆扭，卻也不好不理，只得停步福了一禮。「見過兩位師姊。」

紅衫兒粉唇一噘，媚眼掃了掃花子妤那身素色的衣裳，冷哼一聲。「還知道叫師姊呢，看來眼睛也沒長到頭頂上去。」

青歌兒拉了拉紅衫兒，走到子妤前頭，笑意柔軟，如風拂面。「子妤妹妹，妳這是要去哪兒？」

伸手不打笑臉人，雖然子妤對這個師姊的假意溫柔不太認同，但裝就裝吧，自己也不是演不來戲，當即恭敬地答道：「是準備去後院找茗月，沁園裡的活兒有些忙不過來，所以徵得四師姊同意，想讓茗月過來住一陣子，幫幫忙，等貴妃壽宴過後再讓她回去。」

「妳們可真是姊妹情深啊！」紅衫兒也跟了過來，嘖嘖道：「不是聽說妳腳傷了嗎？看起來好像也沒什麼吧。虧得唐師父那晚如此緊張，我看妳這樣子，多半是裝的吧?!」

對於紅衫兒的諷刺子妤好像根本沒入耳，好脾氣地含著淺笑又頷首福禮。「不打擾兩位師姊了，茗月還等著呢，我這就去接她。」

說完，子妤自顧自的轉身便走，氣得紅衫兒手中絹帕被絞成了一團。「瞧她那德行，一朝得志就誰也不認了。平素裡一副雋秀可人的模樣，可背地裡不知道怎麼勾引唐師父呢！」

青歌兒頗感興趣地挑挑眉，問道：「紅衫兒妹子，這話怎麼說？」

悶哼一聲，紅衫兒隨口道：「聽一個粗使婆子講，前些日子老看到她和唐師父前後腳從那偏僻的紫竹林裡出來，不是偷偷幽會又是什麼?!」眼波一轉，紅衫兒來了興致，自顧自的分析道：「要說那處紫竹林，咱們戲班上下誰不知道那是唐師父的地盤。他對弟子極為嚴苛，誰敢去打擾都會被訓斥一頓，偏偏那花子妤就不怕，沒事就往那兒去招惹唐師父。不然，以唐師父那樣穩重的人，怎麼會忘形到抱著受傷的花子妤就離開呢？就算是腳扭傷了，唐師父大可叫人抬了她回去上藥，犯不著那麼著急吧！可見，一定是花子妤那個狐媚子使了什麼手段勾引唐師父。」

越聽，臉上的笑意就越發地玩味，青歌兒輕輕攬了紅衫兒一起離開，小聲道：「這話妳在我面前說說就是，唐師父咱們可都是知道的，為人正直嚴厲，絕不會做那些個齷齪之事的；若這樣的流言蜚語傳出去，他身為男子倒沒什麼，但子妤是個未出閣的大姑娘，豈不是毀了人家的清譽！」

聽了青歌兒的勸告，紅衫兒一愣，隨即點點頭，眼裡卻閃過一絲省悟，似乎已經迫不及待地想要將這流言給散播出去，好教止卿師兄看清楚這花子妤的本來面目。

側頭看了看神色暗喜的紅衫兒，青歌兒也勾起紅唇，滿意地笑了，好像一切事情都已經掌握在了自己手中，那笑意也越發地嫣然動人起來。

在後院師姊妹們又羡慕又嫉妒的眼神圍觀下，子妤領著茗月回到了沁園。

一路上，茗月都忍不住微笑著，一方面是因為自己能多掙些銀錢補貼家用，一方面，像她這樣的普通戲伶竟能住到前頭一進的院子裡，如此榮耀不說，定能時常看到和接觸到那些高階戲伶，這可是她以前作夢都不敢想的事。

「子妤，謝謝妳。」茗月媽這些年守著豆腐鋪子，日子過得平順，前陣子機緣下遇到了真心對她好的男人，在衙門裡當差，個性老實憨厚又勤快，很值得信賴，相處下來茗月媽已決定託付下半輩子。對於有人天天幫忙照顧母親，這些日子茗月輕鬆了不少，連帶臉色也恢復了紅潤光澤，綻露出一絲原本就該有的少女氣息來。

子妤輕輕撞了撞她的手臂，笑道：「說什麼謝不謝的，我和阿滿姊才要感謝妳過來幫忙呢。鍾師父即將來提親下聘，阿滿姊也得事先籌備著，我又要排戲，可抽不出時間伺候四師姊和做園子裡的雜活兒。不過妳放心，四師姊雖然要求嚴苛些，但對咱們這些師妹都極好，基本不會故意挑什麼錯。另外過去也只是幫忙打掃下院子然後漿洗衣裳什麼的，不算重活兒。」

聽得連連點頭，茗月原本還有些忐忑不安，現在臉龐上已露出了甜甜的笑意。「這就好！母親有了好的歸宿，這下我又能多掙些銀錢，想著好不容易熬過了苦日子，心裡覺得歡喜呢。」子妤也高興地附和著。「而且咱們還能一起作伴，多好！」

「唐師父！」

兩人正好經過南院外的走廊，茗月一眼就看到了迎面而來的唐虞，趕緊停下來垂首福禮，似乎有些害怕和緊張。

唐虞也是一愣，隨即踱步過去，看著子妤的眼神有些複雜。

子妤也是一時呆住了，想起昨兒個見面自己奪了香囊就逃開，還沒能解釋清楚，臉色有些淡淡的尷尬和無語，片刻之後才捏了裙角福禮。「見過唐師父。」

還好茗月低著頭，未曾發覺兩人的異樣，聽見子妤也問候了唐虞，趕緊拽了拽她的衣袖，拉著她一併離開。

走了好遠，茗月才舒了口氣，拍拍胸口。「打小唐師父就嚴厲得不行，我現在看到他還覺得腿軟呢，也不知道妳是怎麼受得了的。」

柔柔的泛起一抹笑意，子妤嘆道：「唐師父是個外冷內熱的人，對待子紓和我都像對待止卿那樣一如親徒。平時雖然嚴厲了些，可那都是為了我們能唱好戲。多相處後，才發現他其實笑容很溫和，是個值得依靠的人。」

沒察覺子妤眼裡流露的柔情，茗月嘟嘟嘴。「即便再好相處，被訓的滋味兒也很難受吧。罷了罷了，只有妳才能受得了，早先在無棠院，唐師父還偶爾給小生們上上戲課，被他罵哭的師兄可不在少數呢。」

「也不全是，不過唐師父要求確實苛刻了一些。想當初就因為一個動作達不到他的要求，練得我幾乎腰都要斷了呢。」說起當時的事，子妤搖搖頭，唇角卻含著淡淡的甜蜜。

兩人回到沁園，子妤領了茗月回她的屋子安頓好，想著剛才遇見唐虞是要返回南院，關於青歌兒熬藥的事恐怕還是得找他說說才行。便叮囑茗月去隔壁屋找阿滿問問院子裡的一些情況，自己收拾了一下，又回頭去了南院。

沒有料到子妤去而復返，唐虞正好泡了一壺新茶，熱氣騰騰的白霧在眼前繚繞，釋然地笑著看她進屋。「妳鼻子倒是靈光，班主剛剛贈我這雲芯茶，正想回來試試口味。」

捧著茶盞，子妤深吸一口，嘆道：「真香！就是太燙，一時半刻入不得口。」

「那就歇歇再飲便是。」唐虞掀起後袍端坐在子妤的對面，將上面散落的一些書稿收疊起來，最上頭那本，就是子妤前日裡抄送給他的詞曲集。

子妤眼尖，看到了那本詞曲集，心想莫不是唐虞時時翻看？本想出言詢問，但又覺得做作，一時間只盯著那杯盞上騰出的霧氣，沒有多言。

見子妤低頭不語，唐虞不想兩人之間再度出現什麼尷尬，主動問及：「對了，妳過來找我可是有什麼事？」

「是關於青歌兒的事。」子妤抬眼，頓了頓，便將阿滿從劉婆子那兒打聽來的消息告訴了唐虞。

唐虞眉頭微蹙。「劉婆子確定廚房裡每一次都會少一些茴香？」

「怎麼了？」子妤不解。「我查了您給我的醫書，這茴香只是開胃進食、理氣散寒的常用藥材罷了，應該沒什麼吧？」

「茴香……」唐虞臉色不善，長長地嘆了口氣。「此物有助腸道，看似尋常，可若是肺咳陰寒的體質用多了，只會助長熱燥內生，使得咳嗽久久不癒。」

「這麼說，青歌兒果然是居心不良嘍！」子妤緊張地站了起來。「唐師父，還是請您去一趟落園，想辦法阻止金盞兒師姊再喝她的湯藥才是。」

搖搖頭，唐虞也起身來，踱步走到窗前，神色有些複雜。「恐怕只是阻止金盞兒喝湯藥還不夠，得讓青歌兒不敢再犯才是。」

子妤跟過去，透過唐虞的肩頭看向窗外的一竿修竹，仔細一想。「可我們並無證據揭發青歌兒。她每次行事小心，早早就去後廚房熬湯，也從不留下藥渣。」

「無妨，我會想辦法的。」回身過來，唐虞看著子妤，不自覺的伸手拍了拍她的薄肩，安慰道：「妳也別老是把此事放在心上，以後小心那青歌兒便是。」

「是，唐師父。」子妤側眼，看著他放在自己肩頭的手掌，那種久違的溫情好像終於又回來了。

似乎察覺到不妥，片刻間唐虞已經放開了手，神色有些不自然，別過眼回到茶桌邊拿起了杯盞，藉由品茶掩飾臉上的尷尬。

被對方的刻意疏離弄得心裡有些難受，子妤匆匆告辭離開，連那一杯雲蕊香茶都還未來得及喝，只留下逐漸稀薄的茶霧漸漸消散。

章九十六　形跡敗露

進入夏季，京城的雨水也豐沛了起來。昨夜一場大雨持續到清早，還是淅淅瀝瀝沒有斷，陣陣雨霧隨之蒸騰而上，瀰漫在房舍樓宇之間，倒也勾勒出一番清新美景。

踩著濕漉漉的地面，唐虞撐著傘前往落園。

昨晚南婆婆親自過來請他抽空過去一趟，言下之意金盞兒的咳症似乎有些加深。原本就想找機會提醒一下金盞兒注意青歌兒，因此想也沒想就答應了。

來到四大戲伶的外院，唐虞先是望了望沁園方向，見院門緊閉，隨即收回了目光，一抬眼卻看到了一個人。

一身落花點櫻的月白裙衫，纖腰不足一握，來人正是青歌兒，只見她走動間盈盈曼曼，婀娜有致。發現唐虞竟撐傘站在外院，神色閃過一絲慌亂，顯然並未料到唐虞會這麼早出現在落園的門口，下意識地看了看自己手上的湯盅。

短暫的失神轉瞬即逝，青歌兒面色如常地主動迎了上前，含笑福禮道：「唐師父，這麼早您也來探望大師姊嗎？或者，您是要去找子妤妹妹的？」

似乎聽出了青歌兒的話中有話，唐虞伸手將傘收起，眉頭略蹙並未回答她，只是抬眼看了看天色，淡淡地嘆道：「原來雨已經停了。」

「唐師父，您到底是去落園，還是去沁園呢？」青歌兒不死心地又問，眼底有些忐忑，下意識地將手中湯盅向後挪了挪。

唐虞這才低首，目光淡漠地掃過她姣好的面容。「南婆婆說金盞兒這幾日有些不舒服，正好昨夜下了一場雨，我怕她染到寒氣，所以過來送一劑方子給她。」

嫣然一笑，青歌兒有些失望，提步漫漫而行。「唐師父對大師姊可真好，弟子都好生羨慕。」

「哦？」唐虞故意問道：「難道妳也希望身體不適，然後讓我開方把脈不成？」

「弟子不是這個意思。」青歌兒別過眼，小心地踩在濕漉漉的小道上，故意岔開話題，又引到了花子妤的身上。「前日裡聽姊妹們談及唐師父，說您並非表面上看起來那樣嚴苛和不近人情。那夜比試，子妤傷了腳，您擔心地抱著她就往後院回去，才教大家看清了您原本是個心腸軟的好師父呢。」

微瞇了瞇眼，青歌兒三番兩次有意提及子妤，唐虞心底的懷疑更深。比試過後的第二天，花夷就曾經下過令，讓目睹唐虞和花子妤離開的弟子還有小廝們都不許私下嚼舌根；畢竟他的行為雖然有理可循，但仍過於衝動，若非議起來，難免被人誤會，所以只說是子妤腳傷嚴重，唐師父關心徒弟罷了。

可青歌兒卻敢在自己面前一再多嘴，讓唐虞也不得不開口解釋：「子妤雖不是我親徒，但也從小教養她長大，身為師父，這些事都是應該做的，不足為道。倒是妳能這麼早過來探望金盞兒，讓人有些另眼相看，足見姊妹情深。」

青歌兒眉目低垂，有些不好意思，正欲接話，這落園的大門「嘎吱」一聲打開了，正是南婆婆提了笤帚出來，似乎準備清掃門前的雨水和落葉。

「南婆婆，讓我來吧。」唐虞上前兩步，接過了南婆婆手中的笤帚，一把將衣角撩起別在腰間，埋頭開始清掃起來。

南婆婆樂呵呵地也沒阻止，只看了一眼青歌兒，側開身子。「正想著唐師父今兒個會不會來呢，可巧了，青歌兒丫頭妳也進去吧，大師姊剛起了，不過還在房裡沒出來，得先在花廳裡等一會兒。」

「好的。」青歌兒捧了湯盅，先別過唐虞，這才緩步而進，似乎怕裙角被污水沾濕，走動間都挑了較乾淨的地方，背後望去那身段更顯窈窕。

見南婆婆也準備轉身進去，唐虞開口叫住她。「婆婆稍等，我有話想問問。」

停住身形，南婆婆走過去兩步，老眼有些混濁地看著唐虞。「怎麼了？」

唐虞也不拐彎抹角，直接問南婆婆：「這青歌兒是從什麼時候每日送來清喉湯給金盞兒飲用的？」

仔細想了想，南婆婆才回答道：「約莫一個多月前吧，那時候她也常來，不過不是每天準時過來，只偶爾幫忙做做這落園的活計罷了。後來有一次她撞見盞兒服藥，就上了心，開始每天熬清喉湯送過來。」

「金盞兒咳症的事，南婆婆沒有和她說過吧？」唐虞話鋒一轉，又問。

趕忙四下瞧了瞧，確定無人，南婆婆才擔憂地點點頭。「盞兒這頭牌當得可不容易。當初她這病犯了，我就勸她多休息，可她也不聽，非要咬牙堅持。這樣拖了一、兩年了，嗓音也不如當初那樣清透，勉強唱下去最後我怕她實在沒法瞞了，這才逼她好生休息一陣子，讓唐師父您幫忙調理調理。這件事如此隱秘，除了我這老婆子和唐師父您知道，其餘就沒人曉得了，那青歌兒雖然乖巧，可老身也是不敢說給她聽的。」

「這就好。」唐虞點點頭，三兩下將院門口的落葉和泥水掃乾淨了，這才放下笤帚和南婆婆一起進去。

花廳內，金盞兒正好捧了湯盅在手準備飲用。唐虞見狀，趕忙跨步過去，出言阻止道：「且慢！」

金盞兒懵然抬眼，看到來人是唐虞，臉上浮起一抹宛然清若的笑意。「怎麼來得這麼早？」

一旁的青歌兒倒是臉色有些微微發白，上前福禮道：「唐師父，這是弟子給大師姊熬的清喉湯，還是讓大師姊趁熱喝了吧，免得涼了影響藥效。」

「是嗎？」唐虞挑挑眉，神色如常的走過去，伸手將那湯盅端了在手，放到鼻端輕輕一嗅，抬眼問青歌兒：「這味道有些與眾不同，可否告訴我是什麼方子？」

「這……」青歌兒故作猶豫，看了看金盞兒，才啟唇而言：「因得是家中秘方，所以不便告知，還請唐師父見諒。」

點點頭，唐虞沒再追問。「明白，既是秘方，自然不足為外人道。不過……」頓了頓，轉而對金盞兒道：「我今天幫妳把脈之後開一劑方子，以後就熬藥來喝。至於這清喉湯，兩藥不宜同時服用，就暫時停一停吧。」

被唐虞找了理由輕易就讓金盞兒不用再喝自己熬的湯，青歌兒臉色隱隱有些惱，但卻強裝著有些訝異地問：「大師姊可是身體抱恙嗎？」

微笑著搖搖頭，金盞兒看了一眼唐虞，這才答道：「無妨，這春夏之交我老會覺得嗓子不適，所以讓唐師父幫忙看看，再開個藥調理便罷。不過既然唐師父說了不宜同飲兩味藥，以後也不用麻煩妳每日一大早就去幫我熬藥送來。這些日子真是辛苦妳了！」

擺擺手，青歌兒媚然嬌笑道：「大師姊怎麼如此見外，這些都是身為師妹應該做的。不過既然唐師父都如此說了，那以後我便躲躲懶就是。今兒個唐師父在，弟子也不打攪了，還請您好生幫大師姊診脈開方。」

說完，走到桌前，青歌兒準備收了湯盅離開，卻被唐虞伸手攔下。「這始終是妳的心意，最後一盅，待會兒還是讓金盞兒喝了吧。」

「也好。」金盞兒笑道。「妳先走吧，回頭我讓南婆婆遣了人把湯盅給妳送回去後廚房就行。」

眼看是無法收走湯盅，青歌兒只好福禮告辭，只是臨走前還是有些擔心地回望了一眼，似乎有所隱瞞。

待青歌兒離開，金盞兒又準備伸手去拿了湯盅喝藥，卻仍被唐虞開口攔住。「且慢，倒出來讓我先嚐一口，可好？」

雖然不明白唐虞為何要兩番阻攔自己喝藥，但金盞兒本能地不會對他有任何懷疑，點點頭在一旁的空杯盞注滿湯藥遞給他。

湯色澄黃，仔細一嗅香氣四溢，唐虞蹙著眉，卻並未發現有半點茴香的味道在裡面，只好示意金盞兒。「妳喝一口，看看和昨日的味道是否一樣？」

這下金盞兒也有些起疑了，卻沒問什麼，依言輕輕喝了一小口，片刻之後才點點頭。「你不說倒不覺得，今日的湯汁味道要稍遜一些，沒有平時那樣濃郁的香味。」

唐虞從懷裡掏出一包油紙，打開來是一粒粒的茴香籽，遞到金盞兒的面前。「妳聞聞，平時喝的是否有這個味道？」

身為戲班的一等戲伶，金盞兒十指從未沾過陽春水，當然不認得此物是什麼東西，只埋頭一嗅，蹙蹙眉。「好像有一股子這味道，但沒這麼刺鼻，要溫和許多。」

收起紙包，唐虞已然心中有數，料想這青歌兒從打碎湯盅開始或許已經有了警覺之心，沒有再加入茴香熬湯，此女心機，真可謂深沈無比。她這次無法得逞，也不知會不會起了其他念頭；她雖然沒有惡意，只是想讓金盞兒的嗓子一直好不了，但對於戲伶來說，嗓子比任何其他東西都要來得重要。她這樣做，其行為之卑劣可惡，實在讓人心寒。

唐虞深思熟慮過後，想起上次子妤和她比試，也是被她間接又弄傷了腳。一次、兩次還能忍受，三番四次卻不可輕饒。恐怕，此事得找花夷說說，不能就此善了。

章九十七 情有若無

對於金盞兒一臉疑惑之色，唐虞並未多作解釋，只掏出袖兜裡的一只藥瓶遞給她。「這清喉湯以後別再喝了，她之蜜糖、妳之砒霜，同樣一味藥也不見得都適合。另外，這瓶是破寒丸，比之前我給妳的祛咳丸藥效稍微重些，先試吃一段時間，看看感覺如何。若是夜裡還咳嗽不止，恐怕……」

「我知道。」打斷了唐虞的話，金盞兒笑意有些淡漠和無奈。「若是不行便罷了。能多拖了兩年已是大幸，我也不想再奢望什麼。」

一旁的南婆婆也嘆了口氣，臉色淒苦地道：「盞兒，妳能這樣想就對了。戲伶生涯本來就不可能長久，妳從十七歲開始就穩坐這花家班第一的位置，京城裡哪個不知妳金盞兒的名聲，尊享榮耀已經五年，也夠了！」

金盞兒眼神飄遠，卻有不甘。「可我始終沒等到朝中十年一次的『大青衣』點選，若再給我五年時間，那多好。」

南婆婆勸道：「上個十年朝廷不是提都沒提這事兒嗎？況且妳出道正好是卡在了這中間的時段。若妳能多個四年還有可能等下個十年，但那時妳可都二十六、七了。戲娘哪個不是二十五、六就退下的，妳就別多想了。」

看到金盞兒不甘心的表情，唐虞也被其情緒所感染，禁不住嘆道：「就像南婆婆說的，妳也應該知足了。許多戲伶，恐怕終其一生也無法達到妳現在的高度，更別說是『大青衣』這個可遇而不可求的賜封。怪只怪妳生不逢時吧，正好卡在了這十年間的位置；不過也不用難過，朝廷雖說十年一次會由陛下欽點『大青衣』，但自從花無鳶去世之後，就沒有再選『大青衣』。再等四年又是第三個十年，會不會再選，還很難說，妳也沒什麼好遺憾的。」

金盞兒吐氣如蘭，絕倫清麗的面容之上浮起一抹淡淡的愁色，蛾眉微顰，螓首低垂。「可是，身為戲伶卻沒法實現那個最高的夢想，還是會覺得遺憾呢……」

「大青衣」，唐虞眼底閃過一絲笑意，不知為何想起了十歲稚齡時的花子妤。記得她曾說過，她想要做大青衣吧，不知五年之後，是否真的會再次出現一個花姓的絕頂戲伶呢？

說到花無鳶，金盞兒似乎想要說什麼，看著唐虞神色清朗，卻又沒法開口說出心中所想，只好搖搖頭。「罷了，像花無鳶那樣的絕世戲伶，世上又能出幾個呢！虧得是她得了大青衣的名號，其他人就算羨慕，也無一爭之力。」

「好了，我也該走了。妳好生休息，若有任何不適讓南婆婆過來南院找我。」既然已經暫時阻止了青歌兒的行動，唐虞也沒有在落園多耽擱，和金盞兒與南婆婆告辭之後便起身離開了。

目送唐虞離開，金盞兒眼中閃過一抹不捨，目光流連膠著在他遠去的背影，直到院門一關，切斷了視線，她還倚在門邊，神色落寞地好似春水而逝，表情中絲絲縷縷充滿了愁緒。她這副哀怨模樣，若讓旁人看到，恐怕沒有不為之心酸、想要替她拂平眉間愁色的吧？

可惜，唐虞在她眼裡卻是個異類，看似有情，實則無情。除了戲文，他幾乎從不對其他事情上心。不過聽青歌兒這幾日在耳邊嘮叨，說是他竟抱起腳傷的花子妤回到後院，不顧任何人的眼光……不知怎麼的，金盞兒心中總覺得有些異樣。但仔細一想，一個是戲班的二當家、大師父，一個是塞雁兒的婢女、小戲娘，兩人之間的師徒關係擺在那兒，應該不會有自己所擔心的事情發生才是。

南婆婆好像看出了金盞兒對於唐虞的留戀，走到她身邊輕扶著。「盞兒，還是再回去歇歇吧。既然暫時不唱了，也就不用這麼早起來練功了。」

含笑拒絕了，金盞兒柔聲道：「南婆婆妳先去歇著吧，我想一個人待一會兒。」

「盞兒！」南婆婆放不下心，只好勸道：「唐虞雖然是個不錯的人，但若是妳想託付終身，只能是癡人說夢。」

「為什麼？」笑容漸漸凝固在臉上，金盞兒話音一顫。「為什麼不能對他託付終身？」

拍著金盞兒的手背，南婆婆話音有些滄桑。「或許妳並不覺得當年那件事對他的影響有多大。但唐虞那種人，心比天高，他願意蝸居於花家班內，或許是因為對戲曲的喜愛，也或許只想避世而居，清靜一生。對他來說，妳曾經為他帶來過莫大的侮辱和麻煩，所以無論何時，恐怕在他眼裡，妳都是屬於避之唯恐不及的那種人，又怎會願意與妳攜手白頭做夫妻呢？這些年妳存下的私房錢足夠下半輩子安穩過活了，又何必強求一段本不該發生的感情呢？算了吧，別多想了。」

說完，南婆婆也知道自己只能言盡於此，其餘多說也是無意義，嘆了嘆，轉身便離開了，只留下金盞兒獨自倚在門邊。

看著院外的天空，那一層陰霾漸漸被破雲而出的薄日所驅散，可自己的心卻始終好像陰雨不斷，也不知何時才能迎來一片晴空。

卻說唐虞出了落園，抬眼看到沁園大門虛掩著，裡面似乎傳來了陣陣輕笑聲，仔細一聽，正是子妤和茗月在說話。猶豫了半晌，唐虞還是決定和子妤談談，提醒她以後別再過問青歌兒的事。

於是提步而去，輕輕推開院門，果然見子妤和茗月一人拿了一個薄餅在手，圍坐在庭院中用早膳。

「唐……唐師父……」茗月正對著門坐，看到門邊露出一截衫子，來人竟是唐虞，嚇得她手中薄餅直接落回了盤子裡，趕緊站起來垂首福禮，很是忌憚的樣子。

扭身看了一眼門邊，子妤想了想，料到他定然是剛從落園而來，起身擦了擦手，囑咐茗月先一個人用膳，向著唐虞迎了過去。

唐虞溫和地問道：「沒打擾妳吧。」

搖頭，子妤看了看外面，示意唐虞進來院子，帶著他走到角落，才開口道：「你都和大師姊說了？」

點頭，隨即又搖頭，唐虞寥寥幾句將先前碰到青歌兒的事說了一遍，並告訴子妤他會去找班主稟明情況。

子妤聽著，神色明顯極為擔憂。「雖然大師姊暫時不會再服用她的湯藥，可難保她以後不會再做出同樣的事情。而且你剛剛說，她好像知道了自己形跡敗露，這一次竟沒有放茴香在湯藥之中，但大師姊記得以前味道略有不同，可想而知，她定然會有所提防。若你就這樣去告訴班主，萬一被她反咬一口……」

搖搖頭，子妤薄唇緊抿，好半晌才又道：「不如，我們來個請君入甕之計，讓她自己在班主面前暴露形跡，人贓俱獲之下，她也狡辯不得。」

唐虞想了想，最後還是否決了子妤的提議。「青歌兒現在在戲班的位置如日中天，或許她今日收手，也是因為金盞兒對她的威脅越來越小了。既然沒有了利益衝突，她大可不必再鋌而走險做出什麼不當的事。」

蹙眉一嘆，子妤知道這也是解釋得通的，抬眼看著唐虞，目光閃動，無可奈何的搖了搖頭。

不願見到子妤如此憂心，唐虞唯有柔聲相勸：「況且，在班主眼裡，戲伶就是戲伶，能給戲班帶來聲譽、帶來豐厚回報的便是好戲伶。金盞兒雖然還是大師姊，可最近已經不怎麼受班主器重，反而青歌兒是他最看好的一個新晉弟子，就算班主知道了，恐怕也不會多說什麼，起不了任何作用。」

「好吧。」子妤表情一變，竟淡淡地微笑了起來，透出一種與妙齡絕不相符的成熟和內斂。「她能狠心對待大師姊，以後收手便罷，只當她一時鬼迷了心竅。若她敢再犯，就絕不能姑息。既然在她眼中，現在的大師姊已無威脅，那就讓我成為她的對手好了。」

「子好，妳別這樣。」

唐虞覺得這樣的情緒不該存在於一個少女的心中，感到有些心疼，開口勸道：「青歌兒此人好也罷、歹也罷，妳都別再多想此事了，好好唱戲練功，心無旁鶩才是正道。」

「我隨口說說罷了。」或許意識到自己不該如此說，子妤勉強一笑，也不想看到唐虞一副擔心自己的模樣，別過眼又道：「青歌兒才華橫溢，就連紅衫兒也甘拜下風，在她面前搭檔扮配角罷了，我又如何能讓她引為對手呢？」

「妳也不要妄自菲薄。」看到子妤含笑自嘲，唐虞也笑了笑。「妳和她不一樣，妳有屬於自己的獨特魅力；每次看妳唱戲，我都會覺得從妳身上散發出一種極能感染人的情緒，讓看官不知不覺跟著妳沈浸在戲中的世界裡。」

「真的嗎？」子妤擺擺頭，卻不相信唐虞所言。

唐虞卻肯定地反問：「還記得五年前，妳在班主面前表演【思凡】嗎？那時妳不過十歲的年紀，卻把小尼姑陳妙常演得活靈活現。雖然妳的嗓音條件不如其他戲伶，但這份執著和堅持若能一直保有，那妳一定會比其他人都成功的。」

被唐虞徐徐而言的話語所打動了，子妤俏顏上終於綻放出了甜甜的笑意。「多謝唐師父，我不會讓你失望的。」

唐虞將子妤含羞淺笑的面容看在眼裡，有些不敢直視，別過眼瞧見茗月那丫頭，甩頭笑道：「好了，茗月老往這邊偷看，妳還是回去吧。」

「嗯。」子妤乖巧的點點頭，親自送了唐虞出園子，關上門的一剎才發覺自己耳根竟有淡淡的紅暈，趕緊深呼吸幾口氣，回去和茗月坐下繼續用膳。

章九十八　心痕難癒

經過兩日的休養，子妤的腳傷也已經痊癒了，可獨自在園子裡練功的時候總覺得下腳有些遲緩，讓她感到奇怪，明明已經不疼了，為何老是有些彆扭，想著或許是因為自己一個人練習有些緊張。於是這一日晚膳過後，子妤主動起身去了小竹林，準備和止卿、子紓對對戲再說。

換上一身清荷碧波紋樣的薄衫子，別了幾朵夏季盛放的茉莉花，渾身散發陣陣幽香，花子妤踏著斜斜的夕陽出了沁園。

手裡挽著給弟弟送去的幾塊甜糕和冰鎮綠豆湯，子妤的步子顯得很輕快。終於可以恢復練習，怎麼說自己也得多多努力，不然若在貴妃壽辰的演出上出醜，那可就功虧一簣了。

經過小迴廊，子妤聽見背後有響動，一回眸，見來人是止卿，柔柔一笑停住身形。「止卿，咱們一起去紫竹小林吧！」

止卿穿了一身竹青色的長袍，長髮隨意束在了腦後，兩縷與衣衫同色的錦帶被風微微帶起，走動間步子極為平緩，讓人不得不承認，若說相貌，他真是花家班戲郎中當仁不讓的第一人。

子妤看著他踱步而來，甚至想，若是止卿沒有被唐虞看中而是唱了青衣，那又會是怎樣的一番光景呢？

來到子妤跟前，止卿見她盯著自己看，不由得抬手摸了摸鼻翼，輕咳兩聲。「怎麼了，我臉上有東西嗎？」

「沒有！」子妤搖搖頭，臉上表情促狹。「但是你臉上有朵花兒呢。」

「什麼花不花的。」止卿伸手點了點子妤的腦袋瓜子，頗有些拿她沒轍的感覺，甩頭笑。「對了，妳腳傷已然痊癒了嗎？」說著，接過子妤的食籃提在手中。

兩人結伴而行，隨意地說著話，氣氛倒也融洽自在。

「已沒什麼痛感了，所以想早些恢復練習。」子妤見只有止卿一人，忍不住嘟囔著罵了兩句：「我弟弟那傢伙呢，又偷懶了吧！」

止卿柔聲替子紓解釋道：「朝元師兄逼得子紓要完成一個動作才放他離開，咱們先去排戲就好。不過唐師父若看到妳來了，定然會驚喜的。」

「是嗎……」子妤淡淡地回應了一句，想起馬上要見到唐虞，心境不免又有些無序了。

「妳也是知道唐師父的。」止卿一邊走，一邊輕鬆地說著。「這幾日我和子紓都按了他的要求傍晚過去練功對戲，他嘴上沒說什麼，可總是望著牆上的綠藤發呆。偶爾我和子紓提及妳的情況，他又會轉身過來仔細傾聽，或許是那晚抱妳回後院惹得班主斥責有些逾矩，唐師父不便再表露對妳的關心，但他的眼神卻騙不了人。這些年來，我早把他當作了真正的親人，子妤，妳也不要和他之間有什麼嫌隙，畢竟戲班裡真正關心我們的人也只有他了。」

「嗯，我也一直把唐師父視為親師一般的。」

雖然止卿一番話有些曉之以理動之以情，子妤卻不想多談，岔開話題道：「你說子紓被朝元師兄攔住了？」想著弟弟平時一副得意忘形的樣子，只有他的師父朝元師兄才治得了，不禁覺著好笑，「噗哧」一聲，樂呵呵地捂了捂嘴。「那小子張狂得很，活該被盯得緊緊的。」

突然想起了子紓的叮囑，止卿插話道：「對了，前日裡子紓說你們十五那天得去一趟薄侯府邸，他讓我轉告妳，得請示一下唐師父才好，因為他聽得朝元師兄說最近班主盯得緊，或許他去不了也說不定。」

「是嗎，那我問問，若唐師父不答應，就只有勞煩他親自去送一趟藥了。」子妤點點頭，藉著即將入宮演出的藉口，覺得暫時不讓子紓和薄鳶郡主見面也是好的。

兩人一邊走，一邊說著話，不一會兒就到了小竹林。看到唐虞不在，子妤提議先對對那場武戲，畢竟腳傷了好幾日，文戲都沒擱下，這場武戲卻生疏了許多。

薄日斜斜地照來，斑駁的光點灑滿了整個小竹林，子妤和止卿都練得十分認真，沒注意到林邊一抹剪影長長地拖在青石小徑上，卻是唐虞人已經來了，正凝神看著兩人練功，並未出聲打擾。

一開始，子妤還能順利的完成動作，可連番的轉身走步，招式勉強只能支撐身形，偶爾卻又有些停頓。

待到最後下腰的動作時，子妤積壓了多日的緊張突然釋放，不免腳下一軟，嚇得止卿用力一摟，雙手將其穩住，喊出了一聲「小心」！

「唔。」呼出一口氣，子妤有些懊惱地咬了咬唇，抓住止卿的雙臂站了起來。「對不起，我的腳本來不疼了，可是一做這個動作就會覺得心裡頭透著慌。」

眼底閃過一絲擔憂，止卿卻只是笑著安慰子好。「沒關係，或許是因為傷好後第一次恢復練習讓妳心裡有些顧忌罷了，我們再來一次吧。」

點頭，子好虛劍一揚，止卿攬手一收，卻還是在下腰的這個動作上堪堪卡住，腳下不聽使喚地一顫，身子落下三分，動作已然變形無法繼續。

見子好臉色懊惱，止卿半哄半勸，將她扶好。「這沒什麼，許多戲伶在做武戲動作受傷後都會心存顧忌，再做同一個動作的時候會猶豫也是正常。上次比試是妳真正公開的第一次演出，難免會出現心態上的不穩。其實想開了就沒什麼了，千萬不要覺得困擾。」

看著止卿眼中自己清晰的影子，子好輕輕退後了一步拉開距離，搖搖頭。「我確實沒有經歷過，也不知道曾經受過傷再做同樣的動作會遲疑。可那時候我忍著劇痛都能完成動作，為什麼現在卻不能了呢！」

止卿見她面色逐漸焦躁，只好沈聲繼續相勸：「那時的妳是逼不得已，現在狀態不一樣，怎可同日而語呢。」

無力地揮揮手，子好話音有些落寞。「罷了，我還是回去休息一下吧。今天就不練了，你跟唐師父說一聲，我明天再來。」

說著，子好已經轉身往前，抬袖擦了擦額上的細汗，準備先行離開。

「還是妳自己跟唐師父說說吧。」止卿順著子好的身子，抬眼看到了立在林邊的唐虞。

轉身往外走的子好也發現了林邊的唐虞，一身薄衫青袍，徐徐微風之下他踱步而來，雖然隔得有些遠，但她分明感受到了對方平靜表情下的一絲微微意動。

不自覺的，心底蔓延著一股莫名難言的情緒，子好下意識地覺得有些愧對唐虞。想來他在一旁已經站了一會兒，也看到了自己的失敗，如此小事都無法順利完成，恐怕，他會對自己失望吧。

「唐師父來了，妳也先別急著離開了。」

伸手將子好扶住，止卿帶了她到亭中的扶欄上坐下休息，主動斟上一杯溫茶遞給她，又向著唐虞央求道：「唐師父，子好的腳傷您最熟悉，好幾日不練功，她再做動作時始終有些猶豫。這種情況她是第一次遇到，難免有些不明白。平時弟子們受傷後若是不順都找您幫忙，還是請您好好勸勸她才是。」

接過止卿遞上的茶盞，唐虞並未喝，只是順手放在了石桌上。看了看止卿可以毫無顧忌的關心子好，不知怎麼的竟有些羨慕，與此同時，腦子裡禁不住又浮現出那個「並蒂青蓮」的香囊，更加認定子好只是送錯了物件，心底掠過些微抹不開的澀意。

伸手點了點鼻頭，唐虞不願過多猜想。「止卿，你先回去休息吧，讓我和子好談談。」

「止卿！」

這方竹林總有種讓人放鬆心境的能力，若是只剩下了自己和唐虞兩人，子好怕氣氛會不自覺地有所變化，下意識地叫住了他，神色隱隱有著哀求。「我們明日再試試吧，且讓我休息一晚再說。」

並未察覺子好的異樣，止卿笑著輕拍了拍子好的肩膀，以為她只是不願面對自己的恐懼，便安慰道：「怕什麼，唐師父知道怎麼幫受傷的戲伶開導，妳還信不過他嗎？希望下次咱們對戲的時候妳別再閃了腳，變成軟腳蝦。」

止卿說完，朝唐虞福禮告辭，順手提著子好送來的甜糕便邁步離開了。

咬住唇，子好有些不敢抬眼，低首望著唐虞身後被夕陽照出的長長身影，片刻遲疑之後又站起了身。「唐師父，我沒事的，明兒個就好了。」

說完，子好一抬眼，卻發現唐虞正盯著自己，清澈的眼眸中流露出了那種曾經讓她熟悉又陌生的淡淡情愫，就像天上飄落而下的細雨，霏霏靡靡，雖然極細微，卻讓人無法忽視。

眼看子好那麼迫不及待地想要從自己身邊逃開，唐虞收起了有些紛亂的思緒，笑著搖搖頭，來到她身邊坐下，語氣溫和問道：「腳還疼嗎？」

無奈，只得又坐回扶欄上，子好原本堅持想要離開的心思被唐虞輕軟的語氣拂過，頓時再也沒有絲毫抵抗之意，只是螓首輕點，蛾眉顰蹙。「疼倒是不疼了，可總覺得做動作的時候不敢用力使勁兒。」

明瞭子好的意思，唐虞輕聲道：「這就好比一個果子，在春夏的時候被狂暴的雷雨打裂了一道口子，到了秋天，這枚果子一樣也會成為果實，長得完好如初，但始終在表皮上留下一道疤，比之其他果實，它要顯得醜陋些，不如其他果實那樣外表光潔可口誘人。但深諳箇中道理的農人卻會把這些果實留下給自家小孩兒吃，因為它們的味道比起那些從未受過傷的果子，要醇厚清甜許多。」

唐虞的話音輕柔如許，就像這初夏的暖風，合著漸漸降臨的夜色一起徐徐吹送著，一字一句雖然淡淡吐出，卻落進了子好的心坎裡，覺得尤其舒服。

章九十九　落霞旖旎

夕陽斜斜射進了子妤的眸中，好似她的眼神也帶著一抹嫣紅燦爛的陽光。自打擂比試那一夜之後，唐虞就不曾看到子妤笑得如此放鬆，見她耳畔的髮絲隨風揚起遮住了眼睛，心下不禁一動，伸出手撫上了她的臉頰，輕輕撥開了那縷頑皮的青絲。

清滑細膩的觸感從指尖傳來，肌膚略微有些涼，但給人的感覺卻是暖暖的，讓人流連之間不願放棄……

眼眸對視，似有點點漣漪在其中綻放，子妤看著唐虞，任由他的情不自禁在自己耳畔滑過，心底跟著一顫，積蓄在心底久久未曾釋放的委屈突然一下就決堤而瀉，眼角不由自主地滲出了一滴清淚，就像花瓣頂端的一滴雨露猝然而落，順著唐虞的指尖墜入了他的掌心。

溫熱的淚珠好像是有生命的，唐虞覺得掌心中泛起一抹苦澀直達心扉，好像這並不是淚，是子妤傾訴而出的苦楚凝結，是那樣的讓人酸澀無力。

或許是因為這片靜謐的天地只有他們兩人，或許在這裡不用去想所謂的師徒名分、所謂的戲班規矩，更或許因為這飽含霞光的夕陽所渲染的曖昧太過明顯……唐虞意動之下，手緩緩滑下，輕輕摟在了子妤的後頸處，不期然地將頭靠近，薄唇落下，輕輕吻去了她眼角的淚痕。

濃濃的紅霞被逐漸降臨的夜色所撕裂，那種強烈的對比使得天空顯得更加詭異，卻又透露出無比美豔的動人景致。

風過，林中的片片竹葉會颯颯著翩然而起，紛紛冉冉，不似落英那樣繽紛，卻多了幾分讓人心生感慨的蕭索和寂寥。

沈緩的夜幕被一縷樂音所打破，唐虞立在竹亭中，手持長簫，吹出了細慢的曲調，好像有飛鳥落霞停在那竹尖，翅膀拍打，驚起一陣迴旋落葉隨風律動。

他身後，子妤坐在扶欄上，倚著立柱，目光投在了遠處的池塘，彷彿在看著水中倒影的天空發呆，又像是在仔細傾聽唐虞的簫聲，思緒飄然而起，卻找不到可以落腳的答案。

一曲吹罷，唐虞收起了竹簫別在腰際，回頭看向子妤。

斜斜而坐，子妤被暮色所勾勒出的少女姿態已然無法掩飾，唐虞總覺得她眼中所有的清明和成熟幾乎從未改變，無論是五年前的那個執著想要唱青衣的女孩，還是眼前這個因自己而雙腮染得緋紅顏色的妙齡少女，都讓人始終無法看透。

先前的情不自禁，使得唐虞忘形地用唇瓣替她吻去了眼角的淚痕，若是普通女子，恐怕早就羞得轉身逃開，哪裡還會像她這般端端而坐，臉上含著淡淡的紅暈，水眸微涼地看著自己呢？

知道子妤想要一個答案，一個關於自己內心真實想法的答案，但唐虞卻退卻了，起身來一句話也沒說便開始吹簫弄曲，似乎是想藉此來平復心緒，同時找出自己也想要知道的答案。

一曲吹罷，已躲無可躲，藏無可藏，也是應該訴盡心中想法的時候了。

「你可有話要對我說？」子好看著他，眼中有著掩不住的期盼，先前那番你儂我儂的溫情畫面一直在腦中頻頻浮現，怎麼回味似乎都不夠一般，臉頰的羞紅也就因為如此而久久未褪。

深吸了口氣，唐虞薄唇輕啟，眉頭卻逐漸鎖起。「對不起，剛才是我一時忘形。」

「我不怪你。」子妤睫羽低垂，被殘留的一抹夕陽照出一圈不甚分明的影子在臉頰上，更顯粉腮緋緋，嬌羞欲滴。

「可我卻無法原諒自己，那是對妳的褻瀆。」

唐虞苦笑著搖搖頭，看向子妤的眼中有著複雜的神情。「其實，我早該發現妳對我的傾慕，那種情感是美好的，也是單純可期的。但現實始終是現實，我是妳師，妳是我徒，師徒之間注定只能有師徒之情，若衍生出其他，也注定只是一個錯誤。」

身子一緊，子妤緩緩抬起額首，眼中已是水霧瀰漫。「錯誤？是我對你的愛慕有錯？還是你對我動情有錯？」說著，眸子矇矓間淚水已是撲簌而落，掛滿了雙頰。

一口玉牙幾乎咬碎，子妤深吸一口氣，強壓住心頭的慌亂和震動，一字一句地問：「為什麼你放不下那些虛無的枷鎖？為什麼你不能正視自己的內心？」

唐虞退開一步，不敢再靠近子妤，怕自己會再次把持不住將她擁入懷中吻去淚水，別開眼說道：「妳是個聰慧伶俐的女子，應該知道為什麼。」

對方的一舉一動看在眼裡，除了逃避就是否認，子妤心中一涼，語氣也漸漸失去了原有的溫度，透著一股夜色般的冰冷。「你若是如此不敢面對自己的感情，那也不值得我芳心託付。唐師父，今夜之後，你我再無瓜葛，再見面時，我仍舊會尊你為師，卻再也不會有其他你所謂的錯誤的情感了。」

說完這好似決裂的一番話，子妤從扶欄上坐起，髮絲再次隨著夜風輕輕揚起，深深地看了唐虞一眼，好像要將對方刻入眼底那般，好半晌才回過頭，踏著昏暗的暮色，移步離開了。

看著子妤的背影，唐虞緩緩坐下，手中捏著杯盞，越來越用力，知道手背上青筋凸起，才一下子鬆開，隨之口中也長長地呼出一口氣。

把話說明白，唐虞終於覺得長久以來憋在心口的悶氣消散不見了，可一想起子妤絕決無情的話語，呼吸間卻總是難以為繼；如此矛盾的感覺還真是前所未有，讓他無可奈何，卻也無計可施。

十六歲的花子妤，就像一顆掛在枝頭的果實，已然熟透，誘人採擷而食。可唐虞卻捨不得，畢竟這果實是自己用心栽培而出的，又怎麼忍心去摘下？

若他真這麼做，那無疑是對兩人長久以來師徒名分的一種褻瀆，不單是戲班不容，自己也絕對無法容許。

愛上自己的徒弟，這樣的做法，與禽獸又有何異？更何況，子妤是自己親眼看著一年年長大的，若說是她的長輩，也無可非議。

這些鴻溝猶如千丈深淵，橫在了自己和子妤的中間，要想放棄一切容易，但若刻意去忽視這些溝壑，最後的下場只會讓兩人墜入谷底，身心俱碎。

對於自己先前屢屢逾矩的行為，唐虞沒法對自己否認，他確實在那一刻動了心，才會主動為她吻去淚水。

前院戲臺比試的那一夜，自己揪心於子妤的腳傷，最後衝到候場的屋子，不顧他人眼光將她抱走，這舉動徹底的觸發了自己先前一直說不清、道不明的情緒，說到底，不過是因為他對子妤有了淑女之思，君子之逑。

放任情感流露的感覺無疑是美妙的，子妤被自己吻去淚水時那種嬌羞的姿態也是無比誘人的。但當自己回神的那一刻，當腦子從迷亂變得清明的那一刻，種種苦澀滋味卻又如此難以下嚥，讓他後悔不已。

怕被子妤柔軟的眼神和嬌羞的表情所打動，唐虞做了此生唯一一次的逃兵，只敢起身背對她不停地吹奏手中竹簫，希望藉此片刻的時間釐清剛才發生的一切到底是怎麼回事。

一番深思之後，理智最終還是戰勝了感情。面對自己一直視如親徒的弟子，唐虞不敢再輕易褻瀆，讓兩人之間原本應該有的關係變得齷齪不堪，難以啟齒。與其讓子妤受傷，唐虞寧願現在就斬斷這剛剛萌芽而出的情愫。

這個時候被自己拒絕，子妤或許會難受，或許會心痛，但總比將來被人唾罵指責、名聲盡毀要好太多。

想通了，心裡的澀意也漸漸淡了，唐虞又抽出了竹簫，斷斷續續的吹奏了起來，只是這曲中的涼意好像六月飄雪，在這初夏的夜晚聽來，總是讓人有種背上發寒的感覺。

走在竹林外的子妤這時候卻停下了腳步，好像是因為聽見唐虞的簫聲，又好像是實在無力邁開腳步。總之，抬眼望著一輪初昇的明月，心底那細微的裂縫終於越來越大，彷彿隨時都會「砰」的一聲碎裂開來。

以前總是聽得身邊癡情女子的故事，結局是如何如何的「心碎無比」。當時自己還覺得幼稚可笑，不明白「心碎」是種什麼樣的感覺，還不如形容為「胃疼」或「頭暈」來得具體直接。

但現在，當自己體會到了何為「心碎」時，那種感覺，卻比任何身體上的疼痛來得更加猛烈，更加能夠撕裂人的意志，而且毫不留情，徹徹底底。

覺得眼前的月亮怎麼變得越來越模糊不清，抬手一抹，子妤才發現自己不知什麼時候已經是淚流滿面。

狠狠地咬住唇瓣，希望藉由肌膚的疼痛來讓自己堅強些，子妤用力地抹去了眼淚，踏著夜色，卻並未回到沁園，而是尋了偏僻小院的無人角落緩緩蹲下，想著等自己看起來並無異樣時再回去。畢竟現在屋裡還有茗月在，已非她一個人獨住。

章一百　好事成了

在即將入宮獻藝的當口，花家班倒是出了件喜事兒。鍾師父得班主應允，向塞雁兒的婢女阿滿提親，阿滿沒有拒絕，塞雁兒也沒有阻攔，兩人便定下了此時。

今日，在唐虞的陪伴下，鍾師父帶著綵禮來到了沁園，給阿滿下聘。

兩匹上好的綢緞，一對鑲金的鐲子，一套紅甸玉石的頭面首飾，一包香茶，還有一對小巧精緻的鎏金鴛鴦擺飾。鍾師父的綵禮不算厚重，卻處處透著心思。

那綢緞正是阿滿喜歡的嫣紅色，鑲金鐲子上也打造了她平素愛用的「喜鵲登枝」圖樣，香茶混了茉莉花和乾桂花，是阿滿所愛的濃香味道。另外那套紅甸玉石的頭面首飾自然是給她做新嫁娘那天佩戴的，包含了一對耳墜、兩對簪、三對扁，還有一支鳳頭造型的珠釵。雖然材質不是很珍貴，卻手工精細，造型大方，很有兩分體面。

最後那對鎏金的鴛鴦，是唐虞送的，看著如此貴重的一對鎏金擺飾，鍾師父本不想收，但唐虞執意要送，並提醒他到時候佈置新房也得用些裝飾，這鴛鴦寓意雙宿雙飛，倒也適合拿來送作綵禮給阿滿。

「篤篤篤──」

因為鍾師父有些不好意思，唐虞打前頭叩了門。不一會兒門內傳來陣陣聲響，門閂一取，沁園的小庭院便呈現在兩人的面前。

來開門的正是子妤，端端而立，笑意清淺。

知道今兒個唐虞要來，她神情倒也如常，只微笑著迎了兩人進來，語氣也絲毫聽不出什麼異樣。「唐師父、鍾師父，四師姊已經等著了，這邊請。」

說著，轉身提了裙角，無視唐虞投來的目光，走在了前頭，絲毫沒有給對方開口的機會。

已是初夏，子妤穿了一身單薄的裙衫，是柔柔的嫩黃顏色，從腰際開始染了翩翩飛舞的雪蝶，走動間只覺蝶舞紛紛，更添了衣裳主人的幾分嬌媚姿態。此時她裙角提起，步履翩翩，薄薄衣衫從背後看幾乎是貼在了身上，勾勒出稍顯清瘦卻窈窕有致的線條。

鍾師父跟在後面，看著子妤有些呆了，忍不住湊到唐虞耳邊小聲嘟囔道：「這閨女可真是一日一變啊。且不說那討喜的長相，如今個頭也高了，身段又好。不知道將來哪個有福氣的可以娶了回家做娘子呢！」

唐虞倒是忽略了鍾師父所說的那些女子容貌身段，只覺得今日看著她，好像又瘦了些，纖弱的背影讓人心生憐惜。

隨即眼神泛起一絲深沈幽暗，唐虞也不願多說，只伸手拍拍鍾師父道：「倒是今兒個你來下聘，馬上就有自己的嬌妻娘子了，才是教人好生羨慕啊。」

「嘿嘿，這倒是。別說這戲班裡美女如雲，有了阿滿，我就什麼都不求了。」鍾師父憨厚的臉上笑容倒是挺燦爛，透著股殷殷期待。

「走吧，塞雁兒可不是好說話的。」還真沒見過這七尺大漢如此「嬌羞」的表情，唐虞無奈地甩甩頭，和鍾師父一併跟著子妤進了花廳。

唐虞代表鍾師父過來幫忙提親，這廂塞雁兒作為阿滿的師姊和半個主子，自然要替她出面作主。

早早梳洗完畢，又用過膳食，塞雁兒就來到花廳內端坐。一身嫣紅的海棠春睡裙衫媚若無骨，高高綰起的百合髻卻又將其襯出幾分少見的凌厲。她知道今兒個來人是唐虞，存了心要給鍾師父下馬威，將來好讓他不敢辜負阿滿，順帶也讓自己一貫看不順眼的唐虞嚐嚐求人的滋味。

子妤領了唐虞和鍾師父進花廳，和茗月一起將鎮好的冰糖綠豆湯端來，一人一盞放好。兩人做完這些，便回到塞雁兒身後分立著。

這時候，子妤才不經意地抬眼看了看唐虞。

仍舊是青竹長衫，黑髮後束，眼前的唐虞與幾日前看起來並無分別，只是若不仔細看，就會忽略他眉間若隱若現的一縷愁緒和深沈，這些是他原本沒有的。

看到他，腦中就會不由自主地浮起竹亭內片刻旖旎的畫面，還有他一番不願陷入錯誤情感的言語。本以為自己能完全忘卻，但面對著他，一幕幕、一字字竟如此清晰在心中一一浮現，彷佛有種窒息的痛憋得自己無法喘氣，只好咬著唇又緩緩埋下額首，睫羽低垂。

端坐在扶椅上，唐虞也注意到了表情有些不自然的子妤。這次看著她好像人一下子就失去了光彩一般，清瘦柔弱的樣子，忍不住眼中有些淡淡的憐惜之色緩緩滑過。

不過此番前來另有要事，唐虞收起了心神，理了理服飾來到塞雁兒面前，拱手行了一禮。「雁兒姑娘，在下代表鍾師父前來提親，這是綵禮一份，請過目。」

說著，茗月主動走了過去，接過鍾師父手中的托盤，將裡面林林總總的幾樣東西一併呈給了塞雁兒。

塞雁兒伸出手，鮮紅的蔻丹塗在指尖上，好似生在嫩白枝頭的一顆殷桃。她輕輕撥弄著那鑲金鐲子。「綵禮還算不薄，但若要阿滿就這麼嫁給鍾師父，恐怕還不夠吧！」

鍾師父聽得神色一緊，立馬上前一步，抱拳道：「雁兒姑娘，我鍾師父雖然沒有豐厚的家產，也沒有僕人、丫鬟可以伺候阿滿，但我對阿滿絕對是真心實意的。只要您同意把阿滿姑娘嫁給我，我發誓，我一定會待她如珠如寶，絕不讓她受半點委屈！」

面對鍾師父這番真心實意的表白，塞雁兒倒是很滿意的樣子，揮揮手讓茗月將綵禮收起來，嬌嬌然起身來走到鍾師父面前，媚眼上上下下的打量著，就像在審視一件商品，目光挑剔而且極為苛刻。

被塞雁兒這樣一雙極為柔媚的眼神看著，鍾師父忍不住有些哆嗦起來，鼻端香風陣陣，卻讓他根本無法呼吸，只好伸手扯了扯一旁的唐虞，好像是在求救。

唐虞笑了笑，只好上前為他解圍。「鍾師父說的話，不知雁兒姑娘可滿意？」

子好也在一旁看著有些著急，上前輕聲幫襯道：「四師姊，鍾師父都這樣說了，妳就點個頭吧。」

掩口格格笑了兩聲，塞雁兒沒再打量鍾師父，回到廣椅上斜斜倚著扶手而坐。「要娶了阿滿也行，不過有個條件，不知道鍾師父願不願答應？」

鍾師父先是感激地朝子好點點頭，謝了她幫自己解圍。而後聽了塞雁兒如此說來，當即就鬆了口氣，立馬朗聲答道：「雁兒姑娘說什麼我都答應！」

「先別答應得如此爽快！」塞雁兒端起湯盅，輕啜了一口冰糖綠豆湯，等心頭舒服了，才啟唇又道：「看來鍾師父確實是有些急不可待了。不過話說回來，其實我也是為了阿滿好，要求也極為簡單，若鍾師父能辦到，自然會把阿滿嫁給你。」

見塞雁兒說得煞有介事，唐虞和子好均忍不住對望一眼，似有擔憂。鍾師父更是突然緊張起來，生怕她獅子大開口，提出黃金萬兩之類的要求，那樣就算把他賣上一百次恐怕也值不了這個價。

看得鍾師父偌大個漢子竟有些哆嗦了，唐虞上前跨出一步隱隱擋在他面前。「鍾師父是個老實人，若他不喜歡阿滿也不會這麼緊張想要娶她過門。」

唐虞話音淡淡，卻有種讓人無法抗拒的冷漠顏色在裡面，聽得塞雁兒背後一凜，也不知是不是怕了他，還是有其他因素，放下手中湯盅，嘴兒癟了癟，掃了唐虞一眼，最後直直地看向鍾師父，紅唇微啟，細聲慢慢道：「再過三、四年，我大概就會從戲臺上退下。到時候嫁人也好，自立門戶也好，我只想帶著阿滿一起離開花家班。不知鍾師父你可願意？」

「這……」

鍾師父愣住了，沒想到塞雁兒會提出如此要求，按說媳婦娶回家了自然是跟著自己這個做丈夫的。先前阿滿就提過要求，等兩人成親後要繼續住在沁園裡，方便陪著塞雁兒。就算同在一個戲班裡，老婆不跟著自己住總覺著缺了些什麼，但阿滿既然有要求，他也不好不答應。可現在塞雁兒的意思，將來還得跟著她一併離開戲班子！

要是她嫁到京城還好，若是離開遠了，自己又該如何？難道也離開花家班跟著過去？世上哪有這樣娶妻的道理？

想到此，鍾師父臉色憋得有些發紅了，愣在那兒答應也不是，拒絕也不是，只好又看向唐虞，求他給自己作主。

唐虞自然明白鍾師父的為難，語氣含著些許的不善。「塞雁兒，妳是什麼意思？」

子好急了，也屈身在塞雁兒的耳邊央求道：「四師姊，若是阿滿姊嫁給鍾師父，將來又怎麼可能跟著妳離開戲班呢？這不是活生生拆散人家夫妻嗎！」

塞雁兒不置可否地先喝了口冰糖綠豆湯，這才緩緩抬眼看了鍾師父一眼，吐氣如蘭說道：「說實話，我和阿滿同歲，相處這些年來，雖然她是我的婢女，但我從未看低她，跟她情同姊妹。原本我都打算好了，等我有了好歸宿，也找個富戶讓阿滿嫁過去，至少後半輩子不愁吃穿，過過少奶奶的逍遙日子，也不枉她伺候了我這麼多年。可現如今她竟同意了下嫁給鍾師父你，我就不得不替她考慮考慮將來。」

「這可不是考慮，恐怕是自私吧！」唐虞插了一句，眼神有些冰冷，看得塞雁兒別過眼不敢對視。

「你急什麼急，人家鍾師父還沒說答不答應呢。」塞雁兒悶哼一聲，也不理他，又對著鍾師父勸道：「我這是問過阿滿的意思才提出來的。想想看，等過三、四年我離開了戲班子，必然會有個好出路，到時候帶了阿滿過去，至少讓她做個管事的，每月也能掙些薪俸，不然僅僅靠著鍾師父你那點兒微薄的月例，怎麼養家餬口？難道讓阿滿跟著你吃苦啊！」

「我也是存了些銀子的！」鍾師父不服氣地開了口，但明顯有些底氣不足的樣子。

「不是我瞧不起你！」塞雁兒話鋒一轉，嘆道：「你看看我這沁園，無論是阿滿還是子好，甚至是剛剛來的茗月，她們哪一個不是穿金戴銀吃香喝辣，比起其他弟子，自然是不一樣的。就算阿滿願意跟著你吃苦，我還不樂意呢！將來我嫁出去，阿滿留在戲班算什麼？子好和茗月還能上臺唱戲掙些打賞，可阿滿年紀大了不說，打從十五歲跟了我就沒有再學過戲，留在戲班只有做粗使婆子掙些辛苦錢。若是跟著我嫁過去，無論是阿滿還是你都不吃虧，況且我又不是要離開京城。鍾師父，你怎麼就想不通呢？」

被塞雁兒這樣一說，鍾師父撓了撓頭，好像真覺著是那麼回事。自己也不曉得該怎麼辦了，下意識地看向唐虞，想讓他給自己拿個主意。

身為中間人，唐虞自然得為鍾師父考量，左思右想，覺得塞雁兒的話雖然刻薄了些，但不無道理。

不過兩、三年，恐怕塞雁兒就會離開戲班子，嫁給京城與她相好的。到時候她離開了這沁園，阿滿若留在戲班裡，只有做粗使婆子伺候人。雖然鍾師父的薪餉能養活兩個人，但阿滿這些年的體面，到時候生活清苦恐怕也不是鍾師父願意見到的。而且等兩人有了孩子，日子肯定會捉襟見肘。

塞雁兒出發點雖然是想身邊有個人能一直跟著，但的確也是為了幫阿滿才如此提議，並未有意為難鍾師父。

想到此，唐虞開口問塞雁兒：「雁兒姑娘，妳確定以後不會離開京城？」

塞雁兒點點頭。「這是自然。若鍾師父願意，將來在我嫁人之後同樣也可以替他謀個差事，想來以他一身功夫，做個護院什麼的也是極容易的。到時候兩個人一樣守在一處，與現在也沒什分別。」

「如果是這樣，那我幫鍾師父求個情。」唐虞笑了笑，看著塞雁兒。「既然兩人成婚，這幾年趁著妳還沒離開戲班，讓阿滿搬去南院和鍾師父一起住吧。」

沒想到唐虞藉機談條件，塞雁兒憋了半晌，只好同意。「罷了，反正南院離得我沁園也不遠，要伺候倒也方便。再說茗月現在也住進來了，能幫忙做些活兒，阿滿暫時離開並無大礙。」

對方話到此，唐虞也看得出鍾師父已經妥協了，他不好再多說什麼。「那就擇日為他們完婚吧。」

「日子讓唐師父定了就好，酒席不用太多，擺滿十八桌就行。」塞雁兒也很滿意，順勢道出了其他所需要鍾師父準備的東西，一樣樣的，細細算來還真是不少。

「我這就去告訴阿滿姊。」子好忍住心中的歡喜，笑意盈盈露出兩個淺淺梨渦，提著裙角就往後院去了，好像片刻也等不得。

章一百零一　如師如徒

阿滿的婚事已敲定，準備在貴妃壽辰之後的六月初五就舉行。裁嫁衣、備嫁妝，如此一來，沁園裡就顯得更加忙碌了。

但想起當初答應薄鳶郡主去她府上作客的事，子妤再忙還是得實踐諾言。且不說對方隔三差五就送來帖子和書信，上次給她的一瓶百花蜜丸想來也差不多要用完了，得尋了唐虞再送一瓶過去才是。

可是一想到唐虞，子妤心裡免不了有些發酸，前晚之後，子妤便沒有再去紫竹林練功，只說夏季已至，自己有些不適應那兒的濕熱，求塞雁兒答應讓自己和止卿、子紓就在沁園裡排戲，暫時避開了和唐虞的接觸。

一時的躲避，並不代表一直都不見面。唐虞是這齣戲的指導師父，除非自己退出，否則怎麼樣都會有再相遇的時候，看來，除了裝作若無其事，其餘並無他法。

如此思慮半晌，子妤還是決定去一趟南院，逃避不是解決問題的方法，或許只有坦然的面對，才是最好的辦法。

換上一身細布衫子，青翠欲滴的絲絲細竹點綴在裙角處，腰間繫上凝綠的腰帶，清若宛然間，子妤已經具備了與其他二八少女一絲不同的氣質。沈靜、恬然，猶若幽蘭獨放，雖然極為可人，卻有種無法忽視的疏離感，讓人不敢親近。

經過無棠院，好些個師兄弟、師姊妹都看到她，卻只敢遠遠瞧著，並未主動上前招呼。畢竟，在他們眼裡，自從上次前院比試以來，原先那個雋秀可人的女子好像已經變了，變得似乎驕傲冷漠了許多。不過她也有驕傲的理由，能代表花家班在宮裡登臺獻演，這已經是值得所有戲伶稱道了。

可這些弟子們卻沒想到，子好壓根兒就沒有因為能在貴妃壽辰登臺而自我感覺良好。只是經過了和唐虞的情感糾葛，還有青歌兒對大師姊動手腳的事情之後，自己總算拾回了兩世為人本該有的沈靜內斂，不再真把自己當作是一個清純無憂的二八少女。

知道無棠院中的人在議論自己，子好也並不在意，只提步徐徐而去，留下一抹翠色流淌的倩影。

一間戲課教習屋裡，如錦抬眼，眼神隨著花子好的身影而去。

因為五年前所發生的事，花夷不再重用他，只安排了他在無棠院負責青衣旦的戲課，偶爾有熟客點他，才去前院登登臺，包括出堂會等私演幾乎能推的都推了。不過看他的樣子也並未有什麼埋怨，只平靜的接受了花夷的安排，一邊做了個閒散的教習師父，一邊繼續和水仙兒暗地聯繫，似乎仍想從對方口中繼續套取佘家班的隱秘。

不過水仙兒也是機靈的，雖禁不住如錦的軟磨硬泡，時常透露些戲班裡的事給他聽，可一旦涉及較隱秘忌諱的，卻極少有說漏嘴的，這讓如錦也沒轍。

所以，五年過去，他沒能立功，自然花夷也就逐漸將他給遺忘了。對於他和水仙兒交好卻沒有打聽到情報的事，再也無人關心和過問。

但這次他確實從水仙兒那兒聽到一些關於貴妃壽辰演出的風吹草動。那晚花家班比試打擂，佘家班現在的台柱小桃梨就曾化名來觀看，因為小桃梨深受佘大貴喜愛，水仙兒也是因為有些不滿所以才跟如錦發洩一番罷了，雖然並未透露太多內容，但對方知道自己戲班的戲碼，花家班卻對佘家班到底會演什麼一概不知。

「知己知彼，百戰百勝」，這樣的兆頭可不好，如錦心中也明白，可他卻並未提醒花夷或者唐虞，甚至態度淡漠地有些想看著花子妤出醜。

當年之事後來他也明白了幾分，要不是被花子妤拾到水仙兒那方掉落的絲帕，沒有交還給自己反而找唐虞告密，他也不會這麼早就被花夷冷凍起來，離開前院的戲臺。

收回眼光，不易察覺的冷笑含在了如錦的雙眸中，又繼續開始講戲，而臺下認真傾聽的弟子們自然不會發覺，只以為這個相貌俊美異常卻又帶著一絲陰翳的師父，再一次走神罷了。

卻說子妤一路而去，來到南院門口，一陣暖風含著陣陣燥熱之氣吹來，讓自己原本平靜的心又起了一絲波瀾。

此時師父們多在無棠院教戲，所以南院並沒有什麼人，遠遠看去，唐虞屋門口的青竹已經長得極高，幾乎擋住了整個門楣，只露出一根頗顯斑駁的黑漆立柱和一扇半虛半掩的屋門。

他在……

想了想要說的話，子妤深吸了幾口氣，這才邁步而去。

推門而進，子妤從小就習慣了來去自如，倒也沒有主動敲門。

平時子妤每天都會來按時打掃屋子，可這幾日來因為諸多事情，卻把這檔子事給耽擱了。但環顧一圈，除了裡間書案上稍嫌凌亂，外間的小廳和角落的床榻都收拾得挺整潔。自嘲地甩甩額首，子妤鬆了口氣，想著以後或許真不用自己再操心這些瑣碎的事了，也免了每日和唐虞的接觸。

不過這屋門虛掩，屋裡卻沒見到唐虞，子妤收起神思，又輕喚了聲「唐師父」。側簾微動，唐虞竟是從旁邊的沐浴小間走出來，長髮微濕，白袍敞胸，臉頰上還掛著幾滴晶瑩可見的水珠。

看到門邊站了一人，竟是子妤，唐虞一愣之下有些尷尬地轉身將衣袍攏起繫好，隨口解釋道：「先前在無華樓陪班主用膳，他喜好的熏香我卻有些難受，回來便清洗了一下身子。本以為南院師父們都去上戲課了，覺得燥熱難耐便沒有關好門，對不起。」

自己撞見別人的尷尬模樣，對方還主動說「對不起」，這讓子妤臉上兩團淡淡的嫣紅顏色消褪了不少，等唐虞整理好了服飾回身過來，便端端上前福了一禮。「見過唐師父。」說話的時候，仍舊睫羽低垂，不敢抬眼直視對方。

抹了抹額頭掛著的水珠，唐虞意外子妤會主動前來找自己。想著這兩天她讓止卿和子紓過去沁園排戲，明知道她是在躲著他罷了，卻無可奈何不敢多問一句。像他這樣當師父的，恐怕放眼全國戲班也找不出第二人了。

想著，唇邊有些苦笑的意味流露而出，唐虞面色如常地踱步過去，示意子妤坐下，才開口道：「這兩天戲排得如何？聽止卿說妳已克服了腳傷帶來的後遺症，但好像有些心不在焉。再不到三日就是貴妃壽辰了，若不能好生發揮應有的水平，可對不起你們勤練如此久的時間。」

被唐虞三兩句提點，子妤還真覺得有些慚愧。

身為戲伶，確實不該把個人的感情帶入其中。這幾日自己因為心中老是念念不忘被唐虞拒絕的事，不但躲開他，還在練功時常常心有旁騖，心不在焉。這些恐怕止卿都如實地告知了唐虞，他知道卻沒有過問，恐怕也是想等自己冷靜幾天再說；畢竟兩人的關係還是師徒，若沒有他這個師父指點，自己又怎能在唱戲的路上走得更遠呢？

想清楚了箇中環節，子妤也不再不好意思了，抬眼看著唐虞，誠懇地將這些天來在排戲中遇到的問題一一提問出來，想要求得一個答案。

唐虞也絲毫不保留地替她解答了大部分，剩下一些關於動作戲的，類似下腰之類需要動手指點才可，但兩人因為始終有著一層跨不過的障礙，故而都直接選擇了忽視略過。

如此反覆詢問解答切磋一番，子妤終於有所感悟，臉上也露出幾分喜色，感激地望著唐虞。「多謝唐師父傾力指點，若弟子獨自揣摩，不知何時才能想明白呢。」

面對子妤的聰慧內斂，機敏過人，許多問題她一點就通，也讓唐虞這個當師父的覺著有些意猶未盡。「妳不用自謙，論對於戲文的掌握，妳不比金盞兒和塞雁兒差，假以時日，妳也一定會成為傑出戲伶的。」

被唐虞稱讚得有些不太好意思，子妤螓首微埋，突然想起了此番過來的主要任務，復又抬眼，啟唇道：「對了，還請唐師父准許弟子和子紓明日外出一趟。薄鳶郡主多番送來名帖書信，說上回給她的百花蜜丸所剩無幾了，故而弟子想親自去一趟探望，順便捎帶藥丸。」

略沈吟了一下，唐虞點點頭。「也好，前些日子妳隨我學了些淺顯的醫術，這次我就不一起去了，妳幫我替她把把脈，不必有壓力，只須感受一下她的脈象回來告訴我就行。」說完，唐虞走到書案後的書架上取下備好的一瓶藥丸，放到子妤面前。「妳帶去吧，可惜百花蜜丸需要現製，超過十四天就會喪失藥效，恐怕以後得勞煩妳經常送藥過去。」

子妤起身來，看到藥瓶上唐虞修長而乾淨的手指，想起之前兩人一起製藥丸的情形，心下覺得一悶，伸手接過來，點頭道：「這沒什麼，弟子和郡主有幾分私交，權當去做客，也能偷得半日閒。」

或許是發現了子妤的表情漸漸凝住，只埋首望著手中藥瓶，唐虞也想起了當初教她怎麼做這百花蜜丸的情形，不論是隨便找個理由也好，還是真的有事要她做也好，那時自己就總想將她叫到身邊。

不願多想，唐虞又交代了一些讓子妤把脈的事項。直到目送她離開，才覺得這南院裡似乎又恢復了那種暑氣環繞的燥熱之感。

章一百零二　山中妙音

薄侯京城府邸位於城郊處，離得煙波湖不遠，因為是給薄鳶郡主休養的別院，所以依山勢建在半山腰中，下看碧波蕩漾，上望青山挺拔，端的是一處神仙妙居。

坐在一輛紅漆黑頂的豪華輦車上，子妤撩開半簾窗布，看著煙波湖在腳下越來越遠，又想起了和唐虞在湖畔賽馬的情形。

春水蕩綠，草長鶯飛，不過短短一個月的時間罷了，已經有種物是人非的感覺。想想，若兩人不曾踏出那一步，是否會比現在這樣不尷不尬的關係好些呢？

不經意地一嘆，子妤還是收回了遠飄的眼神，放下車簾。

「怎麼了，這麼大好的天氣出門踏青，不遜兄，你和家姊一樣都悶悶的呢？真無趣！」眼見車中兩人，諸葛不遜仍舊是一副萬年不變的死人臉，花子好又只顧往外看望，生性毛躁的花子紓自然耐不住了，張口不滿地嚷了起來。「咱們好不容易又聚到一起，來來來，反正還早，不如咱們下去步行，權當爬爬山，活動活動筋骨。」

子妤一聽，倒覺得這是個舒緩心情的好法子，當即便同意了，只看向諸葛不遜。

身為右相親孫，貴妃侄孫，諸葛不遜從來是軟玉金煙地被伺候著，何曾徒步爬過山？不過看著子妤閃閃的目光，不忍掃興，只好無奈的點點頭，一如古井不變的眼神浮出一抹苦色。「罷了，我就捨命陪君子吧。」

囑咐車夫先行前往山腰處的薄侯府上報信，而花家姊弟和諸葛不遜三人則各自挽袖攬裙，開始了徒步登山。

山路崎嶇，小道羊腸，雖然略顯陡峭，但對於花子紓這樣的武生小子來說，簡直不費吹灰之力就已經遙遙而去，不一會兒就把花子妤和諸葛不遜遠拋在後面了。

「臭小子，你等等我們。」

嗅著四處瀰漫的草木之氣、野花之香，讓原本神情鬱鬱的子妤感到一種豁然開朗的暢快，大聲喊著只顧向前衝的弟弟，呼喊間偶有清脆笑聲逸出，也感染了身後亦步亦趨、行路有些艱難的諸葛不遜。「這山間景致倒也別具意趣，子紓，你只顧埋頭往上爬，簡直浪費了這路邊的美景啊！」

「我在前面為你們開路，跟著我走就是。」

顯然，前頭林中傳來的聲音絲毫沒有被子妤和諸葛不遜的話給影響半分，子紓的大嗓門中透著一股興奮，不一會兒就完全聽不見聲音，也不知道跑出去多遠了。

子妤搖搖頭，抬手將耳旁的髮絲攏了起來，回頭朝諸葛不遜一笑。「罷了，那小子向來就是這樣，由他去開路吧，也免得咱們迷路。」

微微喘著氣，諸葛不遜步步而上，顯然有些勉強。但若是讓他跟著子紓的速度來往上爬山，又肯定是吃不消的，只好打趣道：「當然，眼前有如此景致，身旁更有佳人相伴，我自是不介意走慢些的。」

花子妤知道諸葛不遜年紀小小派頭卻不小，平時也從不露怯，眼見他身板兒弱弱爬起山來如老牛拉車，心中暗笑著也不點破，情緒卻是更加盎然了。

轉過一個山彎，迎面所見竟是半山坡紫花盛放的槐樹林，連地上的泥土綠草間都鋪滿了茵茵粉紫的落花，好似一處天然仙境，惹得子妤心中有感，不禁放開嗓子，也不顧諸葛不遜還在身旁，粉唇開啟唱起了山歌來。

「高高山上一樹槐，手把欄杆望郎來，娘問女兒望啥子，我望槐花幾時開……」

這首〈槐花幾時開〉是生前外婆最喜歡哼唱的一段山曲，聽得出乃是四川那邊的方言民歌，來來去去就那四句，卻音律長短不一，曲調起伏蕩漾，寥寥不過才四句的歌詞，就將這山中少女的情思勾勒得維妙維肖、甜美動人。

身後的諸葛不遜也停下了腳步，乍聽之下略有驚奇，隨即便將腰際掛著的一支短笛取在手中，合著子妤的歌聲替她伴奏起來。

這兩人，一個歌，一個曲，猶若妙音仙樂一般迴蕩在這原本寂靜的小山中，引得山間路過樵夫都忍不住停下腳步，細細聞來，神情疑惑。

花子紓走在前頭不遠處，嘴上還叼著一根草莖作耍，聽後面兩人一唱一和，也心癢難耐，乾脆仰天扯著嗓子就嚎叫了起來，「嗷嗚——嗷嗚」的聲音就像孤狼長嘯，配合著曼妙樂音和清甜山歌，倒也並無突兀難聽，反而有一種另類的和諧之感。

最後還是諸葛不遜撐不住了，短笛晴朗圓潤、悠遠迴蕩的聲音漸漸弱了下來，讓前頭的子妤聽出了端倪，想著以諸葛不遜的身板兒能登山跋涉已是勉強，若還要分出氣力來吹笛奏樂，恐怕再走幾步他就要停下來「拉風箱」似的喘氣了，隨即也沒再唱，輕輕地收了聲。

倒是前頭的花子紓興致正濃，也不愁沒有力氣，獨自繼續呼嘯著，驚起兩旁飛鳥無數。

眼看山腰處那一彎別院飛簷已經在目，子好瞧了瞧身後面色微紅的諸葛不遜，面前山中流淌的溪水至此，正好形成的迂迴水塘，便停下步子。「咱們歇會兒吧，反正要到了，等子紓那小子先去報信，咱們耽擱一會兒也無妨。」說完，尋了個水邊平坦的石頭，也不在乎有無塵泥，一把坐下。

如此不拘泥，子好的一舉一動看在諸葛不遜眼裡有些欣賞。知道對方是為了自己著想，也坦然接受了，從懷中掏出一方玄金色的錦帕鋪在石面上，這才一撩長袍，端端坐下。「還真是有些累。望山跑死馬，這薄侯別院看起來近在咫尺，恐怕再走個小半時辰才能到，歇歇也好。」

瞭望四周，高聳入雲的樹木接天連日，使得夏季暑氣燥熱在此處都不存在似的，況且山間一汪深潭碧色如凝，更添了幾分深幽清爽，看得子好忍不住起身來到水潭邊蹲下去，掬起了一捧潭水送入口中。

「呀，好沁涼呢。」子好面露欣喜，轉頭來對著諸葛不遜道：「走了這麼久，嗓子都快冒煙了，遜兒你不如也來喝一口，涼快涼快。」

端坐在石面上的諸葛不遜見子好竟胡亂喝這山中之水，波瀾不驚的臉色似乎抽動了一下，嫌棄地擺擺頭。「罷了，我怕喝了回頭就鬧肚子。這裡鳥兒飛來飛去，誰知道裡面不會有那些個髒東西。」

本知道這貴門少爺多講究，子好也沒強求，又掬了一捧水洗洗臉頰，這才掏出絹帕擦拭著起身來，嘆道：「真舒服，可惜有人規矩太多不能享受。」

「今日妳有些奇怪。」

沒來由的，諸葛不遜突然說出了這句話，深如古井的眸子透出一抹關切的光華，極為少見，也一閃而過。

子好愣住了，隨即展顏一笑。「什麼怎麼了？難道不許別人開心如此嗎？」

諸葛不遜臉色卻越發認真起來。「妳和以前不一樣了。要具體說哪裡不一樣我也說不清楚，但看妳的眼睛，總感覺在看著一個飽經風霜心境淡漠的老人，而非二八年華的妙齡女子。」

「噗哧」一聲嬌笑而出，子好捂著嘴，伸出如蔥素手指著諸葛不遜。「你還說我呢，不過十五的弱冠之年，誰人看著你不會心中嘀咕好像面對著一個小老頭，你倒好，反過來說我！」

淡淡的一笑，諸葛不遜竟喃喃解釋了起來。「這是因為我需要偽裝。身為右相府裡唯一的繼承人，要面對的東西太多太多。若我真的像個十五歲男孩兒，恐怕早被人利用了一百遍不止。所以用沈靜淡漠來作自己的偽裝，就像妳，笑得如此清甜可人，卻也同樣在隱藏自己的情緒，不是嗎？」

被諸葛不遜一語中的，子好臉色略怔，有些尷尬地搖搖頭。「你才不是裝的，你就是個人精。小小年紀，眼神卻猶如萬年不變的沈水古井，毫無波瀾。」說著別開眼，似乎怕被對方看出心事。

「看來我說對了?妳確實有所隱瞞?」諸葛不遜眼底閃過一絲狡黠。

「原來你是在詐我?」子妤挑挑眉,不置可否地聳聳肩。「確實有些煩心事,所以才出來散散心罷了。」

「子妤姊,妳是一個很特別的女子,知道嗎?」諸葛不遜緩緩啟唇,卻說了一句沒頭沒腦的話,似乎是在勸她,又似是分析什麼,聲音有些暖暖的意味在裡面,眼神透過樹間斑駁而下的薄陽,一字一句地道:「聰慧機敏、娟秀清靈,這些詞語用在妳身上都毫不過分。妳的笑容、妳的堅毅,透過面容、透過一言一行,都會讓身邊的人感到一種特殊。但仔細一琢磨,又覺得妳似乎極為平凡,絲毫沒有什麼特別之處,這著實矛盾。但正因為如此,才會引人探究,欲罷不能。」

「你這是在誇我還是貶我呢?」子妤聽得一愣,不明白諸葛不遜的意思,有些茫然地看著他。

起身來,走到水潭邊與其並立,只有十五歲的諸葛不遜竟隱隱高過了子妤半個頭,聲音如眼前這深潭碧水,不帶一絲煙火之氣,卻淡淡流露著關切之意。「有時候,吸引別人並非是妳的錯,也並非是被妳吸引之人的錯;錯的,只是在不正確的時間相遇了。」

心下懵然意動,子妤覺得諸葛不遜所言好像意有所指,讓自己不由自主地想起同唐虞之間的關係。

但諸葛不遜不可能知道兩人之間發生的事,更不可能明瞭兩人之間的情感糾葛,又怎麼可能出言相勸呢?

章一百零三　願賭服輸

山間密林幾乎把陽光盡數擋在了外頭，但還是有絲絲縷縷透過縫隙溜進了這水潭邊，將綠茸茸的草地和平靜的水面映照得斑駁閃爍。

子妤坐在水潭邊的大石上，雙腳垂在水面，露出芙蓉連枝紋樣的繡鞋，點點金蓮好似蜻蜓觸水，卻並未激起任何漣漪。

側頭看著她一臉深重的疑惑之色，諸葛不遜朗然一笑，眼底的目色卻猶如這山澗深潭，毫無波瀾可期。「今日一早我去找唐師父求他指點竹簫技藝，才知道你們準備啟程前往薄侯別院，我厚顏跟來之前，曾與唐師父打賭。」

聽他有意無意提及唐虞，子妤疑惑更深。「打賭？打什麼賭？」

諸葛不遜朗然一笑，玉面之上映出點點光暈散開。「五日之後，姑奶奶的壽辰上，若你們被佘家班壓過，唐師父也要來右相府做我一個月的先生，專教我竹簫技藝。另外……還賭了妳！」

「賭我？」子妤呆住了，看著諸葛不遜笑意古怪，反問：「我有什麼好賭的？」

「妳是花家班獻演的主角，自然得一併牽連。到時候若是輸給了佘家班那個聲名鵲起的小桃梨，妳就得跟著唐師父到右相府中，做我一個月的婢女。」諸葛不遜說著，已經轉身準備先走。

什麼一個月的婢女？子妤腦子裡亂烘烘，哪裡肯讓他走。「你和他賭便是，幹麼扯上我？你說清楚再走！」

「這事兒你們班主也知道，已經定了，別問我！」一邊走邊向後擺擺手，看背影，諸葛不遜倒是悠悠閒閒一如先前，可衣袍之下的兩隻腳明顯地加快了不少，似乎害怕被子妤逮住，也不知他哪來的力氣，竟幾步就登上了山間斜坡，也不理會呆在原地眼中冒火的花子妤，就這樣消失不見了！

子妤有些呆呆地立於水潭邊，裙腳被濕潤的泥土和掛著露水的草葉沾濕，暈染開來一團淡淡的水污泥漬，臉上表情是說不出話來的鬱悶至極。

他和唐虞賭什麼她管不了，也不關她的事！但輸了得去右相府中做一個月的婢女，這可是她得身體力行的事啊！

不知這人精到底存了什麼主意和打算，讓子妤一陣氣悶之後，頗有些哭笑不得，難以理解。

仔細想想，他這賭約似乎有意無意在為自己和唐虞製造獨處的機會。雖然只有短短一個月的時間，但若真的讓她和唐虞一併到右相府去相處下來，恐怕有些事情就更加說不清、道不明了！

再想想先前諸葛不遜所言，字字句句似乎都意有所指，再連繫到他和唐虞的打賭……莫不是，他看出了些什麼?!

捂住微啟的唇瓣，子妤有些不敢相信自己的猜想。

這諸葛不遜不過才十五歲的年紀，簡直像個人精。

若非穿越這類事太過驚世駭俗，子好幾乎要以為他也是同道中人了。不然，以他的年齡，心性卻如此成熟，甚至可以說是敏銳至極，竟能靠著旁觀，就準確揣摩出幾分自己與唐虞之間那剪不斷、理還亂的莫名關係。

可是，依唐虞的性子，又怎能答應與其定下賭約？子好敢肯定，諸葛不遜這人精定是一早去見唐虞的時候對他說了些什麼，說不定和剛才勸說自己說的話差不多，句句隱晦，但明眼人一聽就能懂得其中深意。

而且諸葛不遜還說，他已經和班主提過此事，班主也答應了這個賭約有效。但唐虞為什麼沒有反對？除非他真的胸有成竹，篤定我們能夠一舉壓過佘家班拔得頭籌，不然的話……他同意這個賭約，難道也在暗暗的期待什麼，或許想藉此單獨相處的機會，能看清楚彼此的心意嗎？

腦子裡更加的亂了，怦怦直跳的心好像被懸在了嗓子眼，子好好不容易想要放下這段說不清、道不明的感情，如今卻因為諸葛不遜的一個打賭，又平白生出一絲期待來。

這事兒可不簡單，不知諸葛不遜是什麼時候和班主打的招呼？班主竟也沒有反對？

腦子裡冒出了無數個疑問，子好吃驚不小，卻篤定諸葛不遜並無惡意。

只是這種被識破心防的感覺並不好受，腦子裡閃過諸葛不遜的一雙深眸，好像萬年古井一般毫無波瀾，讓子好沒來由地起了一身雞皮疙瘩，總覺得心底最為隱秘的東西，好像被人剖開來研究過一番，即便現在想要遮掩，也毫無意義了。

薄侯在京城的別院建在煙霞山的半山腰，前依碧水後仰青山，四周雲霧瀰漫，野花爛漫，端的是個神仙所居之處。

看著眼前安靜矗立的宅門和院牆，子妤有些意外，這樸素的粉牆青瓦，似乎和腦海裡的朱門紅漆有些不一樣，透著股古樸清簡的意味；不似侯府別院，倒像是一間山中隱士的居所罷了。

諸葛不遜立在門口，正含著淺淺的笑意看著自己，子妤睞了他一眼，也不理會，看著大開的木門，自顧自的上前輕輕推開。諸葛不遜也不把子妤的惱怒放在心裡，反而眼底泛起一抹笑意，似乎詭計得逞後的狡詐表露無疑。

正好，子妤推門的那一刻，子紓和薄鳶郡主兩人說笑著從花廳裡出來，似乎是要去門口迎接另外兩位客人。

此時看到子妤和身後跟著的諸葛不遜已經進了院門，薄鳶郡主猛地就歡呼了起來，也不顧自己常年咳喘之病，竟一把衝了過去，攬住了子妤的手腕就開始撒嬌。「好姊姊，可想死鳶兒了。若不是謊稱這百花蜜丸要吃光了，恐怕還請不來妳呢！」

不好意思地笑笑，子妤被這熱情十足的郡主給弄得沒轍，只好笑著拍了拍她的手背，柔聲解釋：「那晚妳不是也去看了咱們在前院戲臺的比試嗎，前前後後都要排戲練功，加上我腳扭著了，要不也早就來看妳了呢。」

「呀！」薄鳶郡主捂住粉唇，驚呼道：「什麼時候扭到的？還疼不疼？當時看妳在臺上演出也沒什麼呀！」

一旁的子紓趕緊上前把這事兒簡單給薄鳶郡主說了說，卻沒想遭了對方一陣白眼。「你怎麼當弟弟的，在臺上也不扶一下姊姊，笨死了！」

被薄鳶郡主這沒頭沒腦的罵著，子紓呆了呆，也不氣惱，反而對著她憨憨一笑。「嘿嘿，是我不對，下次一定扶好，一定扶好。」

這下輪到子妤翻了翻白眼兒，心想這沒出息的弟弟看來果然是對郡主有幾分好感，以後此處還是不讓他跟來才好，免得當初想要避免的事情反而發生就不妙了。

「真想不到，薄侯別院竟是一處如此絕妙所在啊！」

環顧四周，諸葛不遜冷冷的聲音突然響起，看其臉色，對此處是極為欣賞，口中也讚嘆連連。「沒想到薄侯竟有此雅意，打造出一方與山間景色毫不衝突的別院來，不錯，不錯！」

薄鳶郡主聽得諸葛不遜難得說上兩句好話，臉上自然得意無比。「這可是我娘的傑作，與爹爹不相干。」

「鳶兒，還不請妳的客人們進來用茶。」

說話間，正是薄侯二夫人劉桂枝從花廳踱步而出，身為侯爺二夫人，卻只是一身水紋素裙，清顏如玉。

她扶著欄杆倚在門邊，玉面花容，與屋角邊簇生的一叢仙女草相互掩映，澄澈的眸子一一顧盼流連在三個少年人之間，欣賞之意溢於言表。「不過一月未見，三位小友又變了不少，真是士別三日定當刮目相看啊！」

此言不假，少年人本就是一日一臉，算起來這劉桂枝不過偶爾看到三人，再見之下不免感慨。

先說這諸葛不遜，其面瑩白，猶若冠玉，骨格清奇，朗似仙駿，特別是那似笑非笑的表情，好似觀自在菩薩，讓人一見即生出幾分平和之意，好感倍增。只是他目光沈靜一如萬年古井，不像個十五歲的少年，為其氣質增了幾分深不可測的味道。

再看這花子紓，不過十六歲的年紀，卻已是身高八尺，比之同齡少年更顯偉岸挺立，其面容卻不失俊秀清朗，好一個「飛劍斬黃龍」的俠氣公子！

最後看向花子妤，劉桂枝笑意更甚了幾分，不住的點頭。

清若芙蕖，淡若幽菊，明明只是雅致雋秀的五官，可眉宇間透出的氣質卻隱隱顯出一分大氣。即便是站在身邊兩個神仙似的人物中，也讓人無法忽略，目光追隨。

見母親只稱讚別人，卻看也不看自己一眼，薄鳶郡主不依地朝母親嘟囔道：「娘，那女兒呢？」

「乖鳶兒，妳和哥哥、姊姊們比，樣貌不輸分毫，可還是稚氣未脫，未免丟了分兒哦。」故意逗弄自家寶貝女兒，劉桂枝笑得嫣嫣潤潤，嫋嫋婷婷，雖是一身清衣素顏，其姿態卻透出難以掩蓋的天然媚態，可是堪堪把這四個少年男女給比下去了。

章一百零四　淺溪薄觴

別看這侯府別院只是外牆塗粉，青瓦為蓋，等花子妤跟著劉桂枝穿過門庭天井進入正屋花廳，才發現內裡的奢華裝飾，卻是絲毫不遜於任何王孫貴族的宅邸。

屏開五彩孔雀，緞繡灎灎芙蓉，玉盤對對插名花，瓷碟層層堆異果，還有那半人高的琉璃熏香鑲金粉彩爐，看得花家姊弟簡直驚訝地合不攏嘴。

「嘻嘻。」看到花家姊弟眼珠子都凸出來了，薄鳶郡主止不住的得意。「這裡面可就是我大哥的主意了，怎麼樣，氣勢著實有幾分不凡吧！」

「何止不凡！就是神仙洞府也沒有這樣的奢華氣派啊！」諸葛不遜倒是隱隱忍住了笑意，也不知是真心稱讚還是諷刺。

「神仙洞府倒是當不得！」五彩孔雀的偌大屏風後傳來一陣慵懶輕緩的男子說話聲。

單從話音聽來此人很有幾分輕佻，卻惹得薄鳶郡主歡喜地拍拍手。「大哥，你終於出來了，每天就悶在屋裡畫畫多無趣，快來見見我的知己好友們吧。」說著碎步邁到五彩孔雀的屏風後面，拖出了一個男子。

身著玄色的紗袍，上用金絲繡出暗紋飛鶴圖樣，顯得氣勢不凡，腰間三指寬的暖玉緞帶勒出挺拔身形，黑髮高束頭戴紫金吐珠冠，這男子從屏風之後翩翩而出，不過二十三、四歲，生得儀容俊朗、眉目清奇，一看就是那等高門子弟，渾身上下貴氣非凡。

「在下薄觴，見過三位。」略微頷首福禮，這薄觴既未謹守侯爺長子的孤傲之氣，卻也並非心存恭敬，態度平淡間也不失有禮。

薄鳶見三人盯著自家哥哥不知所以，臉上得意之色更甚，對著諸葛不遜語氣挑釁。「這便是我親親大哥，怎麼樣，諸葛不遜，不比你這京城第一公子差吧！」

「但酒勝如水，但花勝如草。小廊曲通幽，竹椽亦良好。止齋十數間，足以便衰老。簷低遠風露，地窄易汛掃。」

子妤卻是一驚之下腦中浮現出了一首詩詞，忍不住有感而發。「『淺溪浮薄觴，短屏糊舊稿』……小侯爺真真好名字。」

「淺溪浮薄觴？」男子一聽子妤所唸詩句，朗眉微挑，含笑而道：「是真真妙解才對！姑娘可是花家小姐，子妤姑娘？」

臉一紅，生怕對方覺得自己孟浪了，子妤趕緊解釋道：「小侯爺名字讓人頓生感觸，讓您見笑了。」

這小侯爺倒是個雅致風流的人物，細細品著子妤所唸詩句，欣然有感道：「這詩詞在下從未聽過，但這最後兩句『淺溪浮薄觴，短屏糊舊稿』，著實一派清流名士的寫照，卻與本人不符了，慚愧慚愧！」

口中說著慚愧，看薄觴的樣子恐怕還有幾分得色，見他踱步來到子妤面前，話鋒一轉。

「如此好詩句，可是姑娘所作？」

「偶然翻得一本詩集上所撰，無名無姓，該是山中隱士所著吧。」子妤記得此詩是宋朝某個不知名的詩人作品，寥寥幾句道出無盡風致，所以一聽見薄觴之名，就一下想起來了。

說起來，自己對這些詩詞曲賦等等，倒是比前世的其他生活記憶要來得深刻許多。可能是因為每日守著書店無所事事，只是翻看這些個古文典籍，所以才會記得如此之牢吧……

神思恍然間，子好眼中閃過的一絲意動未能讓眼前這位華服公子所察覺，還以為對方只是震驚於自己的倜儻風度而未回神，瞬間臉上表情就已經無法用「得意」二字來形容了。

「姊！」子紓走過去扯了扯子好，似乎有些看不慣眼前這個滿身錦繡華服的男子。雖然對方身分高貴，卻透著股明顯的輕佻，言談間那種紈袴子弟的作風實在讓人受不了。

回首莞爾一笑，子好也順勢退開來兩步，身邊一個諸葛不遜已經夠詭異的了，薄鳶郡主也不是那麼好伺候。眼前這個小侯爺更是皇親貴胄，還是離得遠遠的比較好。

薄觴卻看不出來人家是要和他保持距離，反而熱情洋溢地對著劉桂枝請求道：「既然如此之巧，二姨娘，不如就讓觴兒帶客人們遊覽一番這山中別院吧，算是幫著鳶兒妹妹盡一下地主之誼。」

被薄觴稱呼為「二姨娘」，劉桂枝俏臉上閃過一抹清冷之意，只螓首微點。「也罷，你們年輕人在一處耍樂吧。」

薄鳶郡主似乎沒有發現母親對薄觴的不悅，反而極為依賴這位同父異母的哥哥。自他出現後便也不賴著子好了，整個人幾乎掛在了薄觴的手臂上，也不知這位看似身板兒不厚的公子哥兒怎麼撐得住。

果然，薄觴寵溺地將薄鳶拉到身邊，用手牽著。「乖妹子，妳不小了，哥哥的胳膊肘可受不了妳現在的『嬌軀』哦！」薄觴故意逗弄她，還特別強調了「嬌軀」二字。

俏臉一紅，薄鳶郡主跺跺腳。「壞哥哥，拐著彎兒罵我胖呢。現在有客人在此，回頭非把這一遭討回來不可！」

不管薄鳶如何羞惱，薄觴只伸出另一隻手揉揉她的頭。「我這妹子就是小心眼，一點兒虧都吃不得。也不知三位如何忍得，與其成為了好友啊。」

甫一聽這薄觴的話，以為他是在打趣自家妹子，可仔細一品，又總覺得他話中有話，似乎是在暗示什麼，惹得花子妤和諸葛不遜對視一眼，均從對方的表情中找到了共同的疑惑。

倒是子紓這粗心眼的什麼反應都沒有，只憨憨地笑著。

諸葛不遜絲毫不理會那薄觴，轉頭往劉桂枝的方向恭敬請求道：「夫人，在下步行上山，體力上卻是有些無以為繼了，可否安排一間靜室讓我休息一下。」

「也好。」劉桂枝點點頭，一招手讓身邊跟著的婢女過來，吩咐她領諸葛不遜下去休息，又囑咐了一番等會兒午膳開席就去請他出來用膳。

「諸葛公子這邊請。」婢女聲細若蚊，似乎不敢抬眼正視諸葛不遜，畢竟他生得貌若珠玉，唇紅齒白，論相貌，比之薄觴要俊美不少，尋常女子見了自是害羞不已。

隨意朝花家姊弟頷首示意，諸葛不遜便轉身而去，看他步子卻是有些虛浮無力，薄觴眼底閃過一絲好笑的意味。

原本子紓有些遺憾諸葛不遜的離開，但有了薄鳶郡主相伴似乎也不錯，當即就朝子好笑道：「姊，咱們不用休息，跟著小侯爺參觀去吧。」

「約莫半個時辰後開席，記得準時回來這裡。」劉桂枝含著笑意叮囑了薄鳶，好像知道自己女兒一定會忘卻時間，又朝薄觴看去，輕聲叮囑道：「鳶兒動不得氣，觴兒你且走慢些。」

「這個自然。」薄觴牽著妹妹的手，朝花家姊弟微笑示意，先行一步，便帶著兩人開始參觀這薄侯別院內的風景。

看著薄侯兄妹倆的背影，子好點了點頭，雖然有些不喜這位薄觴小侯爺的作風姿態，但看他對待薄鳶顯然是真心寵愛，倒也不失為一個合格的哥哥。

隨著薄觴領路，四人前行至一彎遊廊轉角處，眼前豁然開朗起來。門迎水面，閣壓波心。

本來還覺得山中氣溫臨近晌午還是有些微微悶氣，但一走進此處才發現，原來這薄侯別院竟引了山中泉水盡數入內，腳下是流動潺潺的淺溪，自然燥熱全消。

不遠處，三棟兩層高的小樓點綴在交錯的溪流之間，真是有種欄杆倒影沁鱗波、軒檻晶光浮碧玉的玲瓏精緻。

溪流之上有小橋相連，通達三閣，兩旁繁花飄搖，迂迴幾處溪塘中碧荷盛放，其中更有五彩斑斕的游魚掠過，再加上滿園的粉蝶飛舞，論其景致，頗有幾分「休誇閬苑蓬萊是仙境」的味道！

「鳶兒，妳不如帶這位兄弟去看看妳珍藏的幾株碧瑤蘭花，為兄帶子好姑娘去中心的小亭歇息片刻。」薄觴放開薄鳶的小手，指了指最遠處的閣樓。

輕飄飄地就將薄鳶和子紓給支開，也讓子妤似乎察覺到什麼，卻也識趣的沒有拒絕，只是含笑目送兩人離開。畢竟此處並非隱秘，最多是方便私下說話罷了，想來這小侯爺也不會做出什麼事情來。

隨著對方步入小亭，看著當中擺了書案琴臺，還有一紅泥火爐擱著銅壺，處處透出主人的故作風雅，惹得子妤又是會心一笑，暗道這小侯爺看來只是個閒來無事之人，自己先前的多心卻是沒有必要了。

走近卻發現書案上有畫一幅，子妤好奇地走過去一看，竟是一幅仕女丹青。上面用墨筆線條細細勾勒出的窈窕身形，看眉目樣貌，似乎是薄鳶郡主，又似乎是劉桂枝，不由得抬眼看著薄觴。「敢問小侯爺，此畫中人物是誰呢？」

眼底閃過一絲玩味，薄觴搖搖頭。「看誰便是誰，像誰便是誰，子妤姑娘覺得呢？」

懶得與這小侯爺打謎猜，子妤搖搖頭。「小女子眼拙，看不出來。」

「既然看不出來，那就不用看了，姑娘請坐，且嚐嚐這山中碧洗銀針的味道。」薄觴一撩後袍，邀請子妤對面坐下，無意間用身子擋住了書案，笑意淺淺的盯著子妤，似乎想從她臉上看出一朵花兒來。

章一百零五　別有用心

山中薄日漸出，氣溫也隨之緩緩上升，讓清晨糾纏著葉尖的露水逐步化為了霧氣，蒸騰而上，日暈朦朧。

雖然初夏的山中臨近正午也免不了會有著絲絲悶熱之感，但身處此間小亭，腳下淺溪經過，卻不時地揚起一陣沁涼之氣，絲毫不覺夏季的煩躁。深呼吸一口，反而有種讓人頓覺神清氣爽的效果。

端坐在白玉石凳上，放眼望去，這中心小亭還真是一處絕妙所在，位於溪流匯集交融處，自然而成一個偌大的池塘。放眼望去，四處景致盡收眼底，且面面不同，展現出設計此園之人的匠心獨運。

看來這薄觴也並非是個空殼子，無論是被他有意遮擋的書畫上，還是園林設計上，都有幾分造詣，流露出與生俱來的高雅和精緻。

「此茶並非絕品，但取自山中野生，別有一番滋味。」薄觴見子妤一坐下就左右顧盼，毫不懼怕自己，便笑著一邊為她細說這碧洗銀針的來歷，一邊動手烹茶。

纖指如玉，甲蓋粉紅，明明是十指不沾陽春水的侯門公子，薄觴這烹茶的一舉一動卻優雅熟練。怪不得此處只有兩個婢女站得遠遠的，也沒有人過來伺候茶水，敢情這小侯爺就喜歡這種清流名士的感覺，難怪他會對自己唸出的那首詩句讚嘆不已！

子妤聞著茶香滿溢，明知道對方必有話說，也不著急，只將眼神放開，環顧四周美景絕倫，心境悠閒地好似山中野鶴，認真地享受這難得的閒適。

被子妤如此放鬆清然的神態所吸引，薄觴忍不住又悄然打量了她一番。

淺藕色的細布薄衫，暈染了點點落英在袖口和領間，其餘除了腰間一抹翠色繫帶，並無其他裝飾，這一身衣裳雖不名貴，卻透著一股整潔乾淨；長髮綰髻，除卻一支古舊的沉香木簪，別無其他裝飾，更襯得其素顏肌膚剔透無暇，如若山中少女一般氣質恬然。

總覺得如此氣度神態不該是一戲伶所有，薄觴的眼底有幾分欣賞，更是多了兩分警惕，於是出言試探：「姑娘蘭心蕙質，想必也心知肚明，知道在下支開令弟和鳶兒，是有些話要私下與妳說吧?!」

邊說，已經烹好茶水，斟入一方四角白玉琉璃盞中，輕輕推到了子妤的面前。

「小侯爺客氣了，子妤且聽聆訓。」不卑不亢地淺笑而答，子妤接過對方遞來的白玉杯盞，輕輕捧在唇邊，眼底卻是處驚不變的從容之色淡淡流露。

暗道此女不過才十六歲的年紀就如此沈得住氣，將來成為花家班的台柱也絕無不可能之事，薄觴點點頭。「訓話可不敢當，姑娘先嚐嚐這山中野茶滋味如何，我們再詳談也不遲。」

碧綠中泛著一抹暖暖的黃色，此茶盛在白玉杯盞之中，藉著先前注水之勢仍然在微微流動，蒸騰起一朵清若雲霞的白霧。

鼻息輕拂，子妤一個呼吸間已將這茶煙白霧給吹散了，化作絲絲縷縷的古樸香氣鑽入鼻端，竟不似那尋常的茶香，反而有種林中草木的清潤芬芳。

「好茶！」忍不住讚了一聲，子妤輕輕地將杯盞中那湯色明亮的茶液徐飲入口，果然一股山間森林所特有的清新感覺順而直下，纏繞心扉，彷彿能夠洗滌心靈一般，清透明淨得好似觀音玉露。

一點幽香，盈盈不散。

看到花子妤用心在品茶之上，薄觴這個烹茶人也樂得心中滿足，將先前心中一湧而出的質問話語暫時壓住了，反而和顏悅色地道：「在下代表侯府，先謝過唐師父對小妹的診治。」

「小侯爺毋須如此客氣。」子妤放下杯盞，指尖仍然留有茶溫，口中那淡淡香氣更是隨著說話聲飄然而出，連帶著語音都悅耳了幾分。「藥方子乃是現成，對於唐師父來說也不過是舉手之勞罷了。」

「舉手之勞，卻能解了我薄侯府上下十多年的心結，可謂大恩一件，自是要謝的。」薄觴也不掩飾，直言此事對侯府的恩德，倒讓子妤有些意外了。

見子妤面露淺笑，薄觴輕啜了一口溫茶，又徐徐道來：「聽說之後的藥丸更是姑娘親手所製，小妹能得此機緣，著實讓我這個哥哥安心不已。本該大禮來謝，奈何家父鎮守西北，所以才拖延至今。」

眉梢一挑，子妤聽得出薄觴的意思，卻並不怎麼相信。

每年劉桂枝都會送來兩千兩銀票給花家班，名義上是捐贈，實則乃是對花家班替薄鳶郡主醫治送藥的酬資。因為郡主病弱之事早在五年前薄侯府上就放出了消息，說薄鳶早已痊癒，免得耽誤她將來的嫁娶之事。

也對，就算是侯府千金、郡主之尊，有哪家願意娶一個病弱媳婦回家呢，侯府自然是能隱瞞就隱瞞，這每年送來的銀票也算是一種封口費之類的。花夷常年在高官貴戚中打滾，怎會不懂得箇中利害關係，下令戲班上下誰也不准嚼舌根。唐虞這邊更不是多言之人，如此，薄鳶郡主天生不足之症的事實，也逐漸被人給淡忘了。

事隔五年有餘，此時薄觴竟主動提出，一來有些多餘，二來，聽其言下之意好像給戲班的好處還不夠？

想想花夷應該沒那份膽子主動要求什麼，唐虞更是不可能了。薄觴此番之言必定意有所指，而且絕非簡單的道謝。若非如此，又何須支開薄鳶郡主和子紓，要與自己單獨說話呢？

看到子妤面上表情閃動，似乎在臆測自己話中的意思，薄觴浮起一抹笑意。「聽二姨娘說，當初還是子妤姑娘妳的主動提議，不然，侯府上的人也不知道戲班裡竟會有此等專治肺咳之症的藥方，鳶兒的病，不知道還要拖到什麼時候了。」

說著，薄觴將眼神投向了不遠處的一個身影，惹得子妤也隨之望了過去，見了那景跟那人，不由得心生感慨。

嬌似鮮花，粉嫩欲滴，薄鳶郡主已是十五歲的亭亭少女，婀娜間已顯出了幾分女子所特有的嫵媚之姿。此刻她似乎正和身旁的花子紓說到什麼好笑的地方，銀鈴般的「咯咯」笑聲由遠及近，幾乎傳遍了這侯府別院中。

想想，若是她一如自己當初所見那般，面色透著病態的緋紅，身形羸弱得不似同齡女孩兒，拖著走兩步就喘個不停的身子，生著說三句話就咳嗽不斷的嗓子，又怎麼可能像眼前這樣，笑意盈盈，如涼風吹夏，讓人一見只覺得是那樣美好，絲毫不會知曉她竟是個有著先天不足之症的可憐女子。

看著看著，遠處的少年男女似乎停止了嬉笑。

子紓彎下腰，從地上拾起了什麼，挪步靠近了薄鳶郡主的身旁。

薄薄的日光在少女的臉上氤氳著，透出一層迷霧般的光彩，薄鳶那羞赧的淺笑、螓首低垂的姿態，恍若邀請一般，側頸別開了眼。

仔細一瞧，子紓手中拿了一朵潔白中帶了一絲碧色的蘭花，只見他略顯笨拙地將這花枝往薄鳶的髮間別去，動作極為輕緩，即便隔了那麼遠，好像仍能看到他微微發抖的手腕，也感覺到花瓣上輕顫的蕊芯。

接受了子紓插上的這花枝，薄鳶郡主臉上的緋紅一如霞光落玉，伴著嬌羞青澀的笑意綻放在臉上，人花相映，卻人比花嬌，偶然偷偷抬起的眼神，只顧盼流連在花子紓的身上，又似羞極了，趕緊躲開……

看到這兒，子妤心下一緊，雖然眼前的畫面是如此和諧美好，但卻讓她心中一沈。

收回眼神望向了薄觴，正好對方也堪堪收回了目光，一抹淡淡的冷意滑過眼底，雖然不甚明顯，卻也並未掩飾。

從先前薄觴有意提及花家班對薄鳶郡主的贈藥，句句話語雖是感謝，卻語氣透著古怪，到現在他眼神當中明顯的怒意暗湧，都讓子好突然明白了什麼，神色一正，趕緊從座位上起身來，禮數周全地福禮道：「小侯爺先前所言實在太看得起我們花家班了，無論是子好，還是唐師父或戲班，皆不敢當這個『大恩』二字。郡主能好轉，對於花家班來說已是莫大安慰，又怎敢居功。再說，每年二夫人都會捐上千兩銀錢給花家班，此等慷慨，也足夠抹平一切。」

「哈哈，好！」

薄觴盯著語氣漸漸轉急的花子好，突然間竟仰頭一笑。

笑聲朗朗，卻透著一股譏諷，更加顯得他面容邪魅。眼波流轉處，薄觴瞳孔一縮，表情變得愈加深沈起來，陡然笑聲一收。「既然這麼多年無所求，那在下可否問一句，你們花家班是不是別有用心呢？」

頓了片刻，見子好被自己問得一愣，薄觴唇角的譏諷之色也越發的濃了起來。「或者說，你們花家姊弟是否別有用心呢？」

第一百零六章 一語機鋒

俊朗若星的面容，豐神秀雅的氣度，卻怎麼也掩蓋不住薄觴眼底流露而出的凌厲和諷刺，還有那種特屬於紈袴子弟的邪魅之感。

緩緩地挪開眼，子妤一怔之下似乎已然明白了薄觴話中之意。

他支開薄鳶郡主和子紓，用了一句「別有用心」來試探自己，恐怕今日之事沒那麼容易唬哢過去，若不及時解開他心中疑惑和顧忌，讓誤會澄清，以後花家班等於直接得罪這薄侯府了，還怎麼混下去？

要說百花蜜丸此藥雖是戲班秘制，但交給太醫們研究研究未必不能仿製，根本無法作為籌碼讓對方買帳。

思慮至此，子妤檀口微張，卻吐出一句：「小侯爺可是誤會什麼了？」

「誤會嗎？」薄觴微眯著眼，看似隨意地盯著子妤，卻眼神犀利，好似要看透她如常的笑意，探得其真實所想一般，話音清冷，毫無溫度。「子妤姑娘可知我為何突然來到京城？」

被薄觴突然一問，子妤搖搖頭，不明白他為何扯遠。

「太后有意讓侯府與右相府聯姻，我親自入京，為的就是與右相商談聯姻之事。」

薄觴說著，唇角微微揚起，高傲鄙夷的態度毫無掩飾地顯露而出。「一個侯府郡主，一個右相親孫，如此天大的良緣，可我那傻妹子竟一口拒絕，並言明和諸葛公子早有約定，雙方只是友人而已，絕不可能聯姻。正巧，你們花家班回了帖子，說你們姊弟今日要來赴約，讓鳶兒歡喜得像個孩子，幾乎一夜未睡。」

說到此，薄觴故意停頓了一下，側頭往旁邊的閣樓望去，看到薄鳶郡主和子紓一起笑意融融的說著話，臉色卻越發寒如深冬。「我勸她，她卻說她已有心上人，讓我別逼她。請問子妤姑娘，妳可知我妹子的心上人是誰啊？」

眉心間浮起一抹不快，子妤沒有立即回答，只是看著對方，片刻之後才啟唇而答：「若我說知道，小侯爺是否會以為我們真的心懷不軌、別有所求呢？」

手指輕叩桌面，薄觴沒有料到這花子妤竟然連辯解也沒有，就直接以提問代替了肯定的答案，這讓腦中一番準備好的逼問之話沒了用處，只好冷哼一聲。「其實很簡單，你們花家姊弟立刻從京城消失，鳶兒和諸葛公子的婚事就能水到渠成。我便答應妳，侯府不會追究什麼，但若不從，污了鳶兒的名聲，恐怕你們姊弟的項上人頭也會不保。」

身子故意一哆嗦，子妤好像是聽了什麼好笑的事，捂住唇瓣，卻是眉眼彎彎，笑意盈盈。

薄觴的臉色越發鐵青，低聲喝道：「妳以為本公子是在說笑？」

擺擺手，順過氣來，子妤才輕鬆對答道：「小侯爺該不會以為，我們姊弟倆一個去勾引相府少爺，一個去引誘侯府郡主吧？若真如此的話，當真是高看我等小民了，如何不讓人啞然失笑呢？」

愣住半晌，薄觴隨即擊掌而笑。「好好好，好一個戲班的小戲娘，看不出來竟如此牙尖嘴利。」

輕輕撩著耳旁的髮絲，子妤悠悠地端起杯盞輕啜一口，自始至終都表現得輕緩從容，話音也四平八穩，毫不動氣。「小侯爺過獎了！身為戲伶，自然是以口舌為生的，不過……」

頓了頓，子妤話鋒隨即一轉，不得不解釋清楚。「這真的只是誤會而已，希望小侯爺能明察秋毫，分清是非，且不說我們姊弟只是戲班的戲伶，就是同樣出身的豪門貴戶恐怕也不敢高攀你們這樣的人家吧；妄想妄想，如此虛妄之事，你知我知，又怎麼可能去想呢？若說薄侯府上非要給郡主拒婚找個真正原因，非要扯上我們姊弟，此等欲加之罪，請恕我們姊弟無法承受。」

語氣柔軟，卻字字句句直指重心，子妤這番話說出來，薄觴眼底閃過一絲欣賞之意。

想來身為小侯爺，這還是第一次有人敢用如此語氣和他說話，而且對方還只不過是個小小戲伶，雖不至於卑賤，但對方如此態度，竟讓他莫名的感到了一種無法抗拒的重視，不禁陷入了沈思。

若是普通戲伶，恐怕他隨便一嚇，再許予金銀就能達到驅逐出京城的目的。但看著眼前素顏清簡、神態自若的花子妤……想想，如果真把事情鬧大了，除非是斬草除根，不然最後肯定是自家妹子名聲受累，以後還有誰敢娶一個曾和戲郎鬧出醜事的媳婦回家呢？

似乎看出了薄觴態度上的鬆動，子妤也不再咄咄逼人，主動將語氣放軟，輕聲道：「小侯爺，若您真不放心，那我就賣您一個面子，以後不讓子紓和郡主見面，我管住我花家的人，您也管住您的妹子，免得流言傳揚出去污了郡主的閨名。如此可好？」

示弱的同時，又暗示薄觴她花子好不是省油的燈，事已至此，薄觴非但不能再以勢壓人，還得乖乖的承認是自己管教不嚴，如此挫敗，對方臉色自然不會好看到哪兒去。

但這薄觴也非普通人，只是轉念間就已經權衡好了利弊，當即點頭道：「子好姑娘果然一如鳶兒所言，當真不能以普通女子來衡量，口齒伶俐，睿智敏捷，在下佩服。既然妳已經表態，那我們薄侯府也不能太咄咄逼人，此事就這麼說定了，以後不讓鳶兒和花子紓見面就是，希望你們能遵守約定才好。」

半妥協半威脅，這薄觴也是將話說得滴水不漏，讓子好只能點頭同意。逞逞口舌之能還行，若要真和侯府的人撕破臉，她一個小小戲伶又怎麼敢？於是子好主動舉起了茶盞，螓首低垂，柔聲漫漫地道：「小侯爺大度，子好謝過了。以後若有機會，自以薄酒招待。」

說完，仰頭一飲而盡，當真是乾脆俐落之極。

眼中欣賞越發濃郁了，薄觴說完正事，突然神色一變，笑意含著淡淡的邪魅之色。「子好姑娘不如別跟諸葛不遜那雛爺混了，實在沒有意思。在下倒是在京城還有一間別院，足以金屋藏嬌，雖無名分，但絕不會虧待妳半分，姑娘不妨考慮考慮。」

差些沒被一口吞下的茶水給嗆到，子好杏目圓瞪，被薄觴一副欲作勾引狀的魅惑姿態惹得幾乎要作嘔，不敢相信這人轉變得如此之快，剛才還擺出一副高傲姿態來質問自己，現在卻說出這等狂言浪語，言下之意似乎還真當自己和諸葛不遜有私，要「挖牆腳」嗎！

好氣沒好笑地緩緩起身來，憋著想要破口大罵的衝動，子好故意語氣不善地道：「小侯爺怎的如此說話？子好和諸葛少爺自小一塊兒長大，青梅竹馬，情誼深厚，豈是您一言便能拆散的？若您真想『金屋藏嬌』……」

薄觴以為有下文，身子往前一傾。「如何？」

嫣然一笑，人比花嬌，子好故作那忸怩狀，嗔道：「那就造個金屋子，本姑娘自然收拾了包袱當即就住進去。」說完，已經完全無法忍住笑意，當即便格格地笑開了，引得不遠處薄鳶郡主和子紓都望向了這小亭，不知道她在樂什麼。

有生以來第一遭嚐到了被人耍弄奚落的滋味兒，薄觴表情漸漸僵住，好半晌才回過神來，搖頭嘆氣道：「姑娘好不聰明，真是讓在下不知該如何面對。真是可惜啊……」

「是子好高攀不上才對，沒什麼可惜的。」或許覺得這薄觴也沒有那麼可笑和討厭了，子好又緩緩坐下來，端起茶盞低頭啜飲著。

薄觴似乎不死心，又問道：「聽說戲娘滿了二十五就得退下？到時候姑娘可願意讓我代為照顧一二？」

被這小侯爺幾番糾纏，子好覺得自己小看了對方的耐性，只好無可奈何地敷衍道：「到時候再說吧。」

雖然聽得出對方的敷衍，但總算扳回了一絲面子，薄觴樂得點點頭。「這才對嘛，姑娘總也要為自己後半輩子作打算。」

瞧他這副樣子，子好好氣之餘忍不住隱隱發笑，想想等到自己二十五歲時還有八、九年，像他這樣的侯門公子，怎麼可能在若干年後還記得有這麼一個人？

不過回頭想，如果能得了他這等身分人的庇佑，下半輩子還真不用愁了。到時候生個一子半女，說不定還能分得些家產什麼的……想到這兒，自己都被自己給噁心得渾身一個哆嗦，子妤尷尬地對著他笑了笑，也不敢再與其單獨相對了，往薄鳶郡主和子紓那邊走了過去。

瞧著她逃也似的背影，薄觴唇角勾起一抹得意的笑容，這番捉弄總算是讓她露出一絲怯意，感覺還真不錯！不由得心情大好，也起身來跟著踱步而去。

第一百零七章　女兒心事

烤得噴香流油的野兔腿，切成薄片狀的松香雞，還有種種色澤青翠的山間野菜，配著山果子釀的清酒，雖無珍稀佳餚，但山中野味卻惹得眾人食指大動。

薄鳶郡主最為高興，席間也忍不住一直說話，被母親輕斥了幾次要「食不言」之後，她還是撲閃著一雙大眼睛，低低絮絮地和身邊的子紓交頭接耳。

倒是經過先前在後花園一敘，子妤顯得極為沈靜，只是默默地挾菜吃飯，偶爾應對劉桂枝和薄鳶郡主說上一、兩句話，也只是輕輕帶過，一副素然嫻雅的樣子。

比起自己郡主女兒的嬌蠻活潑，花子妤如此與大家閨秀都不遑多讓的沈穩表現，倒讓劉桂枝出口稱讚，看向她的眼神也帶了幾分長輩對晚輩的關愛。

薄觴正對著花子妤落坐，眼見她規規矩矩，只曉得埋頭吃菜，還惹得劉桂枝對其讚嘆有加，眼底閃過一抹悻然之色。

想著她先前在後花園的小亭中那可是牙尖嘴利之極，口舌逞能絲毫不輸男子，如今在眾人面前卻裝得溫雅少語，八成是被自己給嚇到了。

女子始終是女子，再厲害，又怎麼可能厲害過男人呢？

想著想著，臉上的得色更深，薄觴唇邊那一抹邪魅的笑意也就更濃了。

倒是諸葛不遜一副神清氣爽的樣子，一掃先前徒步爬山而上的喘樣兒，雖然吃相斯文，但明顯是餓了，也不多話，挾起一片片切得薄如蟬翼的山間嫩筍送入口中，滿意之色溢於言表。

品味山中美味之餘，他也看出了薄觴的異樣。

其眼神一直在子妤身上輕輕掃過不說，那種紈袴子弟調戲良家婦女的特徵更是表現得極為明顯。

閒來無事，諸葛不遜有意想要捉弄捉弄這小侯爺，便主動挾了一片薄切山雞放到子妤碗中，語氣溫柔。「別只顧著扒飯，嚐嚐這山雞片，入口即化，滋味濃香，吃多了也不長肉，不用擔心。」

側眼望望諸葛不遜，見他表情親切，子妤雖然有些不明白，卻也沒有拒絕，挾起雞片送入口中，還順口道了聲「多謝」。

一旁的薄觴見狀，自是不甘落於人後，也主動挾了一塊以松木針為炭，烤得噴香油滑的野兔肉到子妤的碗裡。「來者是客，子妤姑娘多吃些，在下身為主人也會高興。」

子妤愣了愣，看著薄觴給自己挾菜時眼角還掃了一下諸葛不遜，總算明白了幾分，原來諸葛不遜先前那樣體貼親切的給自己挾菜，竟只是為了逗弄一下這小侯爺，也不知他是怎麼發現的，明明從後園子過來之後自己一句話也沒多說，這個薄觴小侯爺更是未曾表露出想要納她為妾的意願。

對諸葛不遜這人精敏銳的觀察能力，子妤也不得不暗中在心中寫了一個「服」字。

用過飯，婢女又依次上前，各人面前奉上一盞用山泉水泡製的甜瓜蜜汁綠豆湯，一口下去滿腹沁涼，也消了不少先前食用野味的油膩感覺。

這下席間頓時熱鬧了不少，薄鳶郡主一個人繼續吱吱喳喳說個不停，劉桂枝也不再管，只含笑寵溺地看著她，並時不時掏出絹帕替她擦一下唇邊沾著的湯汁。

吃飽喝足，子好也不忘正事，將面前的盤盞推開，對著劉桂枝含笑央求。「二夫人，此番唐師父卻是脫不開身無法前來，所以特意交代我替郡主把脈，還請尋一間靜室，讓我為郡主診脈。」

「翠姑，妳帶子好姑娘去郡主閨房。」劉桂枝馬上就吩咐了左右。

「子紓你等我哦，待會兒完了我帶你們去抓山雀，可好玩了。」說著，薄鳶郡主已經起身來，主動挽起了子好的手臂，親暱地一同退下了。

其實原本不必這麼麻煩，但薄鳶郡主虛歲已經十六，算是大姑娘了。把脈免不了需要挽袖露出腕間肌膚，這對於身為郡主的身分來說自然是不許外人所窺的。諸葛不遜和花子紓雖然與她熟識，但怎麼說都是男子，自然要避開才行。

這個道理上次子好就給薄鳶郡主講過一二，就算是唐虞給她把脈也還要子好先在其腕上放置一方絲帕隔開，避免直接觸碰。

經過引溪入園的水上小道，翠姑領著兩人來到了薄鳶郡主的閨房之中。

湖藍色的輕紗綴滿四壁，當中是一張偌大的八步雕花架床，上面錦緞被面皆是同色系的柔軟藍色，配上淡淡鵝黃的花梨木，清新之氣撲面而來。屋子正面是庭院水景，遠山勾勒，皆歷歷在目。

閨房如此環境讓子妤不住地點了點頭，暗道此處不愧為一個絕好的養病之所，也難怪薄鳶郡主原本羸弱之身這些年來能逐漸好轉，恐怕除了百花蜜丸治療肺咳之症以外，住在如此天然純粹的環境中，身心的洗滌都是其他地方遠不可比擬的。

翠姑先將四周的簾紗放下，又將墊手的布囊放好，隨即點燃了山草薰走夏蟲，這才退了出去。

子妤三指輕點在薄鳶郡主的腕脈之上，細細感受著脈搏的跳動。

隨著薄鳶郡主的呼吸，子妤感受到了她的脈象，跳動略有些快了，也不順滑，感覺很是突兀……過了好一會兒，子妤才收回手，看著她。「郡主可是這幾日沒休息好？」

正半眯著眼趁子妤幫忙把脈時發呆呢，被對方突然一問，這薄鳶郡主竟含羞一愣，兩腮頓如紅霞落彩，緋紅一片。「姊姊怎麼如此問呢？」

「妳脈象急促，明顯比上次過來讓唐師父親自診治時要差了幾分，不過沒關係，若只因為沒睡好的話，休養幾日便無大礙了。」子妤說著已經替她將袖口挽起，好像沒有將其含羞垂首的樣子看在眼裡似的，說話間也一如以往的平淡含笑。

見對方毫不起疑，薄鳶郡主那張嬌俏的小臉蛋驟然有些失望，隨即檀口微張地囁嚅：「姊姊不問我為何睡不安穩嗎？」

不露痕跡地一笑，子妤自然知道她終是憋不住的。

十五、六歲的小姑娘，身邊除了母親就是丫鬟、奴僕，沒個閨中密友分享心事，憋得住才怪！這薄鳶郡主又和子妤極為親近，私下相對，自然而然會將她作為傾訴對象，不吐不快的。

想到此，子妤伸手輕輕拍了拍她的手背，柔聲道：「可是不舒服才睡不著？」

被子妤溫柔的話語所觸，薄鳶郡主輕點頷首。「是有些難受，所以輾轉難眠呢。求姊姊給我開一劑良藥才是。」

「我又不是郎中。」

打趣地看著她以手托腮，一副少女思春的模樣，子妤想起薄觴那直白的告誡，不由得一嘆，話鋒一轉。「鳶兒，若妳信我，且將心事訴出，或許能幫妳開一劑良藥也說不定。」

怯怯地抬頭，看著子妤柔和的目光、清淺的笑意，薄鳶心下突然就安寧了下來。「子好姊，我想我是害其他病了。」

子妤忍住心下的難受，緩緩啟唇。「是相思病嗎？」

薄鳶郡主一聽，趕緊避開子妤的眼神，就像隻受驚的小兔子，臉頰上的緋紅之色也愈甚了，聲音細若蚊蠅。「姊姊怎麼知曉……」

少女情懷總是詩，面對著含羞帶怯的薄鳶郡主，子妤原先醞釀好的勸慰之語竟如鯁在喉，無法吐出半句來。

半晌，見得她低垂的螓首已經要羞得埋入胸口了，子妤只得輕輕將手放在她的薄肩之上。「郡主，妳這又是何苦呢，明知不可能而為之，最後受傷害的除了妳自己，還有妳喜歡的人，兩相權衡，妳應該明白的。」

抬起頭，眼中已是淚水半盈，薄鳶郡主玉牙緊咬，只搖頭，一句話也不說。雖然平素裡她總是一副羸弱嬌嫩、不堪一擊的樣子，但此時淚眼之中透出的堅定卻是無法輕易撼動的。

看得心疼不已，子妤掏出絹帕替她拭淚，語氣也婉轉了些。「想必箇中道理妳也是懂得的，不然也不會如此糾結。」

薄鳶郡主粉唇微啟，終於開口了，但語氣還是免不了躲閃。「糾結是糾結，見不著他的時候，我就慌得不知道該什麼時候吃飯、什麼時候睡覺；一見著他了，就覺得踏實，心裡好像吃了蜜一樣甜。子妤姊，妳幫幫我，妳說的那些道理我都懂，可是『心』該怎麼辦呢？我真控制不住呀！」

子妤見她訴出這些心裡話，也踏實了許多，至少她並沒有像那些為了愛情不顧一切的女子一般，便吐氣如蘭說道：「剛剛妳不是找我要一劑良藥嗎？」

薄鳶郡主淚眼欲訴地望著子妤，裡面有期待，也有苦澀。

「時間，便是這世上最好的良藥。」

眼神穿過薄鳶的耳畔，子妤望著窗外遠山，也不知是在勸別人，還是在勸自己。「既然知道不該有此念想，便斷了吧，最多一時片刻辛苦些，久了，也就淡忘了……」

章一百零八　暗生齷齪

「時間，便是這世上最好的良藥……」

重複唸著子妤的這句話，薄鳶郡主原本迷惘的臉上浮現出了一抹疑惑之色，嬌嬌盈盈的臉蛋上從未有過這樣的思慮至深。「時間久了，自然也就淡了，那種心之所繫的感覺，也會消失嗎？」

言罷，隨即抬眼，薄鳶的眼神也不復十五歲少女的青春，而是帶著淡淡的憂傷。

被她懵懂如小鹿般無瑕的眼神所望著，子妤勉強維持著笑意。「就當是生了一場病，漸漸的，時間一久，妳自然就會慢慢忘卻那種心痛的感覺，再也不會為任何人患得患失了。」

「子妤姊，妳有喜歡的人嗎？」薄鳶郡主好像看出她眼裡一閃而過的悲意，脫口問道。

淡然一笑，玉頷輕擺，子妤想要否認，話到嘴邊卻難以為繼。「喜歡的人……或許吧，我也不知道呢。」

「姊姊也是不能想、不能說出口的那種喜歡嗎？」聽見對方也有同樣的問題，薄鳶郡主似乎感同身受，看向子妤的眼神也充滿了同病相憐的意味。

子妤起身來，緩緩走到窗前，看著屋外溪水潺潺，遠山如皺，心境也漸漸恢復了平靜，緩緩道：「寂寞的時候，總會覺得想要見他，和他說說話，哪怕只是遠遠望上一眼，也會心扉一顫，回想許久；遇上熱鬧喜悅的時候，更是想要相見，訴說心裡的萬千話語，只望對方也有同樣的感觸才好。如此依戀，愛慕，這般眷顧……對方卻不敢接受，妳說，我又何苦癡癡守候呢？」

也不管十五歲的薄鳶郡主是否聽得懂自己的話，子好本是在勸人，此時卻好像找到了一個可以傾訴的對象，將心中所念悉數道了出來。

「子好姊……」薄鳶郡主畢竟只是個懵懂少女，對感情的印象只在最初的模糊喜歡之上，有些難以理解她口中的諸般心戀，但也能聽出她話語當中所含的那種酸楚和澀意。想要勸，卻不知如何下手，只好又說回自己身上。「可我覺得，心裡喜歡著一個人，這平淡無趣的日子也會變得多彩豐富呢。雖然明白，這人是永遠不可能和我在一起的，但有種念想，也比以前什麼都不懂、什麼都不想來得好呀。」

「而且，」仔細想了想，薄鳶郡主又繼續說道：「以前我什麼都不敢多想，也不敢去喜歡誰，因為我知道，我可能活不到談婚論嫁的那一天，就算喜歡誰，也沒法子和他廝守將來。可現在不同了，若不是因為唐師父的藥方，我也不奢望能有繼續活下去的可能。」

「傻丫頭，每個人都有喜歡其他人的權利。」子好被她一席話說得心酸不已，回首朝其柔柔一笑。「就算為世俗所不容，但誰又能將那種喜歡的情緒從腦子裡徹底拔掉呢？然而幻想和現實總是有差別的，等妳再大些，再接觸多一些同齡的男子，妳也會找到一個可以真正託付終身的人，而不是只存在於幻想的那個他。」

將勸慰的話又繞了回去，子好說完，走到了薄鳶郡主的身邊，將她扶起。「走吧，別讓妳娘等得急了。」

「子好姊！」薄鳶郡主有些緊張地扯住了花子妤的衣袖，面色有些微微泛白。「妳別把我的心事告訴……告訴他，好嗎？」

自然知道這個「他」就是自己的弟弟花子紓了，子妤點點頭，伸手輕拍了拍她的手背，示意她放鬆，這才挽手出了屋子，叫了翠姑在前頭領路，回到了待客花廳。

花廳內瓜果飄香，夾雜著山中林木的清潤之氣，馥郁味濃，清爽宜人。

劉桂枝端端而坐一旁，正認真的看著前方，卻是薄觴在與諸葛不遜對弈。看兩人面前的落子，明顯諸葛不遜所執的白子要壓過薄觴所執的黑子一籌。

見得薄鳶和子妤攜手而出，薄觴抬眼看了看，卻又將眼神放回了棋盤之上，似乎全副心思都在這對弈之上。

反觀諸葛不遜則是一副悠哉游哉的模樣，姿態輕鬆無比，毫不把薄觴視為對手。

只有花子紓看得無精打采，見到郡主和姊姊終於回來，神色一喜，原本懶懶的樣子突然有了精神一般。

躲開了子紓的目光，薄鳶郡主往子妤身邊靠了靠，拉了她來到劉桂枝身邊端坐，這才小聲的湊到其耳邊解釋道：「我哥哥就喜歡下棋，不分出勝負絕不甘休。平時在府裡鮮少有人是他的對手，外面的人也多有相讓，如今他遇上諸葛不遜，怕是要栽了。」

薄鳶郡主話還沒說完，諸葛不遜那邊正好「啪」地一聲落下一子，惹得薄觴俊顏之上冒出了不少的細汗。

對這「手談」之術不甚瞭解，子妤也和子紓一樣興趣缺缺，隨意抬眼望了望，卻發現劉桂枝倒是一直在凝神觀看兩人的對弈。

不過子妤卻看出了幾分端倪，發現劉桂枝一雙水眸流連間，竟不時地停留在那薄觴的臉上，好幾次，甚至凝住不動，好似癡了一般，黏住挪不開眼。

心下一凜，子妤有種奇怪的感覺浮上了胸中，想起先前在後院小亭中見得的那張丹青素描，再聯起這劉桂枝癡盼的眼神……難不成，這一對名義上的「母子」竟有什麼齷齪嗎！

抿著唇，想想也不無可能。

劉桂枝不過三十出頭，模樣身段絲毫不輸任何花樣少女，甚至還多了一分成熟嫻雅的少婦風韻。而這個薄觴小侯爺已是二十多歲的成年人，雖然名義上劉桂枝是其「庶母」，但兩人怎麼看也沒有母子之情，反倒是薄觴直呼其為「二姨娘」，言談舉止間也不見絲毫的尊重，反而帶著幾分固有的輕佻。

被自己的想法給驚嚇到了，子妤蹙蹙眉，也不願插手別人家的醜事；但看看身旁的薄鳶郡主，若她母親真的和她這同父異母的哥哥有什麼「姦情」的話，那真正可憐的就只有被蒙在鼓裡的她了。

「諸葛小友棋藝精湛，為兄自愧不如，自愧不如啊！」

正當子妤腦子裡胡思亂想的時候，對弈的兩人已然決出一局勝負，果不其然，是諸葛不遜輕鬆得勝。

面對薄觴的誇讚，諸葛不遜仍舊一副淡若冷菊的模樣，似笑非笑，點了點頭。「小侯爺過獎，記得送在下一盒『碧洗銀針』就行了。」

「這是自然，這是自然。」薄觴連連點頭，為了顯示自己願賭服輸的大度，一招手，身邊侍女隨即將準備好的一個玉瓷茶盒奉上。

諸葛不遜卻沒取，對侍女示意道：「請呈給子妤姑娘，算是在下借花獻佛送給她的。」

有些驚喜，更是意外，只因先前用飯時子妤無意中提及了這「碧洗銀針」如何滋味甘美，想來諸葛不遜竟暗暗記在了心頭，如今贏得一盒，當即就轉贈給了自己。

子妤將這茶盒納入懷中，眉眼彎彎，笑意盈盈。「那就恭敬不如從命了，多謝小侯爺割愛，多謝諸葛公子有心了。」朝兩人都點頭致謝，這才又將先前診脈的情況簡單說給了劉桂枝聽。

「既然並無大礙，我也就放心了。」劉桂枝邊聽邊點頭，半蹙的眉頭總算是舒展開來。

子妤停了停，解釋道：「其實我不過初學診脈，回去還得給唐師父稟報一下，若有其他，唐師父也會親自過府一趟。另外……」子妤說著，從袖兜中掏出兩樣東西擺在了劉桂枝的面前。「二夫人，這次我代替唐師父過來探望郡主，除了送來一瓶百花蜜丸之外，這藥方還請您妥善保管。」

言罷，將一瓶普通的白瓷藥瓶及一張手寫的絹紙擺在了桌上。

「這……」劉桂枝有些不解，詢問道：「原本花班主也曾說過將秘方送上，說是由專人幫鳶兒打理藥丸更為合適。但顧及此方乃是花家班百年秘傳，而且鳶兒也是唐師父出手才病情漸好的，我們薄侯府也不是那種吃水毀井之人，所以才拒絕收下藥方。可如今子妤姑娘您又送來，是何道理？」

薄鳶也癟著嘴，水眸含怨地看著花子妤。「子妤姊，您交出藥方，可是將來不會再和鳶兒來往了？」一邊說一邊忍不住側眼瞅了瞅對面的花子紓。

「姊，這是何意啊？」子紓也有些愣住了，或許想到以後不能以送藥為藉口走動，與薄鳶郡主對視間，明顯帶了幾分不捨。

倒是薄觴意外之下也是早有預料，先前花子妤就曾說過讓兩人互相管好妹妹和弟弟，此時交出藥方，也等於向他示弱，將來絕不會以此作為藉口常來往。

想到箇中明細，薄觴自然要出言勸解自家妹妹。「鳶兒，反正哥哥要在京中任職，這藥方送來，以後就由哥哥親自為妳研製藥丸，可好？而且妳想想，花家姊弟每次都專程送藥來，也耽誤到他們練功的時間！若是妳想見他們，送上帖子請了過來出堂會便是，又能讓花家姊弟賺得賞銀，一樣可以相聚的。」

薄觴都開口了，薄鳶郡主噘起老高的嘴唇總算塌了下來，不情願地點了點頭。「哥哥說得是，但子妤姊曾經說過，要以朋友相交。若是每次都以出堂會為由，她是不願意的。」說罷還可憐巴巴地看著子妤，似乎是在訴苦一般。

「子妤姑娘。」劉桂枝伸手拍了拍女兒的肩頭，朝她抱歉一笑。「對不起了，鳶兒就是小性子，像怎麼也長不大似的。放心吧，以後無事，我們不會隨意下帖請你們出堂會的。不過若是鳶兒想你們了，我會主動找班主請他通融，邀請你們過府一敘。還請不要拒絕。」

「這是自然。」子妤趕忙起身做出恭敬的樣子福了一禮，心底卻也知道，今日一別，恐怕再難相見了，至少自己這弟弟可能很難再有這般機會接近薄鳶郡主了。

章一百零九　桃梨芬芳

五月初五，端午節。

宮裡的熱鬧卻不是因為這端午，而是諸葛貴妃的壽辰也同在這一天。

五年過去，諸葛貴妃仍舊是貴妃，卻多了一項名頭，那就是太子生母。

當朝皇帝子息不厚，諸葛貴妃因生下這個皇子，更是深得皇帝寵愛，母憑子貴，加上又有諸葛右相撐腰，諸葛貴妃的地位自是超然。

本朝皇后姓王，乃是前中樞大臣的獨女、太后的親表侄女兒，自入宮以來卻只育有一女，賜封裕華公主。為了支撐王家在朝中的地位，成年後下嫁了威武大將軍的獨子。女兒出嫁，無子為靠，加上歲月不饒人，已是暮華之年，沒了爭強鬥狠之心，皇后這些年也任由諸葛貴妃坐大。

這些微妙的關係雖然是後宮秘聞，但坊間也多有流傳。身為宮制戲班，三家戲班子的班主肯定也心知肚明。

太后漸老，皇后失威，將來後宮的主子肯定非這位諸葛貴妃莫屬。

皇后年輕時因為善妒，束縛了皇帝諸多手腳，以前偶爾還有戲娘被看中留在宮裡做小主子，後來卻沒人敢蹚這渾水，生怕犯了鳳怒。可現在情況大不一樣，皇后和諸葛貴妃都是三、四十歲的女人了，論樣貌雖然還是風韻猶存，但怎麼也不比年輕女子那般吸引人。加上選秀即將開拔，宮制戲班的戲娘們按理也有這個資格參選，這次貴妃壽辰的獻演，可以說三個班主的醉翁之意卻不在那誰能奪得頭彩之上了。

雖然戲娘中選只能從宮女做起，最高也不過只能到正主子的九嬪分位，但稍微有點兒腦筋的人都能想到，一旦被皇帝看中，哪怕什麼名分都沒有，也足夠她身後的戲班借勢紅個好幾年沒有問題。

這其中的奧妙，班主們自然也清楚明白，所以這次入宮獻演，打聽消息揣摩聖意就排在了第一位。

按規矩，花家班的人提前三天就住進了長樂宮。這次跟來的除了要獻演的塞雁兒、花家姊弟和止卿，花夷還專程點了青歌兒及紅衫兒的名兒，又讓唐師父再安排幾個出色的小弟子一併去歷練歷練，多見些世面。

和第一次來不一樣，這次花子妤的身分可是要登臺唱戲的戲伶，在長樂宮撥給花家班的小院裡，有一間單獨的房給她用。當然，花夷、唐虞、塞雁兒、子紓、止卿這幾人也是每人單獨一間房，其餘人等，比如青歌兒和紅衫兒則兩人共用一間，小弟子們也幾個擠在一間屋裡。這次阿滿因為要忙自己出嫁的事，沒能跟來伺候，是茗月代替她幫塞雁兒和花子妤打理戲服等事宜。

本來子妤想讓茗月和她同屋住，花夷卻不允，說這次演出比不得平時，單獨一間屋子是為了讓她休息得更好，上臺才有精神。多一個人住，總會打擾，耽誤休息。無奈之下，子妤只好打消了這個念頭，安安穩穩地享受這「特殊」的待遇。

茗月羨慕歸羨慕，卻絲毫沒有怨言，畢竟能跟進宮來見見世面已是不易，哪裡還會在乎睡什麼地方，就算是讓她三天三夜不睡覺，想來也是願意的。要知道如此機會，戲班裡搶著要來的弟子可多著呢！

進宮這三日，子妤除了練功就是睡覺，倒也過得緊張又有規律。小弟子們見了她都尊稱一聲「師姊」，看向她的眼神也是帶著濃濃的羨慕，甚至還有崇拜。

在貴妃壽辰夜宴之上，花家班的正式演出其實只有【木蘭從軍】，塞雁兒帶來的一段【紫釵記】卻是為太后專門準備的，在宴席一開始即演出，權作暖場。所以她也樂得輕鬆，每日只練上一小段時間，其餘時間連話也少說，好保持嗓子的最佳狀態。

唐虞一邊要處理許多登臺的事宜，同時又要督促花家姊弟和止卿練習，青歌兒見了主動拉起紅衫兒，說要幫忙做些事。花夷自然沒有異議，安排了她們管好戲服即可，也沒多安排什麼累人的活兒。

雖然對青歌兒有些防備，但花夷已經開口，唐虞也不好拒絕，叮囑了隨行管理戲服的婆子看好東西，有什麼事情都得來向他彙報。子妤也留了個心眼兒，吩咐茗月把自己的戲服看好，儘量別讓青歌兒和紅衫兒沾手。

起初茗月還有些不明白，子妤只說不敢勞煩兩位師姊做事，才把她的疑惑給平息了。

眼看不到兩個時辰後就要登臺，馮姓內侍已經派人來催了，讓三個戲班趕緊收拾好，準備去夜宴大殿候場。

於是花家班由唐虞帶隊，除了登臺的塞雁兒、花家姊弟和止卿，還有樂師、化妝師父，幫忙料理戲服的青歌兒和紅衫兒也一併跟去了，包括茗月和兩個打雜的婆子，前前後後加起來約十餘人。

陳家班在花家班之後登臺，人數也不少，同樣浩浩蕩蕩十來人的隊伍。

與兩家戲班截然不同的是，這次被安排唱壓軸的佘家班，卻僅有四人從院子裡出來。

打前頭的是戲班二掌櫃，名叫佘大福，聽名字就知道是佘大貴的兄弟。生得倒是矮胖敦厚，和哥哥佘大貴的精明模樣很不同。他身後立著一個年輕女子，看身量、樣貌不過十四、五歲的年紀，明眼人一瞧便知，這肯定是佘家班新晉的台柱小桃梨無疑了。

此女隨著佘大福出得門來，一直背對著花家班眾人，子妤雖然好奇，卻沒能看清楚她的長相，不過從背影看去，那盈盈不足一握的纖腰倒是極為顯眼，配上一頭簡單如瀑般直垂到腰際的黑亮長髮，已然勾勒出了一個絕代佳人的輪廓。

僅僅十四、五歲的年紀，就能獨當一面坐鎮佘家班，不但擠開了成名已久的水仙兒，這次更是挑了大樑在貴妃壽宴演出中作壓軸。這小桃梨的突然崛起還真帶了幾分神秘色彩！

聽說她極對皇后的胃口，時常被召入宮中獻演。也不知一心禮佛、不問世事的皇后娘娘怎麼就看上了這個小戲娘，倒讓京中一時傳出不少的流言。

有人說皇后想藉這朵鮮花挽回皇帝的心，又有人說皇后看準了太子的喜好，想把這小桃梨收為義女然後送給太子，也好等太子繼位之後有個替自己說話的人！

如此大膽的流言傳到子妤的耳朵裡，只覺得荒唐無比。想來只是因為這小桃梨勾起了幾分皇后娘娘的思女情緒罷了，這才抬愛有加吧！

不過現在瞧著這小桃梨本人，前來參加貴妃壽宴如此重要的演出，身邊竟只跟了兩個小丫鬟，卻讓花子妤有些不明白，真不知是藝高人膽大，還是有獨特的倚仗。

子妤想不明白，身邊的塞雁兒倒是沒把這個小桃梨放在眼裡，淡淡道：「聽如錦那廝從水仙兒處打聽來的情報，那小妮子準備清唱。至於具體唱什麼，水仙兒嘴緊，也沒透露。真是可笑，就她一個人登臺，還清唱，壓得住場子嗎？就算是金盞兒也不敢誇這個口，她算什麼？也不知道葫蘆裡賣的什麼藥？到時候若是砸了場子，看佘家班怎麼交代！」

「清唱！」

心裡頭沒來由一陣慌亂，子妤下意識地望向了前頭的唐虞。

月白色暗紋的錦服加身，唐虞略作打扮，氣度更是帶了幾分天然的貴氣。只見他一言不發地立在花家班的前頭，也不知在想什麼，等佘家班和陳家班的人都走光了，這才抬手輕輕一揮，邁開了步子。

沒法上前詢問什麼，子妤只好暫時收起心中的疑惑，隨著去了舉行貴妃壽辰夜宴的大殿。

章一百一十　蓮臺生輝

正值春末初夏，為了區別開萬壽節的普天同慶氣氛，皇帝吩咐內務府將貴妃壽辰的夜宴安排在了御花園旁邊的觀星殿。既能避開與太后、皇后的壽辰相比較，又別出心裁迎合了諸葛貴妃的喜好。

跟著常樂宮的宮女，花家班一行人經過長長的幽徑和迴廊，逐漸步入了御花園的範圍之內。

和印象中的皇家園林有些不一樣，子妤藉著朗朗月光，但見沿途一座座小園亭點綴其間，甚是精緻，許多斜廊、曲闌、月榭、花臺，均透著幽雅。白日裡盛放的奼紫嫣紅，入了夜色仍舊芬芳難掩，妖倚欄邊，暗香搖曳。

不遠處觀星殿已隱約可見，點點燈火闌珊，曲樂飄遠，好似人間仙境，沒有半點憂愁。

來此之前花家班就被告知，這次演出頗有不同之處，戲臺並不在夜宴的大殿裡，而是在這御花園碧落池的水上，用綠漆蓮臺作為舞臺，各家戲伶均在其後的船舫上候場，可以說從頭到尾都是在這碧落池上進行表演，堪稱絕妙至極。

踏上皇家專用的船舫，輕風拂面而來，子妤原本有些緊張的心境也不由得放鬆了些。

因為是率先登場，留給花家班的時間並不多，首先是塞雁兒要在太后離開之前就上去獻藝，之後便是暖場的〈洛水神女〉舞，由宮中舞伶表演。

稍作休息，夜宴演出才算正式開始，由花家班的【木蘭從軍】作為開場。

船舫徐徐而進，已是駛入了蓮臺的後方。拋錨停下，負責花家班的內侍讓戲伶趕緊準備，莫要耽擱了。因為要率先登場，塞雁兒早早換好了戲服，只需要梳頭上妝，再脫下外罩的披風即可。

眉若含翠、腮邊凝紅，在化妝師父的巧手下，塞雁兒已然變作了一副妍蓮綺綺、婀娜輕冉的模樣，正合了這齣【紫釵記】中的女主角霍小玉該有的容貌氣質。

塞雁兒唱的是【紫釵記】中〈謁鮑述嬌〉一折，原本劇情是才子李益元宵夜賞燈，遇才貌俱佳的霍小玉，兩人一見傾心，情愫暗生。但塞雁兒只唱獨角，沒有人來扮那才子李益。

一身薄綢裙衫色映著四周宮燈絢爛，入情入景，甫一登臺，塞雁兒寶釵斜髻，似倚月風的模樣就吸引了眾位賓客的目光。特別是端坐在最靠前座的太后，本已眼皮下垂有些疲累，見了自己素來喜歡的塞雁兒，精神一下就來了，為她的亮相喝了一聲彩！

這觀星殿的大殿正對御花園當中一池碧水，賓客們即可享用美酒佳餚，又可欣賞水中蓮臺上的各種演出，當真別具趣味。

看到太后高興，皇帝自然也不吝賞賜，當即就讓身邊的內侍給花家班送去了一百兩的封銀，點名給塞雁兒。

雖然只是專門為太后獻藝，但塞雁兒這一出場就為花家班贏得了厚重賞賜，看得佘家班和陳家班都有些心慌，暗道這場戲恐怕並非原本想像的那樣好唱。

在此起彼伏的喝彩聲中，塞雁兒唱完一段，收了勢退下蓮臺，嬌容上有著點點香汗，茗月乖巧地趕緊遞了蜜水過去給她喝下。

唐虞見她退下，也迎了過去，極為客氣地拱手道：「雁兒姑娘辛苦了，先休息一下吧。前頭御賜下賞銀一百兩，按班主吩咐，只抽三成，其餘盡歸姑娘所有。」

「好了好了，今兒個我的任務算是完成，接下來，就看子妤你們的了！」被唐虞如此禮遇的感覺還不賴，塞雁兒揮揮手，示意茗月接過封銀，柳腰輕擺地逕自走進了船舫的一間小屋，卸妝更衣去了。

正好換了戲服，梳妝打扮出來，見有了塞雁兒的開門紅，子妤臉上的表情也含著幾分興奮。「四師姊得了皇上親賞嗎？」

「是啊，可真是好彩頭呢。」說話間青歌兒主動迎了上來，伸手幫子妤繫好了交領下的錦帶。「整整一百兩呢，看得另外兩個船舫上的人臉都綠了。」說著掩口輕笑，銀鈴似的聲音飄飄而出。

察覺不妥，趕緊捂唇，青歌兒這一姿態雖是有些做作，但看在子妤的眼中還是不得不讚一聲好個風流堪羨的妙人兒！

正好止卿和子紓也換上一身威武的戲服從一間船屋裡出來，見得青歌兒顫顫如嬌蓮搖曳，眼底不免透出一抹欣賞的神采來。

眼看心上人在眼前，紅衫兒正要上前幫止卿整理戲服，青歌兒卻不著痕跡地擋在兩人中間。「師妹，妳看看子紓的甲冑有些歪了，還不快些幫忙。」

素來聽從這個師姊的吩咐，紅衫兒只好走到子紓的面前，極不情願地動手幫他開始重新繫好甲冑。

支開了紅衫兒，青歌兒轉身對著止卿嫣然一笑，柔聲道：「止卿師兄可有需要幫忙的地方？」

本來止卿想讓子妤幫忙，已經來到了她的面前，如今青歌兒主動提及，想著對方本來勝過自己卻沒能如願登臺，現在還能不計前嫌，主動相幫，這樣心胸豁達的女子，又樣貌極美，素來冷漠待人的止卿也露出了幾分笑容。「有勞師姊幫忙將髮帶繫上，多謝了。」說著將原本伸手遞出的一根素色布條，轉而放進了青歌兒的手裡。

「師兄客氣，應該的。」青歌兒水眸含笑地接過了髮帶，繞到止卿身後，就算伸手也不夠高度，只好嬌聲在其耳後低語道：「還請師兄略微蹲下才好。」

止卿聞言當即就屈膝半蹲下來，好讓青歌兒幫忙繫上髮帶。

眼見這青歌兒有意無意間對止卿透露出來的溫柔勁兒，子妤覺得有些奇怪。此女的齷齪心眼兒除了唐虞和自己，其他人自然不知；金盞兒的事件還擱在心裡，子妤料想她無事獻殷勤，必定非奸即盜，看向她的眼神也就帶了幾分警惕。

正等著青歌兒幫忙，止卿偶然抬眼間，正好將子妤的表情看在了眼裡，雖然不甚明顯，但她看向青歌兒的眼神絕對含了一絲隱隱的情緒，說不清是怒意還是其他，心裡不禁一怔，還以為自己看錯了！

難道……她那表情是嫉妒嗎！

離得上臺時間不遠了，止卿不想過多猜測，但臉上還是忍不住泛起了一抹笑意。

「紅衫兒，幫忙把子妤等會兒要換的甲冑拿過來。」青歌兒替止卿弄好頭飾，又神色如常地讓紅衫兒取來子妤要穿的戲服。「子妤，等會兒妳下來可得快些，這戲服有些難穿。」

雖然仍有戒心，但料得眾目睽睽之下這青歌兒也不敢動什麼手腳，子妤點點頭。「多謝師姊幫忙。」

不想面對著那張虛偽的笑臉，子妤朝她笑笑，轉身挪步來到唐虞的身邊，靜候他的指點。

先前一直在透過船舫的窗戶仔細觀察那方蓮臺，唐虞感覺到有人過來，回頭看不曾想竟是子妤主動找她，看出了她神色中隱隱有些興奮，眼底反倒浮起了一抹憂慮。

以碧水為臺，以月華為照，這貴妃壽宴的舞臺別出心裁之極，卻也為花家班的演出帶來了一絲氣氛相違的尷尬。

【木蘭從軍】本來是一齣有情有景、有起有伏的大戲，不乏溫情感染，更不缺熱鬧場面。按理，這齣新戲是最適合在節慶和壽宴之類的場合上演出，絕無可能會失敗。

普通的戲臺，唐虞自然沒什麼好擔憂的，可眼前此景，卻是【木蘭從軍】這樣文武兼備的戲曲所不適合的。倒是佘家班的小桃梨，知道她連樂師都沒帶，只準備清唱一曲，在那樣的意境下，未嘗不比自己戲班這般大張旗鼓的熱鬧來得合適。

想著想著，唐虞的眉頭蹙得更深了，已然明白佘家班定是提前就知道這蓮臺將作為戲臺的消息，不然，絕無可能作此安排。

功虧一簣，一著錯，滿盤輸！

就算這時演出還未開鑼，唐虞就已經料到了最終的結果，看著眼前仍然存有一絲期待的花子妤，心裡閃過了一抹不捨和心痛。

或許，自己不該孤注一擲讓她有登臺唱戲的機會，偏偏，這一天最後的結果，只會是替他人作嫁衣罷了。

被唐虞如此眼神看得有些心裡發慌，子妤忍不住啟唇小聲地問：「唐師父可是對我們不放心？」

搖頭，唐虞自然不會提前打擊她的信心，只淡淡一笑，反問道：「子妤，妳可在乎輸贏？」

「輸贏?!」

這兩字甫一入耳，子妤突然想到了諸葛不遜的那個賭約。

從薄侯別院回來子妤就已經找唐虞證實過賭約的事，雖然對方一臉的苦笑，卻還是給了自己肯定的答案。諸葛不遜當初是直接找花夷商量此事，亦即唐虞也沒有機會拒絕。但當時子妤分明看得出來，唐虞好像有些不在乎；或者說，他和自己一樣，對這個「打賭」並沒有太大的排斥，只是兩人心有默契，都沒有深談下去罷了。

本來，若是一切順利，這「賭約」最後自然就不成立了，各人該做什麼便做什麼，毋須多想，但若是被余家班再次壓過一回，大不了收拾東西去右相府上住一個月，也不會少塊肉，反而能讓兩人脫離戲班的環境，好生衡量思考一下彼此的關係，也不無益處。

見子妤臉色變幻不定，唐虞自然知道她誤會了自己的意思，也沒有多說什麼，看著朝自己走過來的止卿和子紓，兩人也是同樣既緊張又期待，心下權衡了片刻，終於開口道：「這是你們第一次在宮裡的戲臺上演出，無論最後結果如何，你們已經是成功了。接下來，把那蓮臺看成是你們無數次演出中的一個舞臺便好，其他什麼也不要想。」

「是，唐師父！」

三人得到唐虞的悉心勸說，原本浮躁的心境也趨於平靜了，面面相覷，那種緊張和期待已然沈澱。

只是這邊幾人並未察覺，他們身後有一道目光正徐徐投向花子妤，含著半點譏諷、半點不屑，還有一絲濃濃的嫉妒和怨恨，濃得有些無法散開了。

章一百一十一　月下驚變

「旦辭黃河去，暮至黑山頭。萬里赴戎機，關山度若飛……」

從一開始身著素衣的花子好亮相，到身著甲冑兵服的花子紓和止卿登場，觀星殿內的貴客們已經徹底被這一齣【木蘭從軍】給吸引住了目光。

且不說是新戲了，那蓮臺上的三個戲伶也是從未在宮裡亮相的新面孔，新鮮之感不言而喻。

因為是一齣尚未公開的新戲，在諸位賓客的手上，有一張唐虞親筆所寫的觀戲帖，將這齣【木蘭從軍】的故事簡單介紹一番，比如有幾折、每一折的名稱，還有登臺的三位戲伶名字和樂師名字等等。

既不妖嬈，也不嫵媚，布衣素顏登場的花子好在月色燈火的映照之下，反倒有種清新恬然的別樣美感。而止卿的俊朗勃發和子紓的英姿威武，三人輪番在那蓮臺上或唱唸或做打，也將這原本絢爛的夜色襯托得越發熱鬧如仙市神街一般。

似武戲，卻又有旦角、小生穿插其中，情節連綿起伏，宛若花開；似文戲，卻絲毫不輸尋常武戲那般場面精彩，扣人心弦，引人入勝。

蓮臺上的三個戲伶雖然略顯稚嫩，但給人的感覺卻偏偏更為貼近這戲中的人物，倒叫臺下貴客們分不清到底是在看戲，還是在透過一方戲臺去窺伺一個別樣的人生。

如此眼花撩亂又熱鬧非常的新戲，連睏乏不已想要下去休息的太后也止住了步子，睜大眼睛看那「花木蘭」在蓮臺上耍得颯爽生威，絲毫不輸旁邊的兩個俊俏武生，也大聲地喊了句：「看賞一百兩！」

在太后的帶領下，觀星殿中的貴客們再也不吝嗇喝彩了，一串串賞錢丟在了宮女的托盤中，流水似地往花家班所在的船舫送去。

自家戲班的演出有此表現，側殿中原本緊張焦慮的花夷已是一臉的得意非常，瞧了瞧表情不悅的佘大貴和陳蘭生，若是唇上有鬍子的話，定是像那殿上飛簷一般，翹得老高！

不過佘大貴眼紅歸眼紅，唇角似是而非的笑意透出的信心也是難以遮掩的。看來他對小桃梨是相當有信心，不然也不會如此沈得住氣。

先略過三家戲班之間的明爭暗鬥，觀星殿的首席，太后看得津津有味，身邊端坐的皇后也是掩口直笑。

身為今晚夜宴的主角兒，諸葛貴妃也不住的點頭，一招手，對身邊的宮女示意道：「請諸葛小公子過來，本宮有話要問他。」

「是！」宮女領了話便鞠身退下了，不會兒就領著一身暗紫色玄衣華服的諸葛不遜來了這方首席。

先一一給皇上、太后、皇后見過禮，諸葛不遜最後才來到貴妃身邊的空位端坐下來。

「遜兒，那個扮演花木蘭的戲娘可是你常提起的那位子妤姑娘？」諸葛貴妃雖已過青春年華，卻面色如玉，肌勝羊脂，說話間聲似嬌鶯，凝眸秋水，如此隱隱露出的風姿月態，是那些二八少女們怎麼也難以企及的。也難怪她能受寵近二十年而不衰，常伴君王側，而傲視後宮無可睥睨。

反觀那皇后娘娘，母儀天下，比之諸葛貴妃的氣度卻顯得弱了幾分。雖然也是風韻猶存，看得出當年的姿容絕色，但鬢旁的灰髮、眼角的魚紋，卻也不是她區區四十六歲年齡所應該顯現的。若不是頭上的六尾鳳冠和一身大紅錦繡鳳棲梧的宮服，恐怕任誰也會把諸葛貴妃視為後宮之主，而非她這個正宮皇后。

卻說諸葛不遜挨著貴妃坐下，被她一打趣，面若冠玉的臉上不為所動，一如平常那般似笑非笑，輕點了點頭。「此女鍾毓明秀，將來堪當花家班台柱。姑奶奶且看仔細了她的表演，一定不會讓您失望的。」

「你這小子！」諸葛貴妃掩口嬌笑，玉額輕擺，壓低聲音道：「若非你從小到大的知己好友，別人又豈會看中那丫頭幾分？看身段固然高眺，卻少了些女子的婀娜；看樣貌，不過清秀恬雅，比之先前那個塞雁兒不知差了多少。喏，你看看皇后娘娘，對這等打打鬧鬧的戲毫不感興趣，直打瞌睡呢。」

聞言，皇后轉頭主動朝諸葛不遜笑笑，手中一串晶瑩的佛串子還在不停撚著，看樣子的確不喜這等鬧戲。

倒是太后和皇帝均看得起興，不時發出陣陣喝彩之聲，引得座下諸客隨之叫好聲不斷。

眼看場上三人唱得痛快，看官們反應也不錯，諸葛不遜可完全不把諸葛貴妃的打趣放在心上，一副早有預料的樣子，笑意也越發的輕鬆起來。

開玩笑，若不是他找上花夷，恐怕今天站在蓮臺上表演之人就是那青歌兒和紅衫兒了。花家姊弟和那止卿演得好，自不必說，要是演砸了，恐怕以後再也不敢去花家班串門子，免得被花夷怨恨的目光給殺死。

「咦！這一段還真有幾分意思！」諸葛貴妃看得認真，忍不住讚了聲好。

蓮臺上演的是「花木蘭」和「韓士祺」軍中切磋一段，眼看子好和止卿兩人打得精彩，且似有若無之間帶出了兩個角色之間暗暗的情愫，觀星殿諸位看官們也收起了喝彩之聲，均凝神仔細瞧著那兩個滿場翻飛的身影，一顆心也隨著兩人打鬥越來越快，提得越來越緊了！

腰肢如柳，斜倚而下，子好突然一個下腰動作，配合著止卿轉身一攬，兩人堪堪如此便定在了蓮臺中央。

正好一陣夜風拂過，兩旁華燈搖曳不止，惹得兩人衣袂翩翩，髮絲輕揚，此情此景，不禁讓臺下觀戲者深感觸動，紛紛發出一嘆，似為這對面對面而不知的未婚夫妻而遺憾。

演到此，子好和止卿在臺上也默契地目光對視，將臺下諸位貴客的反應悉數接收，兩人均唇角含笑，箇中滿足自不用言語。

「這一對戲伶還真有幾分默契和靈韻，不錯，不錯！」諸葛貴妃忍不住小聲讚了起來，側眼看了看諸葛不遜，總算是肯定了對方的極力推薦。

對於這個止卿，諸葛不遜並不太熟悉，只知曉他和花家姊弟交好，情如手足一般。可今日看來，他眼神裡含著的半分眷戀、半分柔情，恐怕對花子好的感情並非兄妹那樣簡單，或許有些說不清、道不明的隱隱情愫也說不定。

帶著和年齡完全不相符合的玩味笑意，諸葛不遜隨手拈起一顆紫葡萄送入口中，樂得看花家姊弟在臺上獲得讚賞，自己也與有榮焉。

深呼吸幾口氣，感覺這停頓差不多了，子妤朝止卿微微一笑，示意他抬手將自己撐起來，可笑容剛剛覆在唇邊就突然凝住了……頃刻間，感到原本勒在胸口的甲冑突然一鬆，還來不及反應，由薄竹片和細繩穿就的貼身甲冑就那樣從身上滑落了下去，帶起襯裡的薄衣，將胸口衣領處也直接扯開了一大片！

「啊！」

一陣驚呼，卻是觀星殿內的薄鳶郡主發出的。她身邊坐的還有小侯爺薄觴，此時看向花子妤的眼神也充滿了驚訝。

其餘賓客自然也看到了臺上戲娘甲冑滑落的尷尬一刻，隨著那一聲驚叫，均回過神來，交頭接耳，指點紛紛。

卻說子妤低首一看，胸前衣衫已隨甲冑下落之勢扯開，露出月色下瑩白的肌膚，脖頸上用殷紅絲帶所串的一塊魚形玉珮也隨之露了出來，驚得她顧不得那麼多，直直環著止卿的脖頸勉強撐起身來。

「長歡！」

在眾人都呆住的時候，卻是皇帝低喝了一聲。本來首席上座就挨著湖面，離得那蓮臺不過十來丈的距離，皇帝瞳孔一縮，精明的眼神竟突然放出了一陣異樣的光彩，卻是盯住了子妤頸間的那塊魚形玉珮不放！

皇帝吩咐自不敢怠慢，首座旁邊原本並不惹人注意的地方突然竄出一道頎長的身影，隔空點水，如飛鴻驚翩，瞬間就來到了那蓮臺上，抖開一件明黃色的披風，直接將還未回神過來的花子妤給環肩遮住。

止卿和花子紓也愣住了，聽得耳畔「咚鏘」之聲驟然停下，你看看我，我看看你，再望向被那長歡用披風遮住肌膚外露的花子妤，一時間在蓮臺上的三人也沒了主意，只剩夜風徐徐，華燈搖曳。

「止卿，子紓，扶子妤下去！」

一切發生得極快，不過幾個呼吸之間罷了，隨著一個月色長袍的身影匆匆邁步上臺，止卿和子紓才回神過來，依言從那侍衛長歡的手中將子妤扶過，也來不及謝臺，三人就這樣從蓮臺上趕緊回了候場的船舫。

「在下花家班唐虞，在此代剛才的失誤向各位請罪。今日演出不得不到此為止，還請皇上，太后，皇后，貴妃娘娘等諸位貴客見諒！」

說完，唐虞深深一鞠躬，也不顧那觀星殿的貴客們還沒作出反應，一掀衣袍，轉身而下。

「這到底是怎麼回事?!」

諸葛貴妃不似身後那些指點私語的人，因為諸葛不遜的關係，對於那花子妤頗有幾分好感。見得她先前在蓮臺上的尷尬一幕，也不由擔心起來。

可身邊龍座上皇帝的反應卻讓她有些意外。對於戲伶的小小過失，淡然一笑便過，權當取樂就行，何須出動影衛去替那戲娘遮醜？

畢竟能穩坐後宮權位，諸葛貴妃並非普通婦人，仔細看著皇帝的神色，目中精光閃過，卻只是死死盯住蓮臺的中央，似乎那花子妤還在臺上一般，竟半分沒有挪開過眼。

難道，聖上看中了那花子妤？

甫一冒出這個念頭，諸葛貴妃就直接否認了。且不說多年夫妻對皇帝的瞭解，就算他真看上了此女，也不會露出半點情緒，下來吩咐身邊的內侍直接給花家班下一道旨意便是，又何須在太后、皇后和自己的面前表現出如此異樣？

按捺住心頭諸般猜測，諸葛貴妃纖手一揚。「下一個上場的該誰了，可別讓這熱鬧給斷了啊！」

章一百一十二　赤玉紅錦

夜色漸沈，但卻並未將它身下絢爛如白晝的皇宮所湮滅，反而仍由其間華燈點點，輝映著天際最後的一絲月華。

蓮臺上，陳家班戲伶唱得「咿咿呀呀」，觀星殿內的諸位貴客也絲毫沒有受到先前事情的影響，觥籌交錯間不過偶爾嬉笑一聲，把先前那戲娘甲冑散落微露肌膚當作一件閒談話題罷了。

「嗚嗚……」

陣陣如蚊蠅般細小，卻又接連不斷的哭聲從花家班所在的船舫裡傳出來，和前頭蓮臺上的熱鬧演出顯得頗有些格格不入。

「師父，真的和我沒關係啊……師父，您相信我……」

嗚咽之聲，配上紅衫兒一副泫泣欲絕的樣子，端坐在廣椅上氣急敗壞的花夷還真不好責怪她什麼，略顯白淨得過分的臉龐上露出一絲不耐，揮了揮手。「罷了，妳也別老是哭了，先退下！」

說完，轉而看向一併跪在前方埋首不語的青歌兒和專門負責戲服的吳大娘，花夷語氣尖細，卻暗含了幾分嚴厲。「妳們兩個說說，到底怎麼回事兒？演出之前是誰負責檢查子好的戲服？如此疏忽，若不問個清楚，明兒個就等著內務府下通牒，治我們花家班一個不敬之罪吧！」

「稟……稟……班主……奴婢……也……」吳大娘略顯臃腫的身子抖得跟篩糠似的，說起話來還不如垂淚啜泣的紅衫兒清楚。

還沒說幾個字，又被花夷揮手給打斷。「青歌兒，妳和紅衫兒主動幫忙打理戲服的事，且說說，子妤的甲冑最後經手的人是誰？」

青歌兒臉上同樣掛著一抹愁色，眉頭微蹙，尖尖的下巴被緊抿的薄唇突顯得越發嬌憐可人，水眸流轉間似乎是在仔細回想，最後還是搖了搖頭。「師父，此事弟子不知。」

「妳素來細心，又主動提出要幫忙打理戲服，怎麼也會不清楚？」花夷語氣有些生硬，想起數日之前唐虞曾對他提過，說青歌兒有些不安分，本沒有放在心上，可如今出了這檔子事，要說沒有些懷疑，肯定是不可能的，所以當即便反問。

青歌兒卻面不改色，一字一句地答道：「稟師父，弟子雖然與紅衫兒師妹主動提出幫忙打理戲服，但自始至終都只是在吳大娘身邊幫個忙罷了。想來子妤師妹怕弟子和紅衫兒師妹心存嫉妒，提前給吳大娘和茗月師妹都打過招呼，不讓我們染指。如今戲服突然脫落，卻又來尋我們的不是，師父明鑒，這欺君不敬的罪名，咱們可擔當不起。」

「是啊，這幾日來我們碰都沒碰過那些戲服，不過幫著吳大娘每日打開箱子晾曬一下罷了，怎麼就怪到我們身上了？」一旁的紅衫兒終於忍住了嗚咽聲，也幫襯著青歌兒開口辯解起來。「而且自己的戲服應該自己提前檢查好吧，這個花子妤粗心馬虎，上臺前也不好生仔細查看，結果甲冑脫落，獻醜丟人，這怪得了誰呢！」

花夷眉頭一皺，手下猛地拍在扶手上，嚇得紅衫兒趕緊閉嘴，眼淚又啪嗒啪嗒地流了下來。

雖然動了真怒，但花夷卻也知道紅衫兒此話不假。上臺前沒有仔細檢查戲服，戲伶本身的確要負很大的責任；就算肯定是有人動了手腳，無憑無據，還真不好拿了誰來問罪。要是明兒個內務府的牒文送下來，難道，真拿花子妤出來領罪嗎？

想到這兒，花夷禁不住扭頭看了看船舫角落緊閉的屋門，也不知道唐虞在裡面問清楚情況沒有。

這船舫不算大，卻也不小了，除了船艙的小廳，還隔了三間小屋。平時供後宮主子們遊湖時來此更衣小憩，內部裝飾雅致舒適，每一間都開有大窗，也可瀏覽湖中景致。

此時船舫用作戲班暫時更衣候場的地方，花子妤正臉色泛白地端坐在船屋的矮榻上，薄唇緊抿，一句話也沒有說。

「罷了，止卿、子紓，你們先出去，為師自會問清楚此事。」唐虞見止卿和子紓又是緊張又是擔心的樣子，卻偏偏不敢開口詢問子妤，只好讓他們先行出去。

對望一眼，止卿和子紓卻也巴不得先出去。知道此事班主定是在責問負責戲服的吳大娘和青歌兒、紅衫兒，若說有人動手腳，絕對是她們三人中的一個。不用說，兩人的眼神中已經肯定了幾分，將那紅衫兒當作了最大的嫌疑人，想要過去追問。

隨著屋門「吱嘎」一聲打開又關上，窗外那蓮臺上陳家班的演出似乎也接近了尾聲，一個戲娘和一個武生在場上「咿咿呀呀」，唱唸做打認真之極，配上逐漸暗沈的夜色，倒也有那麼幾分韻味。

見得屋中沒有了旁人，唐虞也不急著開口，走到窗角的矮几上替子妤斟了一杯雪梨蜜水，遞到她面前。「先潤潤嗓子吧。」

柳眉深蹙如川，玉牙輕咬薄唇，子妤好像根本沒有聽見唐虞的話，也沒看到他遞到面前的青瓷湯盅，只略微抬眼，定定的望著蓮臺上那一對正在賣力表演的陳家班戲伶。

先前蓮臺上的一幕，她一個未出閣的女子，竟在那麼多人面前出醜，唐虞只當她應該還沒回過神來，而且多說無益，此等尷尬羞愧之事，恐怕還是再也不要在她面前提起才是。思慮至此，只好放下手中的湯盅。「如果妳不想說，我也離開好了。妳可以自己一個人靜一會兒。」

「唐師父，請留步！」

子妤這時卻收回了飄遠的目光，眼底透出一絲清明，雖然臉色仍舊泛著青白之意，但卻看不出半點羞憤。

聞言，唐虞原本已經轉身，此時扭過頭來，面帶疑惑地看向了花子妤。

身上還披著侍衛長歡躍上蓮臺為她繫上的明黃披風，子妤此時卻面對著唐虞緩緩站起了身子，手指輕輕一拉，就這樣解開了這「遮羞」的披風。

明黃披風冉冉滑落在腳下，子妤原本散落在腰際的薄竹片甲冑，以及領口一抹被帶開的衣衫，悉數展露在了唐虞的面前。

只是除了這些，還有子妤由脖頸到前胸一截瑩白如玉的肌膚，在華燈輝映之下，隨著她的呼吸緩緩起伏著，就像碧蟬褪殼那般細膩的紋理都纖毫畢現。而橫臥在胸口處的那塊魚形玉珮，暖赤的色澤輝映著周遭的肌膚，猶若紅鯉翻浪一般，將子妤原本並不豐腴的胸部襯托出一抹曖昧的弧線……

突然看到子妤如此動作，唐虞一時間愣住了，下意識趕緊別過眼，目不斜視的望向了窗外。

似乎看出了唐虞側臉上殘留的一抹微紅，子妤不自覺地攏了攏衣領，正想開口細說，卻發現唐虞已經回頭，盯著自己的眼神變得清明探究，目光下滑到腰際，想必已經看出了自己原本想要說的話。

「這斷繩處？」

唐虞走近兩步，藉著燈燭和窗外的華燈光照，又仔細看了看。「斷面平整，應該是人為造成的。」

「你心中可有人選？」子妤見他步步靠近，半蹲在了自己的身前，從上往下看，高挺的鼻尖在唇上留下了一片陰影，竟有一絲莫名的魅惑醉人。

抬頭望著子妤，唐虞並未馬上答話，只伸手將那斷繩處輕輕捏在手中摩挲著，半晌才嘆了口氣，緩緩起身來。「妳我想到的人應該是同一個，但可惜，並無任何證據。」

「她應該是在我換好甲冑之後動的手，不然吳大娘那樣仔細的一個人，絕對會提前發現。」

「妳是說中場下來換衣的時候？」唐虞仔細想了想，好像吳大娘和青歌兒還有紅衫兒都有在那個時候靠近她，特別是青歌兒，兩次都是主動上前幫忙繫好綁帶。

感覺兩人靠得有些近，子妤悄然挪開了小半步的距離，卻一時間沒能攏好領口的衣衫，魚形玉珮又露了出來。

正想向子妤求證，唐虞卻一眼掃到了她頸上所繫的玉珮，淡淡的赤紅顏色，在燈燭的輝映下散發出暖橘色的微芒，像一尾靈動活現的魚兒，襯得肌膚越發細膩柔滑。

唐虞印象中好像曾看到子紓戴過，當時也沒在意，可此時見得子妤這個和子紓的分明是一對，其玉質極為上乘，並非普通貨色，下意識地便問道：「這玉珮是？」

低首看了看，子妤不著痕跡地將衣領拉了起來遮住胸口春光。「母親留給我們姊弟倆的遺物罷了，說是將來沒飯吃就典當了。」

這句自然是玩笑話，但也將原本有些嚴肅的氣氛給化解了，唐虞嘆了口氣，語氣自責。

「對不起，我不該姑息她，應該直接對班主講明。」

「這不怪你。」子妤見他神色愧疚，有些不忍。「她做事不留後患，上次大師姊那兒同樣沒有任何證據。單憑你我猜想，能奈何得了她？況且班主素來袒護親傳弟子，沒有一個正當的理由，怎好將她揪出來。」

唐虞看著她眼底流露出的無奈，心底一抹苦澀微微泛起。「妳想就此甘休，不再追究嗎？」

「爾虞我詐之後，難道還要你來我往嗎？」子妤苦笑著搖搖頭，無奈之色溢於言表。

章一百一十三　謫落凡塵

看著子好這樣，她越是表現得無所謂，越是揚起笑意，就越讓自己有股心疼的感覺，讓人放心不下。唐虞想起先前她為了金盞兒有可能被青歌兒陷害的事而忿恨不已，欲將青歌兒用藥之事查清楚再揭露她的企圖。

可為何偏偏關係到自身，她卻有了甘休之意呢？

不等唐虞將心中疑惑道出，子好已然換了一副表情，眼神中流露出了那股特有的堅毅和明朗。「莫說現在花家班缺一個絕頂的青衣來壓場子，就是大師姊嗓子無恙，我也不會用同樣齷齪下流的手段去和她爭。要贏，就在戲臺上堂堂正正將她踩在腳下，那樣，她的驕傲才會被徹底擊潰……」

原來如此，她竟是存了如此心思，讓唐虞頗有些無奈。

知道她從小就喜歡自己拿主意，旁人的勸告或許起不了什麼作用，但話中的擔憂根本無法掩飾，唐虞看著她，輕聲道：「子好，明槍易躲暗箭難防，且不管她是否還有後招，單單妳如此想法，就已經失去了戲臺上戲曲之藝的本源初衷。不如一切交給我處理，妳只管好好唱戲就行了。」

直視著唐虞眼底的憂慮，這樣的表情是極少見的，因為在子好眼中，他總是淡然漠視著一切，偶爾情緒波動，也不過轉瞬即逝。

心底微微泛起一股暖意，子妤也不想再多說什麼，只輕輕點了點頭，吁出一口氣。

現在她沒有拒絕，並不代表她聽從了自己的勸告，唐虞也沒有再多說什麼，只提醒自己暗地裡要好生看住子妤，免得讓她還未踏入戲伶的生涯，就先失了本心。

一時的沈默，對比起此時窗外湖心蓮臺之上，更顯船舫搖曳，夜風徐徐。

陳家班的戲伶已經退下，看樣子壓軸的小桃梨即將要上場，兩人對視一眼，均按下了對青歌兒一事的顧慮盤算，齊齊將眼神投向了同一個地方，神色慎重，略顯緊張。

蓮臺綠波，倒影無雙。隨著那聲聲如玉龍吐珠般的清亮歌喉響起，整個月色輝煌、華燈繁爍的御花園突然一靜，沒了觥籌交錯迎來送往的喧囂，只剩下戲臺中央那個猶若海棠帶露，嬌嬌而立的纖細身影。

鳳梢傾鬟，含顰鎖眉，那小桃梨分明端立在蓮臺上一動未動，卻翩翩有種似楊柳隨風、飛燕驚鴻的錯覺。嚦嚦鶯聲，花外囀啼，只是一曲清唱罷了，卻帶起月色之中一抹玉霞微沈，籠罩了整個御花園和觀星殿周圍。塵世的紛擾煩躁都已隱退而去，剩下的，也不過是靈臺上一盞明媚如霞的心燈，在大千世界之中，求得了一點清涼境界。

是的，這小桃梨偏生不唱男女溫情，不唱家國興旺，而是在這貴妃壽辰的戲臺上帶來了一曲梵音佛唱〈三世因果〉！

「三世因果說不盡，蒼天不虧善心人……」

當小桃梨唱罷一曲，這夜色也真正地安靜了下來，明明只是一瞬，給人感覺卻好像過了很久很久，雖不至於真的三世一夢，但那句句歌詞猶若在耳，回味良多，欲罷不能！

「好一個小桃梨啊！」卻是唐虞神色間逐漸回復了清明之色，苦笑著擺擺額頭。「難怪她得了皇后的喜愛，卻沒想竟是這等原因。」

皇后向佛之心由來已久，只因此乃後宮隱秘，所以眾人皆知卻閉口不談。虧得這小桃梨竟懂得如此討她歡心，當真心思玲瓏。

「唱佛音，她竟然……」子好也表情無奈，啞然一笑。「果然是另闢蹊徑，此等靜若處子，梵音天籟，我花子好真真是自愧不如的。」

側眼看著子好一副認輸的樣子，唐虞本想鼓勵她兩句，可看她的樣子是真的欣賞對方，而非氣餒，也就沒有開口。

其實擔心也無用，事實擺在眼前，讓人不由得不服輸。且不說現在大家還沈浸在小桃梨的梵音唱響之中，恐怕此等情景，連皇親貴胄們也不敢高聲打擾，孰輸孰贏，已是清楚明瞭至極。偏偏這小桃梨還有佘家班是對手，不然，連他自己也要乖乖掏出賞錢來送往隔壁的那艘船舫了。

「想來，我們是徹底落敗了吧。」

子好臉上掠過一絲疲憊，沒有遮掩地看著身邊的唐虞。「若是如願以償贏了還好，眼下這景況，恐怕諸葛公子的賭約也無法不面對了。不知，唐師父可否會實踐？」

躲開了子好率直的眼神，唐虞伸手抹了抹鼻端，似在掩飾什麼。「不就是做一個月樂師嘛，也不會少塊肉。再說，能離開花家班一段時間也好，權當休息一下。」

子好螓首微埋，話語輕顫道：「諸葛公子說，我也得一併過去，做一個月的婢女。」

身旁的唐虞緩緩從口中呼出一口氣，聽得子好心下一緊，也沒有抬眼。「你可知道此事？」

「嗯，諸葛公子提過。」唐虞呼吸驟然一緊。「對不起，把妳也牽扯進來了。」

這下子好卻抬眼，凝眸如水地看著唐虞。「不用這樣說，新戲你我皆有分，輸了，合該一起受罰才是。」

看著月華在子好側臉上柔柔綻放，唐虞想起了兩人在紫竹小林裡的那一幕放肆，耳根有些微微發燙，別眼望向湖面。「沒關係，既然我們都要去履行賭約，我會監督妳繼續練功的，不會鬆懈一丁點兒。」

點點頭，子好不再言語，眼神似怨似嗔，只輕抿著薄唇，似有千言萬語無法吐露。

覺得這船屋中氣氛有些不太明朗，鼻端總是縈繞著一股熟悉的香氣，清清淡淡，卻殘留不斷，唐虞清了清嗓子。「好了，我也要出去給班主一個交代了。妳換好衣裳再出來吧。」

說完，唐虞挪步轉身，推門從船屋裡離開。

看著緊閉的屋門，子好在眼角染起一抹笑意，也不知是何故，總覺得唐虞對自己的態度有些變了。

說起來，這還是自那一日在竹林小亭一別後，兩人隔了好幾日又單獨在一起。不曾想過卻如此自然而然，沒有原先所預想的尷尬。

只是那種莫名的情緒似乎仍然存在著，雖然雙方都在極力掩飾，絲絲縷縷，卻剪不斷，理還亂……罷了，將來會是怎樣，現在又豈能知曉？

子妤深呼吸了一口這月下碧湖的清新空氣，心境彷彿從未如此放鬆，對即將與唐虞前往右相府一行，隱隱竟也有了幾分期待，就不知唐虞是否也同她一樣想法？

湖心蓮臺之上，小桃梨已經悄然退下，貴妃壽宴也隨之結束了。

不出所料，佘家班的賞銀足足得了三百八十兩之多，單是皇后娘娘就賞了二百兩，其餘賓客雖然均是十兩左右，但總數自然不少。靠著小桃梨，這次佘家班算是真正地坐穩了京城戲班的頭把交椅，將花家班再次遠遠地甩在了後面。

如此結果，雖然有些難以接受，但小桃梨恍若謫仙下凡、天女梵音一般的獻唱，卻是讓花夷和一眾花家班的弟子心服口服。

並非是【木蘭從軍】這齣新戲不好，也並非是花家姊弟和止卿的唱功輸人，實在是能以佛音另闢蹊徑，又配合上蓮臺景致，佘家班這一招妙棋看似隨意，實則經過了精心籌備，堪當驚豔！

所以當子妤從船屋裡走出來，臉上帶著幾分愧疚之色時，花夷也忍不住上前安慰了她幾句，大概是「不怪妳，只怪對手太強」之類的話語。

奇怪的是，花夷也沒多問她甲胄突然脫落的事，看來唐虞先行出來應該是和他說了些什麼，不然，身為班主豈有不過問的道理。

花夷又安慰了子妤幾句，同時也再次訓斥了吳大娘和青歌兒還有紅衫兒做事不細心。說罷喝了口茶，吩咐唐虞帶領弟子先回常樂宮，身為班主還不能休息，得找到那馮姓內侍先打聽一下消息，再攀攀關係，之後便先行離開了。

但看看青歌兒和紅衫兒站在一旁，一個臉色不善，一個淚痕猶在，子好確定花夷是狠狠找她們兩人問過話的，心中怨氣也消了一大半，走到子紓和止卿的面前，半垂眼眸地道：「讓你們擔心了。」

子紓還捏著拳頭，眼神凶狠地往紅衫兒身上招呼，恐怕將這筆帳都悉數算在了她的頭上，見得子好並沒有追究的意思，也不好發作，只嘟囔道：「妳自己受了委屈，還反過來安慰我們，真是太好心了！」

子好哪裡會不瞭解親弟弟，知道他只是藉此表示對自己的關心罷了，柔柔一笑。「雖然落魄些，又當眾出醜，但好歹可以找個藉口。」

止卿不明白，小聲問：「什麼藉口？」

「要是咱們這齣戲唱完全場，未必不能敵過那小桃梨呀！」子好這一言，倒把這船舫中有些沈悶壓抑的氣氛挑動得輕快了些，惹得止卿沒好氣地甩甩頭，伸手在她腦袋上敲了一下。「妳倒是想得開！」

兩人之間自然而然的動作，看得青歌兒眼底閃過一抹冷色，那紅衫兒更是氣得跺腳。倒是唐虞別開了眼，裝作什麼都沒看見，指揮著吳大娘還有幾個樂師和化妝的師父趕緊收拾東西。

章一百一十四　有女孌姑

第二天，內務府的旨意果然來了。

而且還是那姓馮的內侍親自跑了一趟，大致說了花家班疏忽有責，驚擾壽宴上的貴客等等。不過那板子高高舉起，卻是輕輕落下，最後只罰銀一百兩，權當教訓，這讓花夷吊了一晚上的心總算放下來了。

本來，就算內務府治花家班一個不敬之罪，再罰他們五年之內不得入宮獻演，這些都是正常的；甚至嚴重的話，直接廢除花子妤宮制戲伶的身分也並無不可。

但花子妤身後還有個諸葛不遜，若非那小祖宗開口要脅，昨夜站在蓮臺上獻藝的便是青歌兒和紅衫兒兩人。有了這一層顧慮，花夷還真不好拿子妤怎麼樣，連罵上兩句也懶得了，更別說乖乖等內務府來懲治。

好吃好喝招待了馮爺，他卻點名要見見【木蘭從軍】這齣戲的三個戲伶。如此這般，花家姊弟和止卿便齊齊聚在了無華樓中，乖乖接受這馮爺的仔細打量。

只見那雙比綠豆大一些的眼珠子一轉，無論是在蓮臺上，還是在這花廳裡，馮爺怎麼看也看不出此女到底有何特殊之處！

沒有凝眸秋水、臉襯玉蓮的絕色容貌，也沒有姿態妖妍、風流堪羨的魅惑氣質，只是一身水紋素衣地立在那兒，裙襬微揚，勾勒出纖細不足一握的腰身，倒是有副好身段；不過略高的個頭，又顯得嬌小不足，沒有那種依人柔媚之感，甚至遠遠不如身旁兩個男子的相貌顯眼。

也不知道聖上為何專程交代自己過來問候一聲這戲娘，難不成是在為之後的選秀打主意，想召了此女入宮伺候？聖意難測，馮爺自是不敢質疑，收起了探究的目光，朝著花子妤呵呵一笑。「子妤姑娘，昨兒夜裡沒受驚吧？」

對方略顯猥瑣的表情和尖細的聲音，讓子妤覺著有些彆扭。「多謝大人關心，小女子無妨。」

似乎看出這老太監有些居心不良，子妤身旁的止卿和子紓都略上前了一步，將其擋在身後，目光凝實地盯著他。花夷一看這情形，趕緊揮揮手要兩人退下，怕他們招惹了這貴人。「不得無禮！雖然宮裡只罰了銀兩，但你們罪無可恕，一個月內是不得再登臺了。」

「班主馭下嚴格，真乃嚴師啊、嚴師啊！」馮爺聽得花夷此言，轉身又回到位子坐下，卻也沒怎麼放在心上。知道花夷這不過是做做樣子罷了，又對著花子妤繼續開口詢問：「聽花班主說，妳是花家遠親？祖籍何處，家中父母可還健在？」

面對馮爺的打聽，子妤雖然不解，但還是清清朗朗、大大方方地答道：「稟大人，小女子姊弟倆祖籍京城近郊臨水村，父母俱亡。虧得花家老僕古婆婆收養，又和班主有些舊情，所以才送了我們姊弟倆來戲班學藝，討口飯吃。」避開自家身世，只提了如何來到這花家班，子妤避重就輕下還故意聳了聳鼻頭，半垂睫羽，一副孤女無依的樣子，好教這馮爺不要再刨根問底。

「喲！真是天可憐見喏！」馮爺那尖細的聲音很是抑揚頓挫，果然被子好如此嬌弱淒冷的樣子給唬唬過去了，只「嘖嘖」嘆道：「一報還一報，花家班有你們姊弟倆這樣的人物，也算給戲班掙了臉面。好了好了，你們先下去吧，本人還有要事與你們班主相商。」

「弟子告退。」

齊齊答了聲，花家姊弟和止卿自不敢久留，當即便退下了。

見得三位弟子退下，花夷給陳哥兒使了眼色示意他也退下，主動替這馮爺斟茶倒水。

「敢問馮爺，宮裡頭真沒有貴人怪罪咱們？」

馮爺擺擺手，啜了一口香茗，搖頭晃腦道：「若是真有人責怪於你們，難道今兒個還不來治罪嗎？你是沒瞧見，當時子好姑娘在臺上出了狀況後，皇上那表情……」

「什麼表情?!」花夷一顆心都提到嗓子眼兒了，當時他只在側殿的小屋裡觀望蓮臺上的情形，自然沒有看到皇帝那片刻的失神。

「長歡是什麼人？那可是皇上的影衛！」馮爺一副故弄玄虛的樣子，壓低聲音道：「也不知是不是該提前給你們戲班道聲恭喜啊！」

花夷何等聰明之人，原先還對長歡竟拿了皇帝披風去為子好遮擋感到有些不解，原來卻是皇帝親自授意的。

再看馮爺今兒個召來子好三人問東問西……也不多想，花夷起身湊到他身旁，從袖口裡掏出一疊銀票塞到了對方的手裡。「馮爺，若宮裡有消息，還請通傳一二才好。」

「這是自然，這是自然。」笑納了銀票，馮爺這無鬚的白面也平整了不少。「花老哥和我們是什麼關係，那還不是一家人不說兩家話嘛！」

「也對也對。」花夷見他收了銀子，心中也踏實了許多。至於到底是不是皇帝看上了花子妤，這還是難說之事，暫且不用他去操心。

無華樓外，子妤三人面面相覷，不自覺地俱是一笑，子紓更是心有餘悸地拍拍胸口。「還以為這馮爺要拿了咱們問罪呢！虧得只是問了幾個不痛不癢的問題，還好，還好！」

止卿卻想得多些，不由得面露擔憂之色。「子妤，那馮爺怎麼老盯著妳仔細打量？有些彆扭。」

「誰知道呢。」子妤不願多想，只覺得那老太監眼神很是猥瑣，滴溜溜的綠豆眼怎麼看怎麼不舒服。

「不管啦，只要宮裡不罰咱們，班主也不治罪，這件事就算徹底過去了。」子紓心眼兒粗，倒不多想其他，拍拍手說道：「呀！朝元師兄讓我早些過去練功呢，都耽誤好一會兒了。姊、止卿哥，我先走一步，不等你們了。」

說著，子紓一溜煙就竄出去老遠，幾個身影閃現，已見不到人了。

「真是的，性子還是那麼急躁。」子妤照例對著他的背影數落了幾句，回首見止卿面上的擔憂之色還未褪去，伸手拉了拉他的衣襬。「怎麼了，不是什麼責罰也沒落到咱們頭上嗎？你還一副愁眉苦臉的樣子做什麼呢？」

搖搖頭，止卿語帶遲疑地道：「總覺得那姓馮的內侍有些古怪，看妳的眼神也有些不對，好像打量一塊肥肉似的。」

「瘦肉還差不多。」子妤掩口巧笑。「總不至於皇帝看上我了，讓他來打聽這是哪家閨女吧？」

被子妤一句玩笑就說中了心裡的猜測，止卿臉色一變，根本笑不出來。「妳不知道嗎，宮裡選秀，宮制戲班也是要送人進去的。」

「啊！還真有這檔子事？」子妤愣了愣，倒沒想著選秀的事如此高規格，連戲伶都要參加?!

止卿也不直接回答，反問起來：「妳還記得兩年前的鸞姑兒師姊嗎？」

「自然記得！」子妤點點頭，對這鸞姑兒師姊還真有幾分深刻印象，不過並沒有什麼交集，只記得她兩年前離開了戲班，似乎也和選秀有關係。

「鸞姑兒師姊兩年前就是被選為秀女，這才離開戲班的……」止卿眉頭微蹙，一邊回憶著，一邊不疾不徐地將這段往事細說與子妤聽。

這鸞姑兒擅長花旦戲，唱起段子來聲如軟糯，樣貌似嬌似嗔，很得京中權貴們的追捧。兩年前，她不過才十七歲，卻早早晉升為一等戲伶，除卻金盞兒和塞雁兒，在花家班的鋒頭一時無兩。

可惜，也不知是哪位皇親國戚看上了她，藉選秀的機會直接從內務府下了旨令，點她為當屆秀女。細算起來，選秀即便中選，也不過是當個宮女，鸞姑兒自有些不樂意。以她的身價，就算唱滿二十五歲才退下，也能尋個好去處。

奈何皇命難違，她只好硬著頭皮去參選。

最後結果，出人意料，鸞姑兒確實中選了，當然只是宮女，卻沒想到不足一個月便被直接調到了九王爺的府上。

其實止卿說的這些，那時子妤也聽阿滿偶爾提及過，於是插嘴問了一句：「怎麼，難道其中還另有隱情不成？」

初夏的陽光已有些刺眼，止卿側頭看著子妤一副懵懂不知的樣子，朗眉蹙起，嘆道：「確實有隱情。」

原來，當大家都以為鸞姑兒不過是偶然被調到了九王爺府上罷了，花夷卻通過人脈打聽到，正是這九王爺身邊的內侍偶然看過一次這鸞姑兒的表演，存了心思要送給主子做侍妾。但宮制戲班的戲伶並非那麼好弄出來，就通了內務府的關係藉機將她給當作入選秀女，正大光明地選了出來，這樣既省了一筆贖身費，又能讓她心甘情願待在九王爺府上，可謂一舉兩得。

聽得止卿說到此，子妤這才恍然大悟，停住腳步。「竟是這麼一回事兒！那鸞姑兒師姊也不值了。」

點點頭，止卿愁色更甚，不無擔憂地抬手輕輕托住子妤的手腕。「皇親國戚們本來就有權力從秀女或者宮女中挑人，所以從那以後，班主四處打點，也是想早些知道宮中貴人們的喜好，免得白白培養出一個戲伶來，最後弄得什麼也得不到，還倒貼……妳看看那馮內侍今日看妳的神態，怎能教人不擔心？」

章一百一十五　咫尺天涯

初夏的熱氣被這不大的一方林子給盡數遮蔽在外，只剩下徐徐風兒從林間穿過，偏生給此處帶來一絲別樣的沁涼。

被止卿輕托著手腕，子妤倒不覺得有何不妥，一逕仔細聽著他講述關於蠻姑兒的事，柳眉微蹙，睫羽微垂，鼻尖盈盈泛起針尖般大小的細汗，心中打鼓似的有些難以平靜。

其實蠻姑兒離開戲班的緣故，子妤早先也曾耳聞過，但當時她不過是塞雁兒的婢女，又沒什麼機會登臺唱戲，自然不會在意。

可現如今不同了，她昨夜在御花園甫一登臺亮相，第二日這馮爺就來打聽一二，要說心裡不擔心也是不可能！

即將到來的選秀，身為宮制戲班的戲伶，就是想躲也躲不開……

玉牙咬唇，子妤抬眼，眸中水霧迷濛，可憐兮兮地望著止卿，反手將他拽住。「止卿，你說，該不會有人看上我了吧？」

點點薄日從子妤的眸中反射出來，止卿被她難得露怯的樣子給弄得有些心慌，只好柔聲哄道：「別怕，應該不會吧。畢竟妳要樣貌沒樣貌，要身段嘛……」故意上下打量，復而搖搖頭。「妳這身段實在太瘦，也沒點兒肉，放心吧，沒人會看上的。」

子妤癟癟嘴，順手將他推開，低頭看看自己，再看平時老板著臉裝冷漠的止卿，突然起了捉弄他的心思。

退後兩步，故意提起身側的裙角，迎著飄過的微風在他面前轉了一圈才停下身來，子好歪著脖頸，一縷髮絲垂在肩側。「你這是在安慰我，還是在貶損我？我也不至於像你說的真有那麼差勁吧？」

被她轉身帶起的一陣風拂過臉龐，止卿嗅到一股香樟林中所特有的辛辣香味，其中夾雜著一絲屬於花子好的淡淡桂香，惹得他也沒法再一副深重苦愁的樣子，咧嘴一笑，露出一口皓齒。「也不是，單看外表，他們自然沒法子發現妳真正的美好。」

本是戲言，止卿的回答卻如此誠懇不欺，子好頗有些不好意思，側過臉捂嘴「嚶嚀」一笑，細若銀鈴的笑聲隨風飄散在空中，惹得香樟小林間的飛鳥翩翩飛舞，撲騰著翅膀紛紛飛起。

「也不知道你是真不擔心，還是假不擔心?!」止卿看出她裝模作樣罷了，好氣沒好笑地甩甩頭，快步跟了上去，心境也隨著那無憂無慮的笑聲放鬆了不少。

「走一步算一步，老是擔心這些虛無的事豈不難受。」子好倒是灑脫，前一刻還有些害怕步了鑾姑兒的後塵，後一刻卻也想通了。

畢竟昨夜的演出，那薄觴小侯爺也是在座的，他就曾經透露過那等「金屋藏嬌」的心思。但仔細一想，自己壓根兒就不是那種貌美若仙、驚為天人的類型。蓮臺又隔得遠，真能瞧清楚自己樣貌的除了首席就座的皇帝、太后、皇后還有貴妃，其他人恐怕鼻子、眼睛都沒看清。

要說皇帝看上了自己，誰相信呢？對方都快五旬的人了，年紀大得足夠當自己父親，想來也不好意思染指一個十六歲的小戲娘吧！退一萬步說，就算真倒了八輩子楣，被哪位貴人給看上了，到時候也跑不了，更加沒有必要提前這麼早就擔心！

見她灑脫如此，止卿笑笑，極為自然地伸出手，替她掠了掠耳旁飄落的一縷髮絲。「也不知什麼事情能讓妳真正上心。」

迎著對方柔和的笑臉，子好眨眨眼。「有啊，唱好戲，練好功，做大青衣！」

「咳咳！」

兩人正嬉笑打諢，卻聽得不遠處傳來一聲輕咳。收起笑意，齊齊望過去，卻是一身青衣似竹的唐虞徐徐而來，腰間別著那支竹刻長簫，臉上的表情含著淡淡的笑意，眼底卻是掩不住的一抹漠然和黯淡。

本來是應了花夷之命去無華樓和那姓馮的內侍見一面，可沒想來，半路上竟遇見了子好和止卿。

這香樟小林甚是寧靜，老遠便聽見子好嬌若鶯啼的笑聲，聽來也會讓人心情愉悅放鬆，可耳中迴蕩著她的聲音，眼裡看著她與止卿之間的從容嬉笑，唐虞卻覺得心底彷彿有所缺失一般，塌陷了一處原本就已經鬆動的堅持和固執。

不久前，她也會在自己面前如此笑意嫣然，毫無保留，可如今，兩人之間卻沒法再回到以往，好像只剩一種陌生和疏離的師徒關係罷了。

「唐師父！」止卿看到唐虞，很是高興，快步迎了過去。「聽班主提及您要去右相府做那諸葛少爺的竹簫師父，可是近日就要啟程？」

點點頭，唐虞收回目光，不再看向子妤，伸手拍拍止卿的肩頭。「為師不在的這一個月，你也得勤加練習。打從昨夜回來，前院已經收了不下十張帖子，指名要這齣【木蘭從軍】出堂會。」

「果真？」止卿回頭向子妤喊道：「聽到了嗎？有人請咱們去唱堂會呢！」

踱步而來，子妤對著唐虞頷首福禮，算是打過招呼。看見止卿鮮少露出此等笑意，也莞爾道：「當然聽見了，不過你可忘了？班主說要罰咱們一個月不許登臺呢。」

這下輪到唐虞意外了。「班主真這麼決定的？」

子妤點了點頭，解釋道：「剛剛班主在那馮內侍面前說的。正好，唐師父您要去右相府做一個月的教習，弟子也得跟去伺候左右，沒了指導的師父和我這個花木蘭，戲也唱不了。」

聽得子妤提及此事，止卿大感吃驚，脫口問道：「子妤，妳也要去？」

有些愧疚地看向止卿，子妤知道花夷不過是因為「賭約」之事，藉口不讓他們三人登臺罷了，朝止卿抱歉一笑。「對不起，都是我不好。若不是發生昨夜的事，你和子紓也不用跟著我受罰。」

根本沒把受罰一個月不能登臺的事放在心上，止卿忙問：「那諸葛少爺不是請唐師父過去教習一個月嗎？為何妳也要跟去？」

不自然地掠一掠耳旁的髮絲，子妤看了唐虞一眼，這才徐徐解釋道：「班主的意思，唐師父一個人在右相府多有不便，讓我跟在身邊伺候一二，順便也能好生指導我練功。你也知道，我以四師姊婢女的身分，靠著打擂比試才能占得先機，卻在昨日的演出中出差錯，想來戲班裡很多人還是有些不服氣的。如今即將正式登臺，若是一個月沒有師父指點，必然有退無進。」

「正好被罰不許登臺，這一個月跟著唐師父好生練功，班主苦心也能理解。」止卿恍然大悟，覺得這個理由並無不可，又道：「正好一個月後也是咱們戲班的小比，希望一個月後妳回來，能讓大家都刮目相看才是！」

「小比……」子妤樂得止卿轉移話題，有些期待地問：「不知這次的題目是什麼？」

「都是班主親自出的題目，師父您知道嗎？」止卿轉而問唐虞。

唐虞淡淡一笑，看了看子妤，這才答道：「告訴你們也無妨，是配合絲竹之音，現場作唱。」

「咦?!」止卿好像明白了什麼。「難怪班主讓子妤與唐師父同行，論絲竹樂器的造詣，咱們戲班樂師有誰比得上師父您。子妤，妳能跟唐師父去右相府，若日日聽著簫音練習，一個月後的小比上肯定能壓服眾位師兄弟、師姊妹。」

「或許是吧。」看唐虞似笑非笑的樣子，看來這次小比的題目是他的主意吧。花夷同意用這個理由，恐怕也有心掩蓋一下與諸葛不遜的「賭約」；到時候若是有人質疑她為何與唐虞一併去了右相府，就說為了小比，讓她跟在師父身邊練習罷了。

這樣也好，今年以來的小比，無論是比唱功還是比演技，幾乎都是青歌兒一人獨佔鰲頭。這次與唐虞去右相府待上一個月，能得到他親自指點，說不定回來能在小比一舉奪魁也說不定，先壓了青歌兒一籌，給她點顏色看也好。

唐虞看出子妤神色有異，朝止卿吩咐道：「正好，你幫為師去南院，收拾一下要帶去右相府的樂譜集子，我也有事要給子妤交代一下。」

「是，弟子先告退。」不疑有他，止卿對著唐虞恭敬地福禮，又朝子妤笑笑。「有唐師父指點，還真是讓我這個正牌弟子羨慕啊！」說完，這才撩起衣袍踏著青石小徑踱步離開。

等止卿走遠，唐虞抬眼看了看左右，這香樟小林倒是一處安靜所在，也方便說話。「妳想在小比中贏過青歌兒？」

隨意地倚在身後一棵香樟大樹上，子妤揚起頭，透過林間縫隙映著那陽光看出去，唇邊浮起一抹淡淡的笑意。「她不是用盡手段想做大師姊之後的第二人嗎？倘若她想得到的東西卻被人搶了，應該會讓她受不了吧？」

被那點點散落在子妤臉頰上的光暈給看花了眼，唐虞蹙蹙眉，嘆道：「哪家戲班裡沒有這些明爭暗鬥。只要我同班主好生說清楚，就算青歌兒再怎麼受寵，也難逃責罰。妳何苦非要用這樣的方式來出氣？」

子妤收回目光，看著唐虞一副無所謂的樣子，話音裡有些淡淡的惱意。「唐師父或許看得多了，也就麻木了。可她偏偏一而再地招惹我，對於這種人，根本姑息不得。只有搶走她最在乎的東西，才能真正讓她懂得什麼叫報應，什麼叫是非。」

「單純的解決不是更好嗎？」唐虞蹙了蹙眉頭，看出了她目光中的責備。

知道自己不應該遷怒於唐虞，但心中總是克制不住那一點點情緒的流露。

子好抬眼，看著林中飛鳥翩翩，為了獨佔枝頭而奮力向上，不惜用那硬喙互啄，弄得羽翎稀鬆，也頗有感慨。「你也知道她歷來受班主寵愛，或許在班主眼裡，誰能替花家班掙來名聲和銀錢才是最重要的。青歌兒冠絕才豔，是大師姊將來退下後當仁不讓的接班人，你說班主會因為這些無憑無據之事而將她怎麼樣嗎？或許一開始會嚴厲斥責她一二，如此不痛不癢，起得了多大作用？此等心懷不軌之人，根本不配站在戲臺上，唯有奪取她引以為傲的東西，在戲臺上打敗她，這才是師姊妹們應該有的競爭方式。」

「妳的想法倒是新鮮。」唐虞甩甩頭，苦笑道：「她偏偏惹上了妳，也夠倒楣的。不過說實話，在旦角方面，除了妳和紅衫兒，還真沒人能越過她。」

「戲班的日子多有苦悶，藉此找些樂趣，也並無不可。」子好語氣頗為無奈，輕聲道：「要成為大青衣，不知會經過多少難關，除了青歌兒，還有那小桃梨也是勁敵，不知將來有沒有實現這個夢想的一天。」

「妳和金盞兒一樣，為了那『大青衣』的稱號如此執迷。」唐虞沒法勸得子好放棄，也只好盡力相助。「既然勸不了妳，那就藉著這一個月的機會好生練習吧，到時候若小比拔得頭籌，也算是個收穫。」

「唐師父，你期待右相府之行嗎？」子好呼了一口氣，似是鼓起勇氣，聲若細蚊，頷首微微埋下。「我，倒是有些期待的。」

「什麼？」唐虞聽得前半句，正要回答，卻沒聽清她後半句說的話，只覺得那語氣中似乎含著半點不易察覺的柔情，讓他一時間怔住了，只看著林間斑駁的陽光落在她鬢旁，好似一片瑩瑩玉葉，讓人忍不住想要伸手替她摘下。

抬眼，此刻子妤的眸中已然沒了先前的一抹柔情，只剩下偽裝的笑意和淺淺的疏離感。

「沒什麼，我們也走吧。」

唐虞覺得，雖然兩人離得很近，但她的目光卻總是停在自己身前的一尺之處，飄若輕鴻，難以捉摸。

章一百一十六　諸葛暮雲

夏日午後的相府極為安靜，主子們都午歇去了，只有丫鬟們三三兩兩地聚在花園的廊下，或梳頭刺繡、倚欄看花，或低笑戲耍。

徑鋪彩石，檻作雕闌，這不過是右相府中一方普通園子，卻處處假山堆砌，曲水碧波，那滿園的嬌媚更是人比花豔，連這些婢女們都個個姿色出眾，可見右相府中奢靡風華至極。

一個眉梢帶俏的丫鬟鳳目流轉，櫻唇微啟，生怕吵醒還在午歇的主子們，刻意壓低了聲音。「妳們聽說了嗎？孫少爺的潤玉園裡住進一個外來女子，聽說還是來自戲班的小戲娘呢。」

這一句話丟進丫鬟堆裡，自然像冷水落進油鍋，悶聲就炸開了，惹得散落各處的人都往這說話女子身邊靠了過來。

「芳兒姊姊可知內情？」一個丫鬟湊過頭來，也是將聲量壓得低低的，可眉眼間興奮探究之色溢於言表。

名喚芳兒的丫鬟點點頭。「昨兒個晚膳的時候，聽夫人嘮叨了幾句而已。這女子姓花名子妤，妳們應該還有印象吧，這些年時常和她弟弟一起過來，她弟弟花子紓和咱們孫少爺還是從小到大的好友呢。」

「怎麼突然住進孫少爺的園子呢？不是說宮制戲班的戲伶都屬於宮裡管轄範圍，沒那麼容易贖過來吧？」這說話的丫鬟以為花子妤乃是諸葛不遜納的小妾，故而有此一問。

「呸呸呸，那小戲娘也配！」一個下巴尖尖的丫鬟「啐」了滿口，風流的眼神透出濃濃的不屑。「咱們孫少爺何等人物，連侯府郡主都看不上眼，怎麼可能看上一個小戲娘呢？」

「這妳就不知道了。」接話的是個細眉鳳眼的丫鬟，很有幾分俏麗，只見她掩口「咯咯」一聲低笑。「戲班裡的女子，哪個不是手段狐媚的？她們又不像咱們，整日裡除了做活兒就是伺候人，一個個被捧得像千金小姐似的，還能又唱又跳，那樣的風流姿態豈是尋常女子所有的呢？」

「可是，我看那子妤姑娘很是尋常啊，而且人也和氣，不像妳們說的那樣是個狐媚子呢。」一個表情有些憨厚，卻不失甜美容顏的丫鬟嘟嘟嘴，這些年也見過幾次他們花家姊弟來府上做客，印象中的花子妤清秀俊雅，一副大家閨秀的樣子，看著就讓人覺得親切。

「哎呀，別說那戲娘了，管她和咱們孫少爺有什麼關係呢。」芳兒身邊的一個苗條女子開了口，生得一副杏眼桃腮，穿的也是一身翠色婢女服侍衫子，卻在頭上綰了個斜髻，配上幾朵時令鮮花，一看就是這群丫鬟中身分較高的。

「流素姊，您可是老太太身邊的人呢，將來會穩穩當當入那潤玉園做小主子，自然不怕這些個外面來的女人和您爭寵。」芳兒訕訕一笑，似是和這個名喚流素的丫鬟有些嫌隙，語氣也頗為不善。

這丫鬟流素卻不理會芳兒，水眸閃閃，臉頰忍不住地泛起兩團羞紅。「妳們瞎猜什麼！是孫少爺請了花家班二當家唐虞師父過來教他一個月的竹簫技藝，子妤姑娘不過是跟來伺候人家唐師父罷了。」說著，豐唇微微一抿，才又輕聲道：「妳們沒看到那唐師父飄然若仙的樣子，簡直就像那畫裡走出來的人物，俊得讓人不敢正視呢！」

「真的嗎?!」一眾小丫鬟都倒吸了口氣，眼神裡均閃著興致極濃的光彩，齊齊看著流素，想讓她多講些。

只有那芳兒很不以為意，語氣中滿是疑惑。「那個和戲娘一起住進潤玉園的師父嗎？聽說是給孫少爺教竹簫的，應該很老了吧？」

「人家不過二十來歲，一點兒都不老。」流素捂著微微有些燒燙的臉頰，理也不理剛才插話的芳兒，目光飄遠，閃著晶瑩的光彩，彷彿是在回想一件無比美妙之事，粉口微啟，嘆道：「那唐虞師父，論風度，論氣質，連咱們孫少爺都還要遜色三分……」

「妳什麼時候見到呢，快告訴我們呀！」這群小丫鬟壓低聲音也是嘰嘰喳喳，將靜謐的花園渲染出幾分活絡來。

略微側頸，流素臉上的嬌羞更甚，似是在回憶與唐虞相見的情形，嬌聲道：「我陪老夫人去潤玉園看孫少爺，路過小液湖的時候看到一個青袍男子立在湖心亭中。當時他正執簫吹奏，配合夕陽殘紅，晚風徐徐，只覺得天地間無論什麼與他相比都黯然失色，眼中只剩下他一抹竹青色的身影。連咱們老夫人都感嘆，說這樣的男子，若是身為女流，必是紅顏禍水呢！」

「有這麼誇張嗎？」一個身材略胖的丫鬟不信，癟了癟嘴。「我看世間男子，就咱們孫少爺長得最俊俏，難不成那個唐師父還能更好看？」

先前那個細眉細眼、模樣風流的丫鬟癡癡一笑。「咱們孫少爺不過是個雛兒，人家唐師父玉樹臨風，溫潤如玉，才叫真正的男人呢……」

「什麼真正的男人，難不成妳見識過？」芳兒媚眼一斜，狠狠地「啐」了她一口。

此話一出，丫鬟們無論年紀大小均耳根子一熱，又紅又臊，捂著臉都不知道該怎麼辦了，嬌嗔之聲不斷。

「呀，大小姐，您起來了啊！」

一聲驚呼，這群妙齡丫鬟們一個個趕緊閉了嘴，原本嬌羞的笑意被緊張所取代，齊齊起身來朝著一個方向福禮。

不遠處的抄手遊廊，款款而來一位儀容俊秀、骨格端莊的女子，雪衣如素，輕盈擁袖，正是諸葛不遜的親姊姊諸葛暮雲。

只見她略微含了幾分惱怒，走到了芳兒的面前，什麼話也不說，那玉手纖纖高高揚起，「啪」地一聲就這樣搧了過去。

「大小姐息怒，可別傷了您的手！」芳兒嚇得魂都沒了，一把跪在了諸葛暮雲的面前，也不用對方繼續動手，話音一落就自個兒掌起了嘴來。

「滾！」諸葛暮雲生得溫溫柔柔，說話做事卻顯出幾分潑辣。「下次再讓我聽見這等淫詞浪語，直接發配賣了，可沒這會兒如此輕鬆。」

「是，謝大小姐開恩。」連滾帶爬地，這芳兒趕緊消失得沒影兒了，剩下一眾身子還在瑟瑟發抖的丫鬟，動也不敢動一下，生怕被這位主子給遷怒了。

「愣著做甚，還不各自散開！」諸葛暮雲蹙起秀眉，又是一聲輕斥，終於讓這群聒噪的小丫鬟各自散去，還得這方花園幾分寧靜。

待得丫鬟們都離開了，諸葛暮雲身邊一直默默立著的一個婦人才緩步上前，看了看她，嘆道：「大小姐，妳何苦與這些小蹄子們計較。」

「奶娘，她們腦子裡烏七八糟，整日不尋正事。就是這樣的一群人放在園子裡，弟弟才會引了外人進來伺候他！」

諸葛暮雲口中的「外人」所指自然是花子好了，諸葛不遜早就告知家中之人，說請了戲班的師父過來教他竹簫，順便還有一個戲娘跟來伺候，將潤玉園裡的幾個婢女都遣了出來。因家裡人都寵著這個孫少爺，他說什麼便是什麼，也沒人會為了這等小事逆了他的意思。

「不過一個月罷了，大小姐，您也別在意。」

被諸葛暮雲稱為奶娘的婦人姓胡，從小帶大她，當然對諸葛不遜這個么孫也是極為心疼，想想他的做法雖然有些古怪放縱，但礙於奴婢身分，卻也不好多說。

「父親整日沈迷於那些個唱曲兒的瘦馬之中，難道還讓遜兒再步他後塵，玩物喪志嗎？」諸葛暮雲臉色一凜，眉間厲色更深。「今兒個我就去一趟潤玉園，弄清楚這到底是怎麼一回事。順便告誡告誡那花子好，堂堂右相府的孫少爺是不容她這等身分之人染指的。」

胡奶娘趕緊勸道：「您知道孫少爺的性子，又有老太爺寵著他，雖然大小姐是他的親姊，可……」

說起這個寶貝弟弟，諸葛暮雲無奈中又含著半分柔情，螓首微揚，看著不遠處潤玉園的月洞門，吐氣如蘭道：「他將來是要成大事的，總不能一直待他如小兒吧。眼看薄侯那邊已經聯繫妥當，他卻不願與郡主成親；好說歹說，總算讓薄侯同意，等薄鳶郡主和遜兒都滿了十八歲再提此事。明兒個薄侯要親自過來飲宴，這個節骨眼上不容有失。可他卻好，竟找來一個戲娘陪伴左右，整日躲在園子裡吹簫弄笛，要是被薄侯看出端倪，咱們可怎麼交代？人家郡主的面子又往哪兒擱？」

被諸葛暮雲說得眼皮直跳，也覺得此時由不得孫少爺自個兒想幹什麼幹什麼，胡奶娘趕緊點點頭，朝著那潤玉園的方向看了一眼。「既然如此，奴婢這就去安排一二，至少大小姐您可以讓孫少爺明兒個收斂些，免得得罪了薄侯。」

幽幽一嘆，諸葛暮雲收回了目光。「也只有如此罷了……」

章一百一十七 潤玉朗園

兩日前，一輛綠漆紅頂的雕花大輦車停在了花家班的門口，將唐虞和花子妤接到了相府，住進了諸葛不遜的潤玉園裡。

這樣大的陣仗，兩人又走得如此顯眼，自然惹得戲班眾人議論紛紛。

等他們離開，花夷就召集了教習師父和一眾五等以上的弟子到無棠院訓話。先解釋唐虞是被邀請過府為諸葛少爺指點竹簫技藝，為期一月，之後就會回來。同時又宣佈，花子妤被破格升為五等戲伶，等一個月的罰期一過就要去前院登臺。

花夷想了想，這花子妤被諸葛不遜要過去做一個月婢女的事可不能洩漏，又補充了一句，說花子妤已經正式拜了唐虞為師父，所以這次也要跟去右相府待上一月，好跟在師父身邊接受指點練功。

花子妤被升為五等戲伶本是意料之中的事，畢竟經過貴妃壽宴的登臺獻藝，已不能再當作一個普通婢女來看待。但現在她竟拜了唐虞為師，這就有些讓人想不通了！

花子妤唱的是旦角，實不該由唐虞來擔任師父，但既然是花夷口中說出來的，自然是確定不改的事了。且花子妤從小就跟在唐虞身邊，新戲也是在唐虞的親自指導下完成的，如今拜了他做正式師父，勉強也算順理成章。

但對於花子妤也跟去右相府，大家都覺得有些難以理解，就算剛剛拜師，以花子妤在無棠院上了五年戲課的基礎，並不需要師父天天督促；況且一個月時間雖然不短，更不算長，回來再讓唐虞慢慢指點不是一樣的嗎？

在大家紛紛覺得疑惑的同時，一個流言也漸漸傳了出來。

大意是諸葛少爺看上了花子好，這次召了她一同過去或許別有用心也說不定；又說花子好表面單純，實際是藉著諸葛不遜的幫忙，耍了手段才能在貴妃壽宴上獻唱，如今得了好處，自然要去陪伴一個月，情債肉償之類。

流言傳來傳去，一開始不知是誰開的頭，大家私下議論兩句也就算了，可到後來，竟成了花子好主動貼過去，想要勾引相府孫少爺之類的，愈加地不堪入耳。平常與子紓和止卿交好的弟子也聽不下去了，主動透露了兩句給他們聽。

虧得子紓和止卿都是知道內情的，當即便找到了花夷求他為子好澄清。

戲班裡如此不堪的流言，若傳到外面去，就等於給自己沒面子。花夷知道之後當即就召來眾人，板著臉一番訓話，並嚴令戲班內不得再議論此事，違者趕出戲班發賣！

經此嚴令禁止，弟子們津津樂道了好些天的流言，這才漸漸平息了下來。

此時，身在右相府中的唐虞和花子好自然不知道這些是是非非，更加不知道花夷已經自作主張，坐實了兩人的師徒關係。就只是如此隨意的一個安排罷了，卻為兩人原本就釐不清的關係，添上了一個更加難以卸下的枷鎖。

右相府，潤玉園。

這兩、三日來，園中小液湖的木造涼亭上均會傳出陣陣簫聲。

通常情況下，都是諸葛不遜手持一支尺長的玉簫吹奏，一身白衣勝雪，迎風微揚，雖然簫聲略顯生澀，可配合著他認真的姿態，整個畫面看來卻極有韻味。

身為師父，唐虞自然也不離左右，手中仍舊拿著那支竹簫，暗綠色的竹簫和一身青袍交相映照，若聽出諸葛不遜簫音中的問題，等他停頓下來，便會上前指點一二。

而花子妤則在一旁的石桌上鋪開筆墨紙硯，一邊聽唐虞和諸葛不遜吹簫，一邊落筆書寫著，神情極為認真。

每當簫聲停住，趁諸葛不遜休息的時候，唐虞又會來到子妤的身邊，看她所寫的內容，細細品讀之後，點出其中不足之處，分明是在為一個月之後返回花家班的小比作訓練。

心無旁騖，能每日聽唐虞吹簫奏樂，子妤對這一個月的生活原本有些茫然的心態也完全消除了，只一心一意放在聽曲作詞之上，務必要在這門技藝之上求得精進。

臨近黃昏，正是右相府各房各院用晚膳的時候，丫鬟婆子、小廝家丁穿梭在院子裡，手裡捧著各色膳食美味，顯得很是繁忙。

而此刻，那潤玉園內卻是一派輕鬆的氣氛，絲毫不見喧鬧，只有一池小液湖水隨風起皺，陣陣花香合著菜餚的美味飄散在湖心小亭中。

一壺紹興黃酒，一碟佛手杏仁、一碟花菇鴨掌、一碟珍珠雞片，一碟金絲酥雀，還有幾樣點心及時令鮮果，再加上一壺泡好的碧螺春，滿滿擺了整個石桌上，誘人食指大動。

三人圍坐，子妤一一給諸葛不遜和唐虞挾菜佈膳，又斟好黃酒遞到兩人面前，這才拿起筷子準備開飯。

「子妤姊，妳這婢女倒也稱職，明兒個我讓帳房給妳支月例，以後就留在本少爺這潤玉園，可好？」諸葛不遜一臉真誠，話音裡卻透著一股笑意，說話時還有意無意間往唐虞臉上掃了一眼。

此言一出，唐虞和子妤都抬眼望著他，表情不一。

唐虞愣了片刻隨即又恢復了常態，只隨意捏起杯盞，徐徐飲下了半杯黃酒，並未開口說什麼。

子妤卻睜大了眼睛，放下手中的杯盞，一臉誠懇地詢問道：「諸葛少爺此話當真？」

「君子一言，快馬一鞭，自然不是隨口說說的。」諸葛不遜揚揚下巴，滿口應下。

「這樣的話……」子妤稍一猶豫，似乎在盤算著什麼，片刻之後才開口道：「我若是回到戲班，就能在前院登臺唱戲，每月可得不少的分錢和賞銀。如果相府一個月給我五十兩銀子的月例，或許我會考慮考慮。」

「五十兩?!」諸葛不遜原本正在飲酒，險些嗆到。「相府一等丫鬟的月例不過才二兩，你們花家班的戲伶竟能掙這麼多？」

「子妤可不是普通戲伶。」唐虞聽出子妤在逗樂這諸葛不遜，不禁莞爾一笑，放下酒盞，附和道：「從貴妃壽宴歸來之後，班主就許了她五等戲伶的身分。一個月罰期過了，便能登臺唱戲。按每月唱十場，每場一兩的定額收入，就有十兩。另外打賞什麼的，至少有二十兩；還不算出堂會的賞錢，就算戲班抽去六成，林林總總加在一起也不止三、四十兩了。子好只要五十兩，不多不少，剛剛好！」

沒想唐虞竟幫著自己一同逗弄這諸葛不遜，子好朝他眨眨眼，彼此心照不宣，相視一笑，很有些默契。

「怪不得連許多千金小姐都對你們戲伶多有羨慕，沒想到戲班裡的油水這麼足。」諸葛不遜感嘆了一番，搖搖頭。「每月五十兩的月例也不是不行，但做丫鬟可值不了這個數兒。不如，子好姊妳點個頭，做我的……」

「做什麼?!」子好狠狠地瞪了諸葛不遜一眼，似乎在告誡他說話收斂些，現在可不是他們私下閒聊，一旁還有個唐虞在那兒看著呢。

「妳以為我要說什麼？」諸葛不遜似笑非笑地反問了一句，故意不理會對面子好的擠眉弄眼，轉而對著唐虞問道：「唐師父，聽說宮制戲班的戲伶隸屬於內務府管轄，除非到了歲數後退下，否則，不能輕易贖出來，是吧？」

「正是，不過那只針對各家戲班一等以上的戲伶，子好這樣的還不算，內務府上的冊子裡並沒有記名。」唐虞實話實說，對於他的小心思，表面上好像並不在乎，只捏了酒盞又將剩下半杯黃酒一飲而盡了。

「有意思，真有意思……」諸葛不遜點點頭，一副若有所思的樣子。

眼見唐虞的杯盞空了，子好提了酒壺替他斟滿。「原來還有這樣的說法，我卻是不知的。」

唐虞接過杯盞又是一口飲下半杯。「戲班不會輕易讓人知道這些，畢竟能進宮制戲班，就有機會入宮為皇上獻唱，身分地位自不同於一般。這點誘惑對於普通人家來說可不小，若讓他們知道只有一等以上戲伶才會在內務府記名，恐怕一半以上的人家都不會輕易送了兒女來學戲。畢竟能唱到一等戲伶以上的，均是箇中翹楚，算是鳳毛麟角了。」

子妤突然想到了一個關鍵。「那我和子紓還有止卿也入宮獻唱了，這又是怎麼回事呢？」

唐虞也不相瞞，直接說道：「按理，若非一等戲伶，本不該如此。而且上一次送上去的名單，裡面只有塞雁兒，並沒有你們三人。後來班主與馮爺周旋許久，只暫時將你們三人記名罷了，戲班裡沒有直接將你們提為一等戲伶，怕弟子們不服。」說到此，唐虞抬眼看了看諸葛不遜，好像知道這是他從中斡旋，才導致子妤三人擠掉了青歌兒和紅衫兒。

「咳咳。」

諸葛不遜有些心虛，咳了兩聲，不想子妤再繼續追問這件事，正準備另尋個話題，抬眼就看到一抹翩然而至的身影從潤玉園的門口徐徐而來，正是先前遣了奶娘來通稟，說晚膳過後來探望的姊姊諸葛暮雲。

章一百一十八　來者是客

斜陽映柳，搖曳間，徒增一抹旖旎。

踩著小液湖泛起的赤紅霞光，諸葛暮雲徐徐而來，一身湖色的衫子也被染成了淡淡的緋色，走動間好似一隻蹁躚而至的白鷺，身形優雅，表情清冷。

目視湖心小亭中，那花子妤以婢女身分竟然與諸葛不遜同席而坐，諸葛暮雲臉上閃過一抹慍色，步子也快了不少，逕自往那木造涼亭而去。

「大姊，妳不是說用完膳再過來嗎？」諸葛不遜起身相迎，語氣態度無不恭敬。

「見過諸葛小姐。」唐虞在前，子妤在後，也一併主動上前打招呼。

「這位是唐虞師父吧？」諸葛暮雲步入涼亭，看著眼前這位青袍公子，也被其俊朗溫潤的外貌所吸引，心中多了幾分好感。「您撥冗過府做遜兒的師父，暮雲代家父、家母前來致謝。另外奉上束脩，聊表心意。」

說著，一招手，旁邊奶娘便上前奉了一個錦袋到唐虞的面前。

「區區百兩銀子，還請唐師父莫要拒絕。」諸葛暮雲見唐虞並未接過，柔柔一笑，主動上前將錦袋取到手裡，再遞到唐虞的面前。

淡然一笑，唐虞仍然沒有收下。「諸葛公子喜好音律，勤敏好學，唐某能為其指點一二，只是緣分，並非師徒名分，這束脩自然不敢笑納。」

聽得唐虞此言，諸葛暮雲並未強求，轉而將這錦袋放到子妤面前的白玉石桌上。「那就請子妤姑娘收下吧，您此番前來伺候遜兒，也算辛苦。」

諸葛暮雲這一舉動，雖然態度客氣，但那說話的方式明擺著是在羞辱子妤，惹得諸葛不遜上前一步，將那錦袋一把握在手中，塞回了她的手裡。「大姊，子妤和唐師父同樣是我的客人，這樣恐怕不妥，妳還是把銀票收回去吧。」

唐虞眉頭也略微蹙起，回頭看了子妤一眼，生怕她不高興。

子妤卻主動上前一步，朝著諸葛暮雲頷首福禮，不疾不徐地道：「大小姐客氣了，子妤此番前來多有叨擾，若是諸葛公子覺得不便，或者壞了相府的規矩，子妤願立刻離開，絕不耽擱。」

柳眉一挑，諸葛暮雲顯然沒有料到這戲班的小戲娘竟願意主動離開，看了一眼旁邊的諸葛不遜。「遜兒，這……」

諸葛不遜當然知道子妤的意思，朗聲一笑。「大姊，我都說了子妤姑娘是我請來的客人。妳這樣做豈不失禮？」

「噢？」諸葛暮雲原本打算過來探探這花子妤的虛實，如此一看，這小戲娘倒不像原先想的那樣是來勾引諸葛不遜的，無論容貌、氣度都還入得了眼，因此臉上表情放鬆了不少，嫣然一笑。「既然如此，還請子妤姑娘莫要見怪。實在因為明兒個薄侯要過府做客，看看他這個未來的女婿，若讓對方誤會就不好了。」

子妤哪裡會聽不懂她話裡的意思，爽快地接話道：「那明兒個我便待在這潤玉園不出，避免讓孫少爺未來的親家老爺誤會。」

聽見姊姊和子妤的對話，諸葛不遜不著痕跡地嘴角一撇，對於這門親事，花家姊弟早就知道，雖然沒有多問什麼，但自己的態度一向堅定，對那個薄鳶郡主根本沒有一絲一毫的男女之情。無奈家人不顧自己反對，並未直接拒絕，只將婚期延後，又要他去討好薄侯那粗人，想到此，臉上表情越發地深沈起來。「大姊，要拍馬屁你們自己去，別拉上我。」

彷彿對於弟弟的反應早有所料，諸葛暮雲並未理會，只朝著花子妤點點頭。「姑娘果然一如遜兒所言，知禮懂事。」頓了頓，隨即話鋒一轉。「不過，單是不出這潤玉園恐怕還是會被薄侯撞見。不如，委屈姑娘在房中待上一天，這樣可保萬無一失。」

諸葛不遜忍無可忍之下，提高音量叫了一聲：「大姊！」

不想自己一來就惹得人家姊弟反目，子妤見諸葛不遜要發飆了，主動上前一步對著諸葛暮雲道：「無妨，就當休息一日，睡睡懶覺也好。諸葛小姐放心便是！」

如此，唐虞也看出了諸葛暮雲的來意，竟是衝著子妤來的。雖然她要求有些過分，但畢竟態度和氣，加上子妤也一副逆來順受的樣子，他也不好多說什麼，只是臉上表情也更加的淡漠冷峻了。

對於花子妤能順從聽話，諸葛暮雲很是滿意，輕輕撫了撫衣袖，伸出手來，除下腕上的一只玉鐲子，硬塞到了她的手裡。「既然姑娘拒絕了銀票，這個玉鐲子算是我送與妳的見面禮，請一定收下。」

子妤埋頭翻了翻白眼兒，心想這諸葛大小姐莫不是散財童子轉世的，又是塞銀票又是送玉鐲子。只是若此時還不收下，恐怕要得罪人了，便抬起頭來宛然一笑。「多謝大小姐，那子好就卻之不恭了。」

知進退，明事理，諸葛暮雲對這個小戲娘的第二印象還算不差，沒有先前看到她與自己弟弟同桌而食的那種厭惡。

而旁邊這位初次見面的唐師父，果然和那群小丫鬟嘴裡說的差不多，溫潤若玉，氣度清朗，雖然表情稍嫌淡漠冷峻，卻有種別樣的氣質，讓人一見難忘。

想到自己免不了入宮為妃的命運，諸葛暮雲流連在唐虞臉上的目光越發變得柔和起來。不知怎麼的，心中平靜如許的情緒突然有了一絲波動，彷彿這是她人生中最後一次能與如此俊秀男子相遇，在這嫣紅赤霞的斜陽下，雙頰也忍不住泛起了微微緋色，為她清冷高貴的面容上，帶來了一抹女兒家的嬌媚顏色。

「大姊！」諸葛不遜看出自己姊姊對唐虞似乎頗有興趣，出言提醒道：「這滿桌的飯菜都快涼了，您若無事，我便邀請客人們回席，繼續用膳了。」

回神過來的諸葛暮雲總覺得胸口處慌慌的，聽見諸葛不遜之言，朝唐虞抱歉一笑。「那我就不打擾了，二位還請將此處當成自己的家，隨意就是。改日定當邀請唐師父和子好姑娘到我園子裡一敘，盡盡地主之誼。」

說完，微微抬手，旁邊的奶娘忙將她扶著，轉身又迎著夕陽，蓮步輕移地從湖上小棧走出了潤玉園。

這大小姐一走，涼亭中的氣氛卻沒法再回復先前的熱鬧。

對於諸葛暮雲的輕賤態度，子妤雖然嘴上沒說什麼，但那滋味兒確實不太好受，看著滿桌還未怎麼動的菜餚，也沒了胃口。「遜兒，我有些乏了，想先回房休息。請少飲些酒，怕傷了身子。」

這後半句話，其實是對唐虞說的，但礙於兩人關係有些尷尬，子妤不好直說。

諸葛不遜見狀，忙起身擋在了子妤的面前。「若是我大姊無禮冒犯了妳，我代她賠罪！妳若走了，我和唐師父兩個人也沒意思，就留下來，幫忙斟斟酒挾挾菜也好。」說著，諸葛不遜還回頭朝唐虞眨眨眼，似是讓他也幫忙勸勸子妤。

「我……」

實在沒那個興致，子妤正想拒絕，卻聽得唐虞在一旁開口道：「若真累了，就回去休息吧。沒關係的。」

以為唐虞會挽留，卻聽見他毫無感情波動的這句話，子妤勉強一笑，背對著他點點頭，直接繞過了諸葛不遜攔在面前的身子，提了裙角步上水面蜿蜒而伸的木棧，緩緩而去了。

瞧著子妤被滿天如霞的夕陽所籠罩，只留下一抹拖得長長的倩影，諸葛不遜慨慨地回到桌邊坐下，將一杯黃酒一口灌入喉中，看也不看唐虞一眼，悶聲道：「唐師父，你怎麼也不勸勸子妤留下，剛才我大姊多有得罪，語氣不善，她心裡定是有些難受的。如今她獨自回房，關上門還不是餓著肚子生悶氣，又有什麼好！」

說著，諸葛不遜還嘟起嘴，簡直和平常那個似笑非笑、表情穩重的小人精完全是兩個樣子。若是被子妤或者子紓看到，定能發現些端倪，看出他向來只是在假裝罷了。

可唐虞平日裡並未和這位諸葛少爺來往，自不會瞭解他原本的脾性，單看他現在這副模樣，再遲鈍也會以為他對花子妤有著幾分男女之情，不然，也不會定下讓子妤過來伺候他一個月的賭約了。而剛才子妤情急之下喊出的那一聲「遜兒」，分明是兩個極為熟稔的人之間才會有的稱呼。

更何況對方還是身分尊貴的相府公子，能讓子妤如此稱呼，私下裡他們的關係應該比想像中的還要親密無間才對……想到此，唐虞眼底閃過一絲微不可察的波動，心中暗暗警惕了起來。想到子妤還要在這潤玉園裡待上一個月的時間，恐怕這諸葛少爺不會放過接近她的大好機會。

看來，這一個月自己不但要做諸葛不遜的絲竹師父，還得看緊這小公子，平日裡還是不要讓他有機會和子妤單獨在一起的好。

有了打算，唐虞朗然一笑，主動替諸葛不遜斟了滿杯。「諸葛公子，你與花家姊弟素來情厚，但子妤畢竟是女子，在令姊面前，還是莫要太過維護她，以免引來不必要的誤會。」

「誤會？」諸葛不遜仰頭一笑，又是一杯黃酒下肚。「我那個大姊，恐怕見了唐師父之後，滿腦子都是粉蝶飛舞，哪裡還來得及誤會我和子妤之間的關係呢。倒是唐師父，您無論是容貌還是氣度，都是男子中少有的，若我是您，平日裡小心些我那大姊才是真的！」

這話戲謔味極重，可諸葛不遜卻毫不掩飾地就說了出來，隨即還打了個「酒嗝」。

在唐虞看來，這不過是他酒後的戲言罷了，並未當真，只搖頭一笑。「諸葛少爺，看來你也醉了。」

章一百一十九　癸水而至

潤玉園不算大，只有兩棟小樓及兩個小院，其餘都讓小液湖給占去了許多地方。

諸葛不遜安排子妤和唐虞住在臨湖的一處單獨院子裡，從小液湖邊的假山旁有一道斜廊，往後去又有一重小門，進來便是一處小小的庭院，卻也十分幽雅。朝南有三間屋，分別是花廳和暖閣，還有一間書房，朝北兩間屋則俱是寢屋，子妤和唐虞一人一間。

屋口的門腳處擺了許多盆景，配上牆角盛放的花簇，此地雖不如侯府別院那般雕樑畫棟，卻多了幾分清幽雅致。

回到屋中，子妤撥燃了銅鶴造型的燭燈，臉色在橘紅的火苗下反而顯得有些蒼白，一手捂住小腹的部位，總覺得一陣陣抽痛從肚子裡傳出來，只是從小液湖上走回來的這一小段路，已經讓她額上滲出了點點細汗。

不是她不願意多吃些東西再回來，更不是因為諸葛暮雲笑裡藏刀的話語而鬱悶，實在是這下腹處隱隱的疼痛讓她覺得難受。

難道是吃壞了東西？

子妤咬咬唇，想了想過來這兩天用過的飲食，並沒有什麼特別的。相府的東西乾淨又精緻，絕不可能是因為吃了不該吃的東西而肚子疼。難道是水土不服？也不會啊，這相府離得戲班不過幾條街的距離，不至於讓自己反應這麼大吧！

想著想著，那股隱隱的痛又開始發作了起來，背上還不斷地冒冷汗。子妤不敢再坐著，趕緊回到床上，扯過薄被將身子裹得緊緊的。

這夏季裡，蓋上薄被仍舊覺得冷，咬了咬牙，只好強迫自己趕快睡著，至少在夢裡不會感到疼痛。

就這樣，蜷縮成嬰兒狀抱著被子，子妤緊緊咬著牙，不一會兒，便迷迷糊糊睡過去了。

小液湖的夜色極美，有點點星光映在水面，微微起伏間，好似銀霞墜落，讓人凝住眼神無法挪開。

諸葛不遜連連飲酒，已然微醉，嘴裡亂七八糟說了一通，唐虞始終沒有理會他，只透過湖水遙望這假山背後的小院，想起子妤臨走前露出的臉色，好像有些難受，不免擔心起來。

看了一眼桌上不怎麼動過的幾樣糕點，唐虞想了想，端在手裡準備給子妤捎帶過去，可回頭見諸葛不遜已經趴在了石桌上，無奈又放下了碟子，得先將他送回房間。

這少爺也不知怎麼想的，遣走了潤玉園的所有奴婢和小廝，看樣子是想讓子妤一個人把事情都做完才甘心。此時他醉得不省人事，也沒人能幫忙扶一把，唐虞只好架住他的腋下，一路半拖半拽地送回屋裡去。

至於更衣脫鞋之類的事，唐虞可不好動手，只替他蓋上被子，又將燈燭點燃，便關門出去了。

看著滿桌的狼藉，唐虞只將糕點碟子托在手中，沿路回到了他和子妤所居的小院，見子好屋中的燈燭還亮著，慶幸她還沒睡，踱步而去，輕叩了叩屋門。

無人應答，門卻在一推之下開了，顯然並未閂住，唐虞蹙眉，輕聲喊了喊：「子好，妳睡了嗎？」

片刻之後還是無人應答，唐虞本想轉身就走，畢竟深夜進入女子的房間頗為不妥。但腦中閃過她離開時臉上那一抹隱隱的青白神色，又不太放心……

躊躇間，一抹苦笑逸在唇邊，甩甩頭，想想自己何曾如此畏首畏尾、糾結不明，偏偏一面對這個小女子就不知該如何是好。

明明屋中亮了燈，門也沒閂上，叫門無人應，自己既然來了，理應進去察看察看。想到此，唐虞也不再顧忌什麼禮俗了，大大方方地將門推開，撩了衣袍步入房間。

銅鶴燭燈已經燃到只剩下一小截，燭淚順著燈檯凝結而下，那火苗也只有小指腹大小，讓屋中顯得有些昏暗不明。

廳堂裡沒人，四處看了看，只好撩起拱門的珠簾，往裡屋望去，怕唐突了她，唐虞又喊了聲：「子好？子好？」

裡屋裡沒有燃燈，視線有些不太清楚，唐虞藉著半開的窗外微光一看，才發現床榻之上隆起一個身形，子好應該是睡著了。

沒想到她竟粗心至此，回屋連門也忘記閂上，直接就睡著了，連窗戶也不關好。唐虞無奈地笑了笑，不想將她吵醒，只把手中的糕點碟子放在了屋角的矮几上就準備離開，順便幫她關窗。

可剛一轉身，一抹月色正好從雲層後露出來，淡淡月華之色傾瀉而出，透過窗欞照進了屋子，也正好照在了床榻枕頭那兒。

子妤雙目緊閉，薄唇緊抿，身子縮成一團，明明是在睡夢中，臉上的表情卻帶著幾分痛苦，被月光映照的臉色也顯得極為蒼白毫無血色。而且正值夏季，入夜雖然有涼意，也不至於冷到要將被子裹得如此緊！

她是怎麼了？莫非受了風寒生病了？

唐虞趕緊將半開的窗戶關好，也顧不得什麼男女大防，逕自走到了子妤的床前，伸手輕輕拍了拍她露在被子外的薄肩。「子妤，醒醒，妳怎麼了？」

迷迷糊糊間，子妤聽得耳邊有人在叫自己，原本就不怎麼濃的睡意正好被一陣下腹的抽痛所沖淡了。她將身子蜷縮得更緊，掙扎著睜開眼，卻發現是唐虞立在床前，面色擔憂地看著自己。

觸手之下，才發現子妤一身衣衫竟都沁濕了，用手背探了探她額頭的溫度，涼得可怕，不像是染了風寒後發燒。

唐虞意識到事情的嚴重，不等她說什麼，一把掀開了被子，想要先幫她把脈。卻在被子掀開的那一瞬，藉著微弱的光線，看到了子妤裙衫上暈染出的一片血紅之色。

她……難道是……

唐虞盯著那片刺目的顏色，臉上一陣紅又一陣白，一時間呆住了，手上一鬆，薄被又落回了原處蓋住子妤的身子。

早已清醒過來的子妤咬咬牙，根本沒力氣動彈，只覺得全身好像都痠軟無力，只有下腹處不停地傳來陣陣抽痛。

「唐師父……你來得正好……我……難受……」子妤一句話也說得斷斷續續，額上和背上都還在直冒冷汗。

唐虞憋住那股異樣尷尬的感覺，正了正臉色，詢問道：「子妤，妳可是覺得小腹脹痛，下肢痠軟無力？」

沒力氣回答，子妤只點了點頭。

「十六歲，癸水至，妳終於長大了……」這句話說出來，唐虞的話音有些淡淡的顫抖和情緒的波動，臉色卻稍微舒緩了下來，沒有先前那種濃濃的擔憂和害怕。「妳先放鬆身子，我這就找個婆子過來幫妳。」

「癸水至？」唐虞的話聽在耳朵裡，子妤腦子「轟」的一下就炸開了，等醒悟過來自己到底是怎麼回事，臉頰上已是一片紅雲，羞得將被子直接扯到了腦袋上蓋住，一口玉牙緊緊咬住。

等唐虞帶上門的聲音響起，子妤才敢露出被子呼吸，只是臉上的羞赧之色也越發濃了，青白中夾雜著緋色潮紅，真是說不出的羞人。

不過一小會兒，屋外已經傳來一陣腳步聲。

也真難為了唐虞，強忍著這婆子異樣的眼神，一路將她帶了過來，手裡還幫忙拿著乾淨的布條和草灰。

「吱嘎」一聲，門被推開了，那婆子小聲道：「唐師父，您先回屋去吧，這兒交給奴婢就行了。」

「嗯。」唐虞簡單答了一句，將手中的托盤交還給了那婆子，片刻也沒耽擱就趕緊轉身離開。

「這唐師父還臉紅，有意思！」

婆子約莫五十多歲的年紀，就住在潤玉園不遠處的雜院裡，專門負責這園子的花草。正好出來解手，就碰見唐虞，對方神色焦急，見到自己就像看到救星，只紅著臉說同來的小戲娘來了癸水，讓她趕緊去幫忙看看。

聽得外面婆子所言，子妤臉上更臊了。沒想到唐虞竟這麼快找來人幫忙，也不顧此等事情難以啟齒，著實不易，心中也有著感激。

看了一眼在床上蒙著被子的花子妤，這婆子知道小姑娘害羞，也不多說什麼，只把要用的東西都拿了進來，並幫著子妤取了一套乾淨衣裳，輕聲道：「這位姑娘，要用的東西和要換的衣服都放在床頭，妳先起來弄好，老婆子再幫妳把髒衣裳拿出去洗乾淨。」

等了片刻，見子妤還不肯露臉出來，婆子以為她害羞，呵呵一笑。「別怕，來了癸水就是大姑娘了，是喜事兒，喜事兒啊。每個女人都要走上一遭，雖然這第一回是有些害怕和難受，以後慢慢也就習慣了。」

「婆婆……」子妤這才緩緩將被子扯開，露出一張紅透了的小臉。「我是不知道該怎麼用那東西……」

說來也委屈子妤了，原是現代人，穿越過來就是個小嬰孩，這十多年來幾乎都忘了女人每個月一次的月事。現在突然明白怎麼回事之後，尷尬之下瞄了一眼那婆子放在床頭的白布和草灰，直接傻了眼；因為她根本就不知道古代女子怎麼處理月事的，只能硬著頭皮問那婆子該怎麼用。

聽了子妤怯生生的詢問，這婆子才恍然大悟。聽說這姑娘是戲班裡的戲娘，平時應該沒有親娘在身邊跟著，或許沒人教吧。

「疏忽了，疏忽了，姑娘先起來，讓老婆子教妳怎麼用。」說著，婆子將門一把關上，開始了對裡頭那位「少女」的啟蒙教學。

章一百二十　夜色如魅

今夜的月色異常皎潔，映照在這方小院，勾勒得每一塊瓦片、每一塊青苔都清晰可見。

立在庭院中央，唐虞雖然背對著子妤的屋子，可腦子裡全是先前那張帶著痛楚的蒼白面龐，還有那暈染在裙衫上的血色，刺目的殷紅，交替閃過，更覺心底焦灼難耐。

癸水而至，就代表著一個女子及笄成人，可以嫁作他人婦，生兒育女，算是真正的女人了！

先前的那一幕，打破了自己執意的堅持。因為不願面對一些事情，唐虞寧可永遠將子妤當作那個身形清瘦、目光堅定的小姑娘。只要她永遠不要長大，就永遠不用去仔細思考兩人的關係到底是怎麼一回事。

可事實擺在眼前，她已經徹底長大成人，無論自己願不願意正視，結果都已注定。

微不可察地嘆了口氣，唐虞也不知道自己該抱持何等心情，回頭望了望映照在窗紙上並不算明亮的燭光，心中的擔憂也越發深了，偏偏此事有些忌諱，他沒法幫上什麼忙，也只能站在外面乾著急而已。

不一會兒，子妤的屋門終於又開了。

先前被唐虞叫來幫忙的婆子匆匆走出來，手上抱了一堆染紅的衣裳和被單，看到唐虞還守在那兒，老臉上像菊花似的笑開了。「唐師父還等著呢。沒關係，姑娘家都要來這樣一遭，害怕是肯定會的，不過老婆子給她講清楚了，這下已經休息了，您也回房歇著吧。」

「她……」唐虞上前一步，想問，卻又覺得尷尬。

老婆子眼色好，自然知道唐虞關心什麼，笑呵呵的點點頭。「放心吧放心吧，就是第一次總免不了肚子疼，第二天起來就會順當多了。吃食上多注意些，別涼到了，不然下次更痛！」

囑咐完，婆子又說明兒個把洗乾淨的衣裳和被單再送過來，這才匆匆離開了。

唐虞見那婆子說得輕鬆，總算放心了不少，轉身提步正要回房，可剛一轉身就聽見一聲細不可聞的呻吟。

「嗯……」聽聲音應該是從子妤屋裡所發出來的。

那悶哼聲雖然極輕，可潤玉院此時極為安靜，唐虞聽得分明。

心中想著不要多管趕緊回屋，可腳下卻像灌了鉛似的邁不開步子，緊抿著唇，唐虞有些自責，想想自己好歹算是半個郎中，對於女子月事的腹痛也知曉一些可以減緩的方法，眼看她如此難受，總不能不聞不問吧。

有了決定，唐虞沒有回屋休息，而是直接往潤玉園的小廚房走去。

右相府裡雖然有大廚房負責做每日三餐，但每個主子所居的園子都有單獨的小廚房。雖然諸葛不遜暫時遣開了婢女們，小廚房裡還是留了些食材，為的是能隨時給諸葛不遜做茶點或者宵夜吃的。

唐虞點燃燈燭，簡單看了看有哪些可以利用的食材，最後挑了紅棗、薑，還有一些花椒出來，正好夠熬一味紅棗薑湯。

也不耽擱，挽起衣袖和衣角，唐虞當即就開始動手熬湯。先取了木棍將爐火撥旺，再把三樣食材洗乾淨摻水放入鍋中，找了個凳子守著火。不過一炷香的時間，待這一鍋水的紅棗薑湯熬成了約莫一碗的量，這才起身取來湯盅裝盛好。

端著湯盅回到小院，見子妤屋中的燈燭愈加昏暗了，唐虞快步上前，伸手輕輕叩了叩門。「子好，睡了嗎？」

肚子雖然沒先前那麼疼了，可子好還是覺得兩條腿痠軟無力，一陣陣的發脹。先前小睡了一會兒，這下醒了倒不容易再入睡，此時聽見唐虞叫門，猶豫了一下，還是輕聲道：「還沒睡呢，進來吧。」

推門而入，唐虞先將快要燃盡的蠟燭撥了撥，等稍微亮些，才端著湯盅來到子好的床前。「這是紅棗薑湯，祛寒……補血的，喝了再休息，身子會舒服些，也好入睡。」

聽得出唐虞語氣裡的尷尬，子好臉色同樣稍稍有些泛紅。這畢竟是女人的私密事，唐虞不但主動找來婆子幫忙，還替自己熬了這一碗熱湯，如此體貼的行為，心中又怎能不覺得異樣。

「多謝了。」稍微有些忸怩，子好伸手接過了湯盅，輕啜一口試了試溫度，覺得還好，就一股腦兒地喝下去了。

果然，隨著湯水入口，陣陣熱流順著喉嚨而下，那股帶著辛辣的薑和花椒味彷彿一路到達了小腹，將寒氣給一下子驅散不少，頓覺痠脹隱痛之感一鬆；而紅棗甘甜清香的滋味又停留在胃中，暖暖的讓整個身子也熱了起來。

「真舒服。」忍不住呻吟了一下，子妤原本有些蒼白的臉色也透出了些許的紅暈，也不知是害羞，還是因為這溫熱的紅棗薑湯，讓她在那忽明忽暗的燭光之下，顯出了與往常不同的一抹淡淡風情。

被她有些可愛的樣子給惹得一笑，唐虞唇角微揚，眼神在她的臉上掃過，卻挪不開了。感覺身子恢復了一點力氣，子妤將空湯盅隨手放在床頭的小几上，見唐虞目光中透著一股關切之意，不禁抿唇而笑。「都這麼晚了，還勞煩唐師父替我熬湯，真是不好意思。」

兩人目光接觸之下，都從對方眼中看到了那種並不陌生的情愫，唐虞別過眼。「這裡不比戲班，我不照顧妳誰來照顧妳呢。等明日我替妳再熬幾味行氣補血、舒緩止痛的湯，想來應該會讓你減輕一些痛楚。」

唐虞說著又回頭看向子妤，見她額上的汗水將髮絲都沁濕了，有些還絲絲縷縷地貼在額上和臉頰邊，也不多說什麼，起身來找到銅盆，看樣子準備為她打水洗臉。

水眸微抬，眼看著他提起小爐子上的水壺注入盆中，又到屋外取來一小桶涼水混進去，「嘩嘩」地擰著布巾，子妤也不知心裡是何滋味兒。

明明說好不再越過「師徒」之間的那條線，明明對於自己和他來說都是尷尬萬分的事情，為什麼唐虞卻絲毫不避諱，又是幫忙找來婆子，又為自己熬湯，眼下還不願離開，非要照顧一二……此情此景，可不是正常的師徒關係所應該有的。

然而看著他為自己忙碌，子妤根本提不起一絲拒絕的心情，反而眼神凝在了他的背影上，心底湧出一股暖意，就像那碗剛剛喝下肚的紅棗薑湯，雖然透著股辛辣，卻後味回甜，喝下之後渾身有種說不出的舒服感覺。

若兩人的關係就像這樣，自然而然，沒有所謂的身分顧忌，那該多好？

正想著，唐虞已經將布巾擰好，回到了床前。「擦擦吧，剛剛出了一身冷汗，就這樣睡也不舒服。」

接過布巾，子妤沒有多說話，依言乖乖地擦拭了臉頰之後遞還給他。「你也回屋去休息了吧，我沒事兒的，現在已經舒服多了。」

看著子妤有氣無力的樣子，耳旁的髮絲還貼在臉頰上，唐虞不自覺地伸手，想要幫她再擦拭。

胸口一陣「撲通」亂跳，子妤正想拂開他的手，外間堂屋桌上的燭燈卻突然一下子就熄滅了，只剩一陣夜風竄流而進，帶起床簾微動，徐徐飛揚。

停在半空中的手正好位於子妤耳側，唐虞只覺眼前一暗，意識到自己不該逾矩，可手卻怎麼也收不回來，遲疑了片刻，還是替她輕輕擦拭了一下臉頰。

連呼吸聲都變得清晰可聞，屋中幽暗的夜影混合了一絲曖昧無比的氣氛，在唐虞手上的動作中愈加的濃郁了起來。

子妤下意識地想躲開，卻覺得身子比先前腹痛難忍的時候還要無力，只將螓首微埋，任由唐虞用那張微涼的布巾幫自己擦拭前額和臉頰。

兩人都能明顯感到這股別樣的氣氛在漸漸變濃，可誰都沒有主動阻止和破壞，只任由曖味的感覺繼續蔓延，無法抗拒。

或許是夜色的原因，抑或許是月華中帶著一抹難掩的溫柔，此時此刻，屋裡的唐虞和子妤都屏住了呼吸，不過片刻的時光，卻好像過了很久很久，讓人不願觸碰，只沈浸在這短暫的氛圍之中。

終於，還是唐虞收起了布巾，話音有些淡淡的沙啞低沈。「很晚了，妳先休息吧。明日不用早起，多睡會兒，我會送早飯過來的。」說完，緩緩起身，目光雖然仍舊和子妤的糾纏在一起，卻多了一絲清明，緩緩抽離出了那種讓人快要迷失的氣氛中。

看著黑暗中唐虞的身影消失在門後，子妤這才舒了一口氣，苦笑著自言自語道：「既然選擇了面對現實，你又為什麼要這樣對我呢？難道要看清楚自己的心，就這麼難嗎？」

可惜，屋中除了夜色就只有從窗隙中透進來的月光，已沒有人可以回答子妤的這兩個問題了。

章一百二十一　簫聲吐緒

清晨時分，陣陣雀鳥的鳴叫將子好從睡夢中給吵醒了。

今日是那薄侯過來考察未來女婿的日子，諸葛暮雲要求子好待在屋裡，避開不必要的誤會，現如今看天色還早，子好乾脆蒙住頭，準備睡個回籠覺再說。

剛拉過被子蓋住半張臉，子好突然感到胃中一陣發酸，隨即一陣低沈的「咕嚕」聲像打鼓似地傳出來。

唉，也對，昨夜就沒怎麼動筷子，後來只喝了碗湯水，隔了這麼久，也該餓了。

回籠覺這下是睡不成了，子好無奈只好翻身起床，一眼就看到窗角下的矮几上放著一碟糕點。

應該是唐虞昨夜送過來的吧……

想起唐虞，子好又有了片刻的失神。昨夜的他如此溫柔，最後關頭卻再次退卻了，像個反反覆覆拿不定主意的將軍，面對那片未知的領域，總不敢去探尋其中的美麗。

罷了，既然他總是不願踏出那一步，自己也不用多想，一切順其自然，或許久了，兩人才能對自己的心意看得更明白些。

拿起一塊桂花糕入口，雖然略乾了些，好歹能填填自己空蕩蕩的肚子。子好吃了幾塊，喉嚨直發乾，卻只找到昨夜的冷茶，準備將就著喝喝。

「妳坐下！」

隨著一聲門響，唐虞進屋就看到子妤正在吃昨夜的糕點，還準備喝隔夜茶，趕緊上前將她扶到外間的茶桌邊坐下。

「妳稍等，我讓右相府的下人熬粥，等會兒就會送來。」唐虞將茶壺收了起來，又過去提了水壺，直接從外面打來井水，點燃小爐開始燒水。

盛夏的清晨只有半個時辰多顯得涼快，稍微臨近辰時末刻，太陽就會將昨夜的露水給蒸發掉，只剩下乾烈烈的炙熱。

看得出子妤也覺得有些熱，唐虞將茶泡好用冷水稍微鎮了一鎮，這才遞給她一盞。「喝吧，我去看早膳送來沒有。」

難得自己也有被人照顧的一天，子妤接過來捧在手心，雖然瓷杯有著一股淡淡的涼意，但裡面的茶水卻持續地透出暖暖熱度，微微喝下一口，腹中原本空蕩蕩的感覺也被填滿了。

不過片刻，一名托著食盤的婢女跟隨唐虞而來。

幾樣小菜、兩樣粥，俱是暖胃熱性的，看來唐虞是事先就吩咐過了。

「奴婢名喚巧思，剛剛孫少爺吩咐奴婢留在潤玉園伺候，兩位先慢用，奴婢等會兒再來收拾碗筷。」說完，這巧思丫鬟便退下了，看樣子諸葛不遜是囑咐過她一些話，不然，按理應該在一旁幫忙佈菜斟茶才對。

「妳先用一些粥菜，我去後廚房把湯藥端過來。」唐虞見那丫鬟退下，也不好繼續待在屋中，藉口離開了。

肚子早就餓慌了，子妤也不客氣，兩碗粥均下了肚，又吃了些小菜，感到腹中滿滿，才放下了筷子。

燥熱襲來，加上又吃下不少東西，子妤後背和頸上都出了些細汗，想著自昨夜起就只換了身衣服，得洗個澡才能真正清爽，於是推門出去，準備喚來那名叫巧思的丫鬟，請她幫忙打些熱水來，畢竟沐浴之事不好經由唐虞的手，還是女人家來做方便些。

走出小院，一陣微風從小液湖上吹來，讓人感覺神清氣爽。可惜答應了諸葛暮雲要待在屋中避免引起誤會，不然坐在亭中應該能消去不少暑氣吧。

正想著，唐虞已經端了湯盅從一旁的小徑而來，他並未發現子妤站在院門口吹風，只注意著腳下，怕把湯給灑了，所以步履極輕。

歪頭看著唐虞那副小心翼翼的樣子，子妤抿唇而笑，側身躲進了院子，不想讓他尷尬。

托著剛剛熬好的當歸補血湯，唐虞試了試溫度，似乎還有些燙，乾脆打開了蓋子，這才來到了子妤的屋中。

「稍等一下就可以喝了。」

唐虞見子妤倚在門口，腳邊一叢紫菀開得甚是好看，映著她稍顯消瘦的身形，越發顯得嬌憐可人。

「屋裡有些熱了，所以在門口坐坐。」子妤隨口解釋了兩句，也示意唐虞在扶欄上坐下。

「我還是先回屋吧，妳喝完一併讓巧思收拾了就好。」唐虞淡淡地拒絕了子妤，四下望了望，略顯得有些拘束，不復昨夜那般自然。「不知那丫鬟去了哪裡。」說著，將手中的湯盅放在扶欄上，朝子妤點點頭，就準備回到隔壁的屋中。

在他轉身的一剎那，子妤終於忍不住地脫口問道：「為什麼你現在卻要躲著我？」

這句話問得有些無頭無腦，唐虞停住腳步，面色尷尬地回頭看了子妤一眼，勉強解釋道：「我沒有躲著妳，為什麼這麼想？」

子妤悶聲笑笑，側著頭直直看著他。「若你決心和我保持距離，昨夜就不該那麼無微不至。現在又來劃清界限，是不是有些反覆無常了？」

「子妤，這潤玉園裡我不照顧妳，誰來照顧妳呢，況且昨夜妳是……」唐虞有些說不出口，只頓了頓。「妳已經不是小姑娘了，妳我之間也不能再像以往那樣，該避諱的就必須要避諱。」

子妤見他神色間頗有些緊張，可心中那股不舒坦不知怎麼的就是揮不去。「光天化日之下，你我同坐一處，難道也是不許的？」

「不是不許，而是……」唐虞下意識的想要否認，可心裡那股不敢單獨面對她的感覺卻明顯存在，一時詞窮，反而不知該怎麼說出口了。

「你是怕別人誤會什麼，還是怕我誤會什麼？」子妤螓首微埋，說這句話的時候神情帶著的一抹黯然是那樣明顯，好像一隻受傷的小白兔，讓人不忍心就此不管不顧。

可唐虞不敢留下，心中那潛藏的悸動一旦靠近她，就會不由自主地湧出來，讓自己陷入情不自禁當中；可源自於禮教和世俗的束縛，偏偏又像一把枷鎖牢牢地禁錮著他，提醒著他要理智。

「湯藥快涼了，趁熱喝了吧。」唐虞只說了這一句話便別開了目光，但始終不忍真的回屋，將她一個人留在外面，只好走遠些來到門廊的另一角，從腰間取下竹簫，湊近唇邊吹奏了起來。

他沒有直接拒絕自己，雖然走得遠些，但簫聲迴蕩耳邊，已讓子妤心底不那麼失落了。捧起湯盅，一口一口地喝著，唇角不自覺的微微揚起，那是淡淡的笑意由心而發。

聽著悠長婉轉的簫聲，子妤隨意地斜靠在扶欄的立柱上，抬眼透過院門就能遠遠看到小液湖的波光粼粼。

輕緩如絲的樂音就像徐徐的微風，在這日頭正盛的時候顯得格外珍貴。

這是唐虞最常吹的一首曲子，悠揚中帶著一抹舒緩的愁緒，像是倦鳥歸巢的柔情溫暖，又像是花開花謝的悵然若失，若不仔細聽，很難揣摩出他到底想要表達怎樣的心情。

如煙淺淡，卻又時而濃烈似酒，看似隨意而奏，但飄忽間卻能感受那股原始的悸動在曲中縈繞不斷。

思悠悠，情怯怯，剪不斷，理還亂……

聽出唐虞曲中的真意，子妤不禁嫣然一笑，白皙的玉顏上浮起一抹微紅的緋色。表情可以掩飾在臉色之下，但情緒卻無法在簫聲中隱藏，無論他如何抗拒，這悠揚不斷的簫聲卻洩漏了唐虞的心。

用竹簫曲音代替話語，兩人就這樣安靜地一個吹，一個聽，不用費心去遮掩情緒，更不用細想那些世俗的禮教規定，即便彼此沒有靠得很近，但聽著他的簫聲，子妤也能感到他就在身邊，陪著自己。

久違的暖意淡淡從心底湧起，子妤知道這片刻的寧靜並不能代表什麼，但至少他沒有先前那樣抗拒，沒有刻意疏遠，已是不易了。

簫聲不斷，若千絲萬縷籠罩這方小院，直到那個名喚巧思的婢女到來，這靜謐輕緩的氣氛才被打斷了。

髮如青黛，唇若點朱，這巧思生得甚是嬌俏可人，剛走進院子就往唐虞那邊看，似是羞了，又趕緊躲開眼神，隨著兩頰淡淡的紅暈，胸口也起伏著喘氣，似是急步而來。「唐師父的簫聲果然絕妙，難怪孫少爺請您入府教習呢，奴婢能得聞一曲，實在有幸！」

子妤起身來，見這小丫鬟對唐虞的姿態和說話，心下有些不悅，遂打斷了她的話。「巧思，等妳收拾了碗碟，可否幫我燒些熱水沐浴。」

「好的，奴婢這就去辦。」那巧思又睇了一眼在院角已經收起竹簫的唐虞，臉上的緋紅卻更深了，透出一股少女的怯怯嬌羞。

章一百二十二　倚之幽思

沐浴一番，再將頭髮一併洗淨，整個人感覺果然舒爽清新許多，子妤斜斜靠在矮榻之上，任由巧思拿著厚布幫自己吸納髮絲上的水。

「姑娘的頭髮又黑又亮，真是天生麗質呢。」巧思的嘴巴也很甜，從先前幫忙沐浴更衣的時候，就一直在左右誇讚著子妤。

對於自己頂多算得上是清秀娟雅的容貌，被她形容得天上有地下無似的，一張小嘴兒讚個不停，還真是不易。因為在背後擦拭濕髮，巧思倒沒有看到子妤臉上有些尷尬的表情。

倒不是子妤小器，實在是這丫鬟看起來機靈有餘而淳厚不足，特別是她進屋之前看向唐虞的眼神，一想到就覺得心裡一陣不舒服。還好唐虞一見她進院子，就收了竹簫轉身回屋，不然，她多半要直接迎上去才肯甘休吧！

沒有察覺子妤的不喜，巧思張著小嘴兒繼續叨唸著：「姑娘能日日跟在唐師父身邊，既能聽他吹簫弄曲，又能和他說話聊天，這樣的美事兒，真是讓人羨慕呢。」

「他就是一塊不解風情的大石頭，又硬又冷，妳們若接觸了，才知道好不好。」子妤下意識的就是不願說唐虞的好話。

「美石為玉，這是姑娘能日日接觸才能曉得的，咱們就算想多瞭解一下唐師父，還苦於沒這個機會呢。」巧思倩然一笑，只當子妤開了個玩笑而已，並未當真，又自顧自說起話來。「當時孫少爺把咱們幾個放出潤玉園，姊妹們還覺著能悠閒一個月。可誰知道，竟有一位神仙般的英俊男子住進園子，簡直就是夢中才會出現的人物。」

聽得這丫鬟所言，子妤蹙了蹙眉。「難道，只憑著一眼，妳們就認定唐師父是個好人？」

「聽說姑娘從小就跟在唐師父身邊，自然不覺得了。」羨慕的語氣又出現了，巧思一嘆，細如柳葉的眉尾一沈。「相府裡來來往往也不乏那些英俊倜儻的豪門貴公子，可沒一個有人家唐師父那種飄然出塵的氣質。」

子妤沒說話，只覺得心裡有種慌慌的感覺。

以前在戲班不覺得，如今在這右相府裡，美貌丫鬟不少，竟都對唐虞垂涎三尺！自己喜歡的人被其他女人盯上的感覺並不好受，特別是在她和唐虞都需要藉這一個月好生思考一下兩人關係的重要時候。

「今兒個跟薄侯一併前來的那位小侯爺，姑娘知道吧？」見子妤沒什麼反應，巧思又逕自地說了下去。「容貌倒是相當不俗，但人家的身分地位自然看不起咱們這些小丫鬟。正眼都不瞧一下，真是不如唐師父那般溫文儒雅。」

薄觴也來了？

這人竟也來了右相府做客，看來上次他主動警告自己管束子紓，是早就知道侯府和相府之間的聯姻絕不會就此作罷。

想到此，子妤便多問了兩句：「請問，妳可知侯爺一行人要在相府待多久？」

巧思想了想，搖頭道：「這個奴婢也不知，不過聽老夫人的意思，是要留貴客多待幾日的。畢竟是未來的親家，藉此熟悉熟悉也好。」

「幾日啊！」子好暗自腹誹了一下，雖然答應了諸葛暮雲要避開誤會，但幾日不出這方小院還真有些憋悶。

不過和薄觴還是避免相見的好，畢竟對方曾經說過那「金屋藏嬌」的話，又誤會過自己與諸葛不遜之間的關係，若是被他看到自己竟住在諸葛不遜的潤玉園裡，恐怕這誤會就是跳進黃河也洗不清。

罷了，權當休息幾日，少些麻煩也好。

子好如此自我安慰，卻全然不知，這次賭約其實完全就是因那薄侯來訪一事而起。諸葛不遜拖了她「下水」，目的可並不單純，至少，是存了心要拒絕掉這門親事的。

用過晚膳，子好好不容易把這個問東問西的花癡婢女給打發走，看著外面天色還算早，於是手裡拿了一本詞集，準備到院門口坐著看會兒書，排遣閒暇時間。

遙望天際，那緋色的紅霞在雲深處勾勒出一彎異常旖旎的景致，加上微風徐徐，含著幾分小液湖的濕潤氣息，吹在面頰之上顯得不燥不熱，極為舒服。

將頭靠在小院門牆的邊緣，只默默欣賞著無邊的夕陽美景，手中的書也懶得翻看了。樂得清閒了一整日，估計這後面幾天，唐虞應該都不會來找她監督練功，但為了一個月之後的小比，倒也不能真的鬆懈下來。

畢竟聽曲譜詞之事並不簡單，不但要揣摩準確曲音之意，還得妙筆生花地寫出與之相配的詩詞唱曲來。雖然比起戲班弟子們，自己多了前世閱讀不少詩詞歌賦的優勢，但也不能毫無消化地拿來就用，至多只能參考一二。

而且還要能一舉贏過那青歌兒，也不知她在譜詞的造詣上是什麼水平，得尋了機會問問唐虞才是。

想起唐虞，他清晨時奏出的一曲簫聲不斷迴響在腦中，甚為清晰。

回味著那簫聲中的種種情緒，子妤不禁莞爾，腦中冒出一首極為合適的詩詞，忍不住哼唱了起來：「一曲新詞酒一杯，去年天氣舊池臺，夕陽西下幾時回？無可奈何花落去，似曾相識燕歸來，小園香徑獨徘徊……」

「這首詩詞倒是清新別具，可也是山野隱士所作？」

剛剛唱罷，耳畔突然傳來唐虞略顯欣喜的稱讚，子妤側眼望去，正是他從院門外邁步而進，一身月白輕衫在晚風吹拂下徐徐輕揚。

「先前巧思說您被諸葛不遜請去前頭見客，怎麼這麼快就回來了？」子妤放下手中詞集，看到他的時候心底有股莫名的歡喜。

「我素來不喜那些應酬，不過為了戲班，該見的人還是要多見見的，見完自然就回來了。」唐虞迎面走了過來，正好擋住身後一抹夕陽，拖長的人影覆在子妤的身上。其實這句話他沒有說完，這麼早早回來，是因為心裡牽掛著她。

看著被他擋在身後的薄薄夕陽，子妤嫣然淺笑，側著頭仔細地從頭到腳打量了一番，嘖嘖道：「唐師父，沒想到您還是個香餑餑。」

「什麼香餑餑？」唐虞被她看得有些不自在，倚在圓形的院門對面，側眼往不遠處的小液湖望去。

子妤見他面露窘意，忍不住格格笑了起來，顯得極為輕鬆，心情愉快的樣子。「今兒個你去陪薄侯飲宴，難道沒發現周圍有許多雙眼睛在盯著您看？」

唐虞一聽，認真地回憶了一下，搖搖頭。「諸葛暮雲一直在找我說話，卻沒注意其他。怎麼？這話是什麼意思？」

「諸葛暮雲？」子妤柳眉微蹙，想起那一日諸葛暮雲在唐虞面前毫不掩飾地誇讚，心裡有些不悅。「聽遜兒說，他姊姊即將要參加選秀，怎麼還像那些丫鬟一般發花癡呢？」

「什麼丫鬟，什麼花癡？」唐虞聽見子妤嘴裡蹦出的那些詞兒，雖然有些不太懂，可下意識地覺得並非好話，臉色也略顯尷尬。

子妤悶哼一聲，脫口道：「巧思告訴我，你現在可是右相府裡丫鬟們心目中的大紅人。大家都巴不得能接近一二，討得唐師父歡心呢！」

聽得原來如此，唐虞臉上竟露出了哭笑不得的神情。「我還奇怪，先前陪宴的時候，面前老是出現些水果，還不停的有丫鬟過來幫忙斟酒佈菜，殷勤得很！竟是這麼一回事！」

說著，唐虞抬眼望向了子妤，見她臉上浮著的笑意漸漸凝住，耳畔映著的紅霞也掩不住一抹失落的樣子，下意識地又道：「妳得空告訴巧思，讓那些個丫鬟們別費心思了。」

含著半分幽怨的眼神看著唐虞，子妤抿了抿唇。「要說你自己去說，我若說了，別人還以為我把你藏著呢。」

不知怎麼的，唐虞看著子妤抿嘴兒的樣子，嬌俏中帶著一絲醋意，內心卻反而有種淡淡的高興，輕聲道：「妳已經不是小姑娘了，這些話可別在外人面前提及，女子為淑，輕言男女之間的關係，是為輕浮。」

「輕浮？」子妤幾乎想翻白眼了，臉上一熱。「那些個丫鬟一說起您這位唐師父，就差直接撲過去了，難道不叫輕浮？那位諸葛暮雲大小姐，明明就是未來的秀女人選，還主動與外姓男子糾纏不清，難道不叫輕浮？我不過提醒您兩句罷了，反倒被說成是輕浮，真是不公平！」

唐虞看著她氣呼呼的樣子，唇角微揚，笑意在眉宇間展開。「其他人怎麼樣我可管不著，也懶得管，但妳不行。」

子妤瞪了他一眼，起身來拍拍裙下的灰塵，理也不理扭頭就走，好像一個賭氣的女兒家，悶聲道：「是！唐師父！弟子遵命！」

回了屋，關上門，子妤臉上卻掛著柔柔的笑意。

剛才唐虞的話聽起來是在管教自己，可話裡的關心之意表露無遺。兩人這一番對話，不但輕鬆自然，而且頗有些男女之間的淡淡情意在裡面。總覺得，自從昨夜之事以後，他看待自己真不再是像個小姑娘那樣了。

這算是兩人關係的一個進步吧。至少，他面對現實，把自己當作一個真正的女人了……想到此，子妤臉上免不了浮起一抹嫣紅的羞色，對這一個月在相府中即將度過的日子，也越發的期待起來。

而還在院門外的唐虞，此時臉上的表情也異常輕鬆，黑眸投向遠處的小液湖，不知怎麼的，總覺得那滿滿一池水波都像是翩翩蝴蝶在起舞似的，被那紅霞勾勒得異常鮮活靈動，頗像……剛剛子好那欲嬌欲嗔、欲羞欲忿的樣子，和平日裡的冷靜完全不一樣，透出一抹自然而然的女兒姿態，讓人難以忽視。

一個倚門嬌思，螓首低垂；一個望湖神往，心泛漣漪……如此情形，也讓這漸漸沈下來的夜色中多了一抹別樣的旖旎之色，帶著點點星光微塵，將這方充滿了別樣情緒的潤玉園給籠罩了起來。

撥燃了銅鶴形的燭燈，子好覺著屋內有些悶悶的，遂推開了窗戶，卻一眼看到一個人影搖搖晃晃地從院門走進來，步子看來有些虛浮，正是諸葛不遜！

他不是在前頭陪著薄侯飲宴嗎？不好生伺候著將來的老丈人，這個時候溜回來幹麼？子好想著，將窗戶一推。「遜兒，你怎麼回來了？」

「子好姊！」片刻之後，門上就傳來了敲門聲，諸葛不遜直接貼在了門上。

如此動靜，在這潤玉園裡顯得很是響亮，隔壁的唐虞也聽見了，推門出來看是怎麼回事。

上前開門，一股醺醺酒氣隨著夜風直接灌了進來，子好趕緊扶著諸葛不遜進屋坐好。

「你等等，讓唐師父來幫你看看，熬一碗解酒湯給你喝。」安頓了他，子好還沒走出兩步就覺得衣袖一沈，竟是被諸葛不遜那傢伙伸手死死拽住了。

唐虞在門口將屋裡的動靜聽得分明，不等子好來找，已準備主動進去了。畢竟子好已經及笄，若收了諸葛不遜這個男子在屋中，始終不妥。

等唐虞一步跨入屋中的時候，卻一眼看到了諸葛不遜正死死拽住子妤的手臂，心下一沈，過去一把將他扶了起來。「我帶他去隔壁，妳去找巧思要一盅醒酒湯來。」說完，不顧他的手還拽著子妤，橫著一扯，就這樣拉開了兩人的距離。

想起剛剛唐虞跨進來的那副緊張樣子，子妤含了一抹甜甜的笑意在唇邊，理了理服飾就直接出了小院，準備到丫鬟所居的雜院找巧思弄醒酒湯。

夜色之下的小液湖波光閃閃，絲毫不比晚霞籠罩的時候遜色多少，加上夜風徐徐，微涼清透，子妤腳步輕快，踏著月色一路行去，卻忘了她答應諸葛暮雲要一直待在屋中，不能出去外頭。

「咦，那位是？」

不遠處，從涼亭中走來兩人，一個是諸葛暮雲，另一個自然就是這次隨父親來做客的小侯爺薄觴了！

先前諸葛不遜說有些酒意上湧，中途離開了宴席，可隔了許久都未曾回來，薄觴說什麼都要前來關心一二。諸葛暮雲本來有些怕他發現子妤的存在，但轉念一想，那小戲娘一口答應會待在屋裡不出來，想來也碰不上，於是也沒推託，就親自帶著他來了潤玉園。

哪知剛陪著他在湖心小亭上欣賞了片刻的夜色，正要前往諸葛不遜的寢屋，卻看見那小戲娘從迴廊小徑走出來，看樣子心情很不錯，臉上的微笑明顯可見。

章一百二十三　芳心盡散

月色之下，湖邊小徑上那一抹輕盈的身影根本無法遮掩，教不遠處的諸葛暮雲和薄觴都看得清清楚楚。

「那位是……」薄觴看得仔細，卻有些不敢相信自己的眼睛。

他本來就一直認為諸葛不遜與這花子妤有私，但卻沒想諸葛不遜竟膽大到接了她住進右相府，況且這兩天正是自己父親過來做客，商討兩家的親事，是關係薄家和諸葛家未來命運的重要時刻，半點都不容有閃失。

「哦，她是遜兒的婢女。」諸葛暮雲鳳目微瞇，被花子妤如此大大方方地出現在面前氣得薄唇緊抿，真想上前去抽她一個耳光才消氣。

「婢女？」薄觴眉頭一挑，魅惑的眼神在夜色的映照下越發顯得邪氣暗生。他當然知道諸葛暮雲不會承認那小戲娘跟諸葛不遜的曖昧關係，卻故意大聲道：「花子妤，是妳嗎？」

一心想著去找巧思熬醒酒湯，花子妤倒沒注意不遠處的兩個人影，此時一聽有人叫自己，停住身形往湖邊一望，當即就臉色凝住，暗道「不妙」！

剛才一時沒注意，就這樣直接走出了院子，本想入夜了那薄侯等人應該不會發現自己，可世上就是有那麼巧的事，不只是被諸葛暮雲撞見，那身邊一身紫袍、孤傲中含著一抹邪魅表情的男子，分明就是那個難纏的小侯爺薄觴！

完了！被諸葛暮雲撞見，自己還能解釋是去幫諸葛不遜拿醒酒湯，但現在薄觴也在一旁，他上次就直言自己和諸葛不遜的關係不同尋常，這下被他看到自己竟住在潤玉園裡，這誤會跳到黃河恐怕也洗不清了。

正當子好在那兒頭皮發麻不知該如何應對時，諸葛暮雲的臉色卻更加難看了。

本想隨口說是婢女就岔過那花子好不提，卻沒想這個小侯爺竟然一下就喊出了那小戲娘的名字，兩人竟是之前就認識的。現在多說恐怕也無益，只好勉強一笑，隨著薄觴一起走了過去。

「妳怎麼在這兒？」說這話的時候，薄觴眼中那一抹玩味之意溢於言表，上下打量著子好，好像在看一個什麼稀奇物件一樣。

「我……」子好正要回答，卻被打斷了。

「子好是隨著唐師父過來的，暫居在潤玉園為客。」諸葛暮雲搶在了子好之前，寥寥幾句話解釋之後便岔開了話題。「對了，看到遜兒回來沒有？」

「他在唐師父的屋裡，我正好要去端醒酒湯呢。」子好心下一定，還好剛才唐虞把諸葛不遜拖到了他的屋子，不然，若是讓這兩人看到諸葛不遜竟在自己的屋中，那可就百口莫辯了。

「如此，就勞煩姑娘多照顧了。」諸葛暮雲點點頭，並未多問，轉而對著薄觴禮貌地開口道：「薄公子這邊請吧，我們先過去看看。」

「好！」薄觴含笑點點頭，並未多問，隨著諸葛暮雲離開了湖邊。

看著兩人的背影，子妤這才鬆了口氣，下意識地用手順了順胸口。

正要收回眼神，這時候薄觴竟突然扭過頭來看向了子妤，月色灑在他異常俊美的側臉上，半張臉都被陰影所遮蔽，只剩下一抹幽邪的笑容掛在唇邊，眸中更是透出意味深長的神采，就好像在說「我逮到妳了吧」！

趕緊埋頭往小廚房那邊過去，子妤過了好一會兒估計那薄觴已經離開，這才讓巧思一起帶著醒酒湯回到了她和唐虞暫居的小院。

可剛到院門口，就看見諸葛暮雲站在門外，神色有些不善。

見子妤終於來了，她淡淡地吩咐道：「巧思，妳帶著醒酒湯去孫少爺房裡餵他喝下，另外好生幫忙擦拭一下並替他更衣休息，明白嗎？」

「奴婢明白。」巧思似是有些怕這位大小姐，諾諾地答應著，趕忙福禮就退下了。

這諸葛暮雲支開巧思，自己卻沒有離開的意思，恐怕是要單獨和自己說說話，子妤也沒離開，只默默端立在一旁，等她先開口。

「姑娘是個聰明人，今兒個怎麼這麼糊塗呢？」諸葛暮雲往小院裡多走了兩步，似是不想讓其他人聽見。

她這個舉動看在子妤眼裡卻覺得有些可笑。

這諸葛不遜的院子足足隔了半座湖那麼遠，想來唐虞和那薄觴也一併送他過去了，此處根本連個人影也沒有，子妤不知道她到底怕誰聽見兩人的說話，但也跟了進去，答道：「大小姐的意思，子妤不明白。不過如是您對於我剛剛為何違背諾言走出了小院，實則因為諸葛少爺醉酒，除了唐師父又沒人能搬動他，我只好出去找巧思拿醒酒湯了。」

諸葛暮雲聽了子妤的解釋，臉上的慍色消了幾分，話鋒一轉，問道：「若我猜得沒錯，姑娘和那小侯爺應該頗為熟稔吧？」

搖頭，子妤否認道：「只是一面之緣罷了，並無深交。」

諸葛暮雲顯然不信，冷冷地笑了一聲，挑眉道：「一面之緣就能一眼看出姑娘是誰，還叫得出妳的閨名？」

子妤不願多說，更是不能洩漏薄鳶郡主長期在花家班拿藥吃的事，不然這門親事可就真的壞在自己手上了。但又不想讓諸葛暮雲再繼續追問，只好道：「我和弟弟曾經去侯府別院出過一次堂會，點戲的冊子上都有戲伶的名字，小侯爺記得名字也沒什麼。」

「就這麼簡單？」

諸葛暮雲半信半疑地蹙著眉，仔細看著花子妤。只見她半垂著螓首，雙手交握在身前，一副恭敬有禮的樣子，語氣也不疾不緩，沈穩平靜，看來不像是撒謊的樣子，只好嘆了口氣，又道：「其實來者是客，遜兒對妳和唐師父極為看重，也請子妤姑娘自重些才好，千萬不要讓薄侯或者薄少爺誤會什麼，不然，兩家的親事若告吹，恐怕這個後果姑娘也擔當不起。」

這番半勸誡半威脅的話，子妤聽在耳裡頗有些彆扭，好像是自己有意要破壞似的，正想壓下這口氣順從地答應了，卻聽得小院門外傳來一陣腳步聲，緊接著竟是唐虞踏著月色回來了，臉上表情有些冰冷薄怒。

「唐師父！」諸葛暮雲看到唐虞，表情一緩，當即便蓮步輕移地迎了過去，看神色，分明含著幾分歡喜。

「諸葛小姐剛才說的話，唐某都聽到了。」唐虞卻淡淡掃了她一眼，語氣有些冷漠。「我和子好是諸葛少爺邀請而來的客人，並非寄人籬下的奴僕，可以任由大小姐呼來喝去、隨意指責。」

沒想到唐虞竟說出這樣一句話，笑容在諸葛暮雲臉上漸漸凝固，檀口微張，似是想說什麼，卻沒來得及。

只稍微頓了頓，唐虞走到子好的身前，將她護在了後面。「大小姐昨日提出那樣的要求，子好顧慮到相府和侯府之間的聯姻，也想避免不必要的誤會，這才答應不在薄侯一行人面前出現，唐某對此也沒有異議。可今夜因為諸葛少爺醉得不省人事，我要扶他回房，只有讓子好去找來丫鬟幫忙服下醒酒湯和更衣，湊巧碰上了您和那位小侯爺罷了，並非子好有意為之。您剛才句句話都在針對子好，頗為刻薄，當真就以為您是主子，子好是奴婢不成？」

諸葛暮雲聽得臉上越發泛紅，卻是因憋出來的，下意識地想要解釋：「我……」

「若大小姐或者相府的人覺得我們師徒礙眼，或者妨礙了你們和侯府商談聯姻的事，明日我帶著子好一早就離開，絕不遲疑。」唐虞說著，轉身輕輕攬住了子好的肩頭，背著諸葛暮雲又說了一句：「天色已晚，不方便留客，大小姐還是請回吧。」

說完，拉著子好，唐虞頭也不回地就往屋裡而去。

諸葛暮雲看著兩人一併進入了屋裡，仍舊沒有回神過來，還呆呆愣在當場，臉上的神色又是羞憤又是迷惑的，似乎還在回想剛才唐虞的一番話，和他說話時的那表情和氣度。不但沒有因為對方的衝撞而氣惱，反而唇角微揚，露出一抹回味和欣賞的表情。

第一百二十四章 一語留心

任由唐虞拉著自己的手腕帶進屋中，子妤並未掙脫，反倒有種淡淡甜蜜的感覺。

剛才他一席話，說得那個高傲無比的諸葛大小姐啞口無言，為了不讓自己受委屈，他竟敢得罪這樣一位尊客，實在有些讓子妤難以消化和驚喜。

雖然他句句只說是師父對徒弟的愛護，但子妤心底的歡喜卻一點兒沒少，不但對先前之事沒有半分不喜，反而有些暗暗慶幸，由此又看出了唐虞對自己的關心。

感到手心所觸的肌膚有些微微的溫熱，唐虞才發現自己還一直握著子妤的手腕。側眼看著她螓首低埋、睫羽微顫的嬌俏模樣，心裡有些不太願意放開，但也不得不鬆開了手。「妳沒事吧？」

緩緩抬眼，子妤看了他一下，略微側首，輕聲道：「能有什麼事？被那大小姐數落一頓又不會少塊肉的。」說著，回頭又含著笑意上下打量了一番唐虞。「我還沒見過您發脾氣呢，真有些嚇人。不……應該說是義正辭嚴，有理有據，說得那位諸葛大小姐根本沒法回嘴，連解釋也找不到詞兒了。」

說著子妤走到桌邊，這才將原本有些昏暗的燈燭又撥亮了些，再取了兩個杯盞，替自己和唐虞斟了杯溫茶。

飲下一杯，想起先前的情形子妤就忍不住心中暗喜，心情頗為愉快。「不過，唐師父對待諸葛小姐的態度，就不怕得罪她嗎？」
接過杯盞，唐虞正色道：「就算她是諸葛家的大小姐，也沒有資格那樣指責妳。戲伶身分雖不是頂尊貴，但咱們也是半個官人，我們靠自己本事贏得大家的尊重，不比她相府小姐要低多少。她若生氣了，那是她自己不自重，而不是我們，更不是妳。」
「其實也沒什麼，不放在心裡就是了。」子妤擺擺額首，心中反倒並不介意什麼。畢竟像諸葛暮雲這樣身分的千金小姐，頤指氣使都不算什麼，被她說兩句也不會少塊肉，自己根本懶得動氣。
「不說她了。」唐虞見子妤並未動氣，也釋然一笑，轉而問道：「那個薄觴，薄公子，你們是不是曾見過面？」
點點頭，子妤並未隱瞞，將上次去侯府做客的事情簡單說了幾句，又道：「這位小侯爺似乎之後會一直住在京城，這次是跟著薄侯一起來做客吧。」
「他……」唐虞躊躇了一下，突然道：「剛才我和他一併送諸葛少爺回寢屋，路上他曾說了幾句話，聽他的意思，好像認為妳和諸葛不遜之間有什麼不可告人的關係，還問我戲班是否知道這回事……」
「那都是他瞎猜的！」子妤趕緊否認，搖頭道：「遜兒打小就和我們姊弟相熟，所以平時相處也隨意了些。上次他陪著我和子紓一起去探望薄鳶郡主，結果那薄觴見了我們便猜疑我和遜兒有私，我已經和他解釋清楚了。」
唐虞見子妤有些緊張的連連解釋，不知怎麼的，心中也鬆了口氣。「妳別急，我只是想問清楚，畢竟若這樣的流言傳出去，對妳的名聲和戲班的聲譽都不太好。」

「你不會真誤會吧？」子好怯怯地抬眼看著唐虞，眸子被昏黃的燈燭映出點點曚曨的光暈，神情看起來小心翼翼，又無辜可憐。

釋然一笑，唐虞點頭。「我自然是信妳的。」

得了唐虞肯定的答案，子妤沒了先前小白兔似的驚惶若失，這才宛然一笑。「虧得諸葛大小姐怕他誤會，當即就說明了情況，不然，他準會以為他的猜測是對的。屆時傳到薄侯耳朵裡，或者右相府家人知道了，耽誤了兩家的親事，那可不妙。」

「別擔心。」

見子妤面露愁色，唐虞其實也意識到了事情不像表面那樣簡單。就算是諸葛暮雲解釋過，也不一定能讓那薄觴真的相信，何況她本人對子妤原本就有些偏見。

想了想，唐虞開口道：「明日我去見一見薄公子吧，將事情再解釋清楚。就說妳是我的弟子，只是跟我過來教諸葛少爺的竹簫之藝。想來他就算不信，也沒法指責妳什麼。」

「那人……」子妤遲疑了一下，若唐虞明日要去和那小侯爺解釋，依那薄觴反覆無常的性子，不知道會不會提及曾經要將自己「金屋藏嬌」的那件事。猶豫了半晌，想想還是先告訴唐虞比較好，於是暗裡一咬牙，這才開口道：「雖然我只和那薄公子見過一面罷了，但那人行為舉止都有些孟浪，到時候他若是說一些難聽的話，你不用理會就是了。」

「孟浪？這話是什麼意思？」唐虞蹙蹙眉，輕啜了一口溫茶，疑惑地望向子妤，瞧著她欲語還休的樣子，又問：「難道，他曾對妳說了什麼不當的言語？」

尷尬地笑笑，子妤拂了拂耳旁的髮絲，想想這又不是自己的錯，吐了吐丁香小舌，埋怨道：「上次我們姊弟去侯府別院探望郡主，他當時就私下找我說話。告誡子紓不要和郡主走得太近，以免產生誤會；同時也告誡我不要和遜兒關係太密切，否則……總之，他誤會我們姊弟一個去接近郡主，一個去討好諸葛不遜。我本來懶得理會他自個兒的臆想，但關係到戲班和侯府的聲譽，只好耐心給他解釋了我們姊弟沒有那個心思，也答應他不讓子紓和薄鳶郡主常見面就是。」

唐虞聽得子妤所言，逐漸意識到花家姊弟在侯府與相府的聯姻中的確有著讓人容易誤會的尷尬處境，也有些顧慮起來。「看來，明日我得好生向他說明情況才是。本來宮制戲班的戲伶也必須唱滿了歲數才能退下來嫁人，這等事情，原本就沒有任何可能。」

「好不容易讓他暫時沒有懷疑，可後來，他又說……」子妤話只說了一半，見唐虞神色嚴肅，又有些猶豫了。若讓他知道薄觴竟對自己提了如此要求，不知道他會不會生氣呢？

這時想要隱瞞也已經晚了，唐虞追問道：「怎麼，他還說了其他的？」

豁出去了，子妤忍著臉上的羞色，低聲道：「他說要『金屋藏嬌』納我為妾，安置在京城的另一處宅子裡……」

眉頭深鎖，唐虞愣了半晌，最後只得苦笑著。「他真這麼說？」

子妤無奈的點點頭，苦笑著嘆道：「他應該只是開玩笑罷了，我也沒當真，當即就拒絕了。」

「也罷！」唐虞也隨著一嘆。「妳是宮制戲班的戲伶，就算他有那個心思，也不能明目張膽的做什麼。畢竟妳才十六歲，距離二十五歲的年限還早，暫時不用理會就是！」

瞧著唐虞的表情，好像並沒有生氣或者誤會，子妤笑笑。「我有自知之明，比起其他的戲娘，要長相沒長相，要身材沒身材，他身為小侯爺，應該也看不上我，當時應該只是玩笑罷了。」

面對子妤的自嘲，唐虞卻不以為然，看著子妤沒自信的樣子，忍不住勸道：「不必妄自菲薄，比起其他人，妳自有妳的獨特之處。」

子妤聽得心中一動，半垂首，柔聲喃喃道：「我不過是個平凡的女子罷了，能有什麼特別。」

「當局者迷，妳只是沒有看清楚自己罷了。」

唐虞說著，表情認真起來。「一旦讓妳站在戲臺之上，每一個表情、每一句唱詞，都會讓所有人在那一刻望向妳，好像妳天生就是屬於那方舞臺的。妳有對於唱戲的執著，也有堅信自己能成功的毅力，比起天生的嗓音和唱功，這才是最重要的。」

被唐虞說得心神一震，從來沒想到他竟是如此看自己，子妤忍不住眸中浮起一抹霧氣。「你真的這麼認為？」

見她有些激動，唐虞微笑著點點頭。「其實，不單是戲臺之上唱唸做打的妳，生活中妳也有著讓人難以忽略的特殊氣質，恬靜沈穩的性格，堅毅不拔的面對相當艱難的戲伶之路。若說五年前我絲毫看不到妳身上有『大青衣』的影子，現在，卻對妳有了幾分信心。等到朝廷再度欽點『大青衣』的時候，希望妳能如願以償。」

「唐師父……」胸中溢滿了感動，化作層層水霧迷住了雙眼，子妤咬著唇，竭力壓制著想要撲入他懷中的衝動，好半晌才輕啟粉唇說道：「有您這句話，子妤一定不辜負您！」

反倒是唐虞上前了一步，輕輕抬手拍著子妤的薄肩，柔聲道：「妳也不要太在意那『大青衣』。畢竟上一次朝廷未曾有過動靜，下一個欽點之期，也不知道會是如何。若妳背負太多包袱，將來恐戲途不順，最好保持平常心態。」

依言點點頭，子妤緩緩抬眼，不經意地和唐虞又目光相碰，逐漸交融起來。

今夜，有了唐虞的這番鼓勵言語，子妤突然覺得前途不再茫茫，也覺得那個原本高不可攀的「大青衣」封號沒那麼遙遠。

戲伶之路異常艱辛，頂尖戲伶之路，更是坎坷異常。若是路上有人能一直陪在身邊，給自己鼓勵，給自己信心，這一切將會完全不一樣。

章一百二十五　心思各異

不用唐虞主動去拜訪，那薄觴第二天一早就出現在潤玉園裡，身邊跟了個清秀模樣的小廝，手裡捧著個托盤，用紅絨布蓋著，也不知帶來了什麼東西。

薄觴自不會孤身前來，一旁還端立著諸葛家的大小姐，諸葛暮雲。

雖然諸葛暮雲頗為忌諱花子妤的存在，但既然薄觴已經知道這個小戲娘住在潤玉園裡，倒也不必再掩飾什麼，免得越描越黑。於是親自陪著薄觴，兩人來到小液湖心的涼亭內，一邊喝著茶，一邊隨意閒聊，就等諸葛不遜和唐虞出來。

今日，諸葛暮雲顯然是精心打扮過的，綰著宮廷式樣的盤龍髻，斜簪了兩支玉鸞釵，身上是一襲湘色長裙，肩頭處一團彩鳳墜翅直下到胸口，顯得高貴華美，豔若芙蕖。只是她說話間時不時地往唐虞和子妤所居的方向望去，透出心底的一抹焦急。

昨夜被唐虞一席話說得啞口無言，諸葛暮雲不但沒有氣惱，反而心中有著莫名的喜歡和難掩的激動。不然她也不至於一大早就陪著薄觴前來潤玉園中，只期待著能再見那個清潤如玉、高潔如竹的絕妙男子！

反觀薄觴，只悠閒地望著小液湖周圍的美景，有一搭沒一搭的和諸葛暮雲說話，心中想法竟和諸葛暮雲有幾分相似。

原本對這次相府之行毫無期待，卻偶然發現那極有意思的小戲娘也在，頓時讓薄觴不覺得那麼無趣了，一大早就過來潤玉園，想藉著和諸葛不遜見面的機會，看能不能再和那花子好碰上。想到這裡，他瞄了一眼身邊的小廝，也不知托盤裡的東西今日能否送出去。

這廂，諸葛不遜也是一早就起來了，扶著宿醉後沈重的腦袋，帶著巧思端了些精巧的早點吃食，專程前往唐虞居處，為昨夜醉後麻煩他幫忙照顧而致謝。也順便探望一下子好，希望她不要介意薄觴的突然出現。

其實一開始定下賭約，他就想到了這一步，請唐虞教自己竹簫之藝只是藉口，要子好同行，想辦法讓薄侯退婚，這才是他的本意。

只是子好身分特殊，要在不損及她名聲的前提下達到目的，諸葛不遜還得深思熟慮一番，不能輕易讓薄觴壞了事。但具體該怎麼做，他還沒想好，只能且走且戰。

子好還在休息，唐虞提議兩人先去涼亭處坐一會兒，一邊練習竹簫，一邊等子好。

諸葛不遜想了想，也沒有去打擾她，只吩咐巧思守在院外，備好早膳，等會兒伺候子好起身，帶她過來相見。

巧思怯怯地應了，連看都不敢看唐虞一眼，只紅著臉往兩人離開的背影瞧去，一雙水眸中浮起濃濃的情思惆悵來。

如此神仙似的男子，自己遠遠望望也就滿足了，可沒有流素和芳兒她們那麼厚臉皮，以為她回到潤玉園暫時當差就能接近唐師父，占得幾分先機。

女兒家的情思在一方小院兒內淡淡流淌，此時的小液湖也頗有些暖玉生煙的味道。

清晨的霧氣在湖面絲絲縷縷飄著，被露頭的太陽一照，便形成了陣陣白霧，蒸騰然然，好似仙境。

遠遠的，諸葛不遜與唐虞從小徑迴廊處緩緩而來，兩旁盛開的各色鮮花免不了沾染在衣角上，踏露而行，留下一串清晰的腳印。

發現自己等候多時的人來了，諸葛暮雲假藉飲茶的空檔，沒有再和薄觴說話，只側著眉眼往那方瞧去。

並肩而行，在濛濛霧氣中緩步而來，只一眼，就能完全吸引所有人的注意力，實因這兩個均是當世少見的絕妙男子。

白衫如雪，髮髻高束的是諸葛不遜，不過十五歲年紀，就已經身量頗高，容貌俊秀，面容白皙。而身旁那個青衫如竹、長髮微繫的高挺男子，自然就是諸葛暮雲想念了許久的唐虞了，沈穩冷靜的表情，淡漠清逸的眼神，即使隔得頗遠，也能被他那種超然於塵世的氣度所吸引。

緩緩而行，兩人正交談著，表情輕鬆。可等他們看到了涼亭中坐著的諸葛暮雲和薄觴時，臉色均是一變，隨即對視了一眼。

先前，唐虞詢問了諸葛不遜上次去侯府別院做客之事，諸葛不遜言談之間對那薄觴很不以為意，也建議不要讓他接近子妤。可沒想到，一大早他竟巴巴的就來了，臉皮還真有些厚。

待得兩人步上水上棧道，諸葛暮雲這才主動起身相迎，嬌嬌然腰肢輕擺。「遜兒，昨夜宿醉，今兒個可舒服了些？」說著將弟弟和唐虞都帶到了石桌前，請兩人坐下。

諸葛不遜和薄觴點點頭算是打過招呼，答道：「多謝大姊關心，我沒事兒了，只是頭有些昏沈沈的，坐一會兒應該就好了。」

唐虞也頷首朝諸葛暮雲及薄觴點點頭，這才一揮衣袍坐下了。

「哈哈，諸葛少爺年紀不大，喝酒卻極是豪爽。昨夜一杯接著一杯，家父和我都覺得異常驚訝，佩服，佩服！」薄觴笑著恭維了諸葛不遜兩句，轉而看向了唐虞。「唐師父，怎麼就您一個人？子妤姑娘呢？」

唐虞臉色不變的微微一笑，語氣卻顯得很淡漠。「她一介女子，自然不便拋頭露面。薄公子有什麼吩咐，直接告訴唐某便是。」

略一愣，薄觴竟仰頭又是一陣輕笑，那模樣極為狷狂。

雖然薄觴身分尊貴，但唐虞卻也絲毫沒有過於謙卑，反而出言問道：「怎麼，在下的話有這麼好笑嗎，竟惹得薄公子如此開懷？」

「當然好笑。」薄觴突然收起了笑意，眉梢一揚。「子妤姑娘可是個小戲娘，難道平日裡不是拋頭露面慣了的嗎？再說，她既然是女子，又為何住進諸葛少爺的園子裡？難道這樣也不算忌諱嗎？」

諸葛暮雲一聽薄觴所言，有些緊張地搶在了唐虞前面，啟唇道：「小侯爺，先前我不是解釋了嗎，子妤姑娘是跟著唐師父過來而已，切莫誤會什麼！」

「不過……」諸葛不遜倒是開了口，神色似笑非笑，仍舊是那副不疾不徐的模樣。「即便我請了子妤姑娘過府做客又如何？就像我父親請您和薄侯過來做客一般無二。來者都是客，可怎麼到了薄少爺口中，就變得那樣輕浮齷齪呢？」

不想因為子妤或者自己而得罪這薄觴，唐虞見諸葛不遜語氣不善，主動插話道：「子妤是唐某的弟子，加之一個月後就要去前院登臺唱戲，為了不耽誤她練功，所以不得已才讓她跟來相府。如此解釋，相信薄公子已經聽過數次，至於您信是不信，其他人也左右不得。但子妤是個女子，名聲要緊，還請薄公子說話的時候尊重一二。」

「尊重，尊重，當然尊重！」薄觴見氣氛不對，這三人竟都在為那花子妤說話。小小戲娘，卻有如此魅力，心裡更是多了幾分探究和興趣，遂又說道：「我只是對子妤姑娘頗為想念，上次在侯府別院一聚，也沒能多聽聽她唱戲，這次有機會，自然想見見，卻是我急了，還請唐師父見諒。」

話雖如此，薄觴的表情和眼神卻還是有著淡淡的不屑，特別是對著唐虞，從不曾把他看在眼裡；也不過是個戲班的師父罷了，竟在自己面前擺譜，若不是諸葛姊弟在場，他是連半個字都懶得解釋的。

任那四人在湖心小亭各自存了不同的心思虛應以對，子妤終於也醒來了。

發現天色已經有些晚，趕緊翻身下床，推開窗戶看唐虞離開沒有，卻一眼瞧見那巧思正倚在門廊的立柱上，俏臉緋紅，一副嬌思羞赧的樣子。

「咳咳。」

子妤咳了兩聲，這才引得巧思回神過來。「姑娘醒了啊，奴婢這就伺候您梳洗更衣。」說著已經趕緊走了過來。

將門閂取下，讓那巧思進屋，子妤問道：「唐師父呢？」

「孫少爺和唐師父去了湖心小亭那兒，說等姑娘用過早膳就過去。」巧思一邊俐落鋪床疊被，又進出一趟端來熱水替子妤梳洗。「姑娘換好衣裳就先用飯吧，也不用著急，反正孫少爺一夜宿醉，今兒個早上起來還頭昏腦沈的，應該暫時不會去應酬薄侯和薄少爺了。」

子妤想起昨夜諸葛不遜醉得那樣，說不擔心卻是假的，但又不好表露，免得這巧思誤會，隨口淡淡地問了句：「你們孫少爺沒事兒吧？」

「孫少爺也真是的！」巧思甩甩頭。「他平日可沒那樣牛飲過，也不知昨夜什麼事兒惹了他。奴婢聽前頭伺候宴席的姊妹說，好像那薄侯對孫少爺頗為滿意，興許是因為樂了吧！」

子妤才不信，諸葛不遜多半是因為鬱悶才借酒消愁吧。雖然他們幾個從小就相熟，但對於薄鳶的病弱和驕縱，他好像不是很喜歡的樣子，從來都冷淡相對。這次薄侯過來考察他，他怕是巴不得被對方看不滿意才是。

「姑娘穿這套衣裳可好？」巧思說著，已經替她從衣櫥裡取了一條淡青色的裙衫出來，領口和衣襬繡著團花，看起來既清爽又得體，而且是極輕盈飄逸的葛紗料子，倒也適合在夏季穿著。

點頭，對於自己穿什麼，子妤並不怎麼在意，走過去在巧思的伺候下換了這身衣裳。

「姑娘腰肢好細呢，奴婢真羨慕！」巧思嘴甜是真，可子妤穿上這身衣裳好看也是不假。等用過早膳，收拾妥當，子妤便帶著巧思前往小液湖。

章一百二十六　舊詞新曲

潤玉園裡因有一方頗大的小液湖，所以顯得並沒有那樣燥熱，反而處處均是綠樹掩映，空氣濕潤，吸入體內讓人有種神清氣爽的愜意之感。

昨夜被薄觴撞見後，唐虞卻是幫著自己和諸葛暮雲理論了一番，心中大為坦然，子妤也不用再遵從先前的諾言只能待在屋中，終於可以自由行動。難得憋了兩日沒有來到湖邊耍樂，這時遠遠看著那一池碧色，心中也浮起了淡淡的歡喜。

看來這次相府之行確有收穫，至少讓自己和唐虞之間的關係變得微妙緩和了，若是再多單獨相處一段時間，兩人能更進一步也說不定！

想到此，心情越發的輕鬆起來，子妤忍不住張口唱出了昨日新作的小曲兒。

「一曲新詞酒一杯，去年天氣舊池臺，夕陽西下幾時回？無可奈何花落去，似曾相識燕歸來，小園香徑獨徘徊……」

身邊的巧思側耳仔細聽著，臉上從意外到驚喜，似是想到了什麼，面上微微泛著紅暈。直到等子妤停下來，才趕忙趨近問：「姑娘，您剛才哼唱的這歌兒，曲調很是熟悉呢？」

默默含笑，子妤點點頭。「這是唐師父時常吹的曲子，我們戲班一個月之後有小比，得按曲作唱，所以聽見了就隨口合著唱兩句。」

巧思一聽果然是唐虞曾吹奏的曲調，羞怯之下，紅著臉要求道：「能再唱給奴婢聽聽嗎？」

「沒問題！」只是唱唱曲兒罷了，對子妤來說並沒有什麼，美景在前，樂得哼著歌兒去見唐虞和遜兒，便清了清嗓子，又輕聲哼唱起來。

這首〈一曲新詞酒一杯〉的歌詞，本是子妤從前世所讀的《宋詞》裡借用的，只因內容和唐虞吹奏竹簫的曲調很有幾分契合，所以唱過一次便記在了腦中。

用新詞、新酒來對比去年的景致和情懷，最後點以「夕陽西下」的沒落傷感，整首曲子蘊含著一種物是人非的懷舊感，而在懷舊中又揉合著深婉的傷今之情。

這樣的曲調和歌詞，縱然歌者心情暢快，但聞者卻總能感到一抹悵然，浮起一絲淡淡的傷感。

人未到，歌已遠。

子妤清亮婉轉卻又略含著兩分縹緲悵然的歌聲從小徑處幽幽傳出，惹得小液湖上的四人均面面相覷，側耳仔細傾聽，目光也齊齊往那歌聲傳來的地方望了過去。

腔依柔調，音出天然。

當子妤一襲淡青色裙衫，哼唱著曲兒從湖對岸嫋嫋挪步而來時，就連諸葛暮雲也恍然間覺得，天地之間彷彿只剩下了那一抹輕盈怡然的身影，平日裡看起來極為普通的花子妤，且歌且唱時竟顯出了別樣的姿容氣質，讓人一見，便挪不開眼了。

身為女子，又素來自恃頗高，連諸葛暮雲都如此驚豔，更別說僅只見過一次子妤在貴妃壽宴上表演的薄觴了。

那種細膩婉轉的腔調，清遠飄逸的唱詞，配上子好高銚纖細的身姿和素顏如玉的容貌，這一切都彷彿渾然天成，聞之、見之，不禁怦然心動。

而唐虞看在眼裡，平淡如常的表情中含著些許驚喜，更多的卻是欣慰和讚揚。她的這首〈一曲新詞酒一杯〉，不但契合了自己簫音的意境，且有著淡淡傷懷的感慨在裡面，若是小比的時候能如此發揮，別說是青歌兒，就連金盞兒也絕沒有超越她的能耐。

倒是諸葛不遜神色如常，手指在白瓷茶盅上輕叩，半瞇著眼極為享受地側耳傾聽著，只是眼神偶爾掃過身旁的唐虞和薄觴，似乎在思考著什麼。

一曲唱罷，已走得近了，子好偶然抬眼，遠遠望去才發現湖心小亭中不只唐虞和諸葛不遜，竟還有兩個自己不太想見的人，於是腳步一滯，有些猶豫該不該過去。

哪知薄觴看出了子好的抗拒，不等她作出反應，已來到亭邊扶欄處，高聲喊道：「子好姑娘既來了，何不過來一敘。」

薄觴既然已經開口，子好自然不好裝作沒聽見地離開，雖然心裡是這樣想，但始終不禮貌，只好含著淺笑，一路緩步而去。

在四雙眼睛的注目下，子好半頷首，從水上棧道徐徐而來，衣襬輕揚間姿態憐人，恍然讓人有種脂粉不施猶自美、風流宛似玉女神的感覺。

還未走近，薄觴已經主動迎了上去。「姑娘小心些，昨夜更深露重，木棧濕滑。」說著，竟伸手去挽住了子好的手肘處。

諸葛暮雲見薄觴態度如此曖昧，心裡震驚不小，尋思著他到底和這花子好有什麼關係。

原以為她只是個名不見經傳的小戲娘罷了，如今這小侯爺如此以禮相待，倒不好隨意看低了她，保不準哪一天也搖身一變換個身分。

唐虞也眉頭微蹙，看著薄觴逐漸靠近子妤，抑制住了內心欲上前隔開兩人的衝動。

子妤並未注意其他人表情的微妙變化，眼看薄觴欺近，巧妙的一個側身，將巧思讓到兩人的中間擋住，掩口一笑，福禮道：「小侯爺不必客氣，子妤不是那等柔弱纖細的女子，還能自行走路的。」

說完，朝著諸葛暮雲略微頷首福禮，恭敬地道：「見過諸葛小姐，見過諸葛少爺。」

「過來坐！」諸葛不遜見薄觴吃了個小癟，臉上一笑，讓出了自己和唐虞之間的位置，上前邀了子妤過來坐下。

巧思見狀，也主動奉上一盞新茶，隨後便端立在子妤的身邊，一副伺候她的丫鬟模樣，讓諸葛暮雲和薄觴心裡都起了不同的疑惑。

諸葛暮雲只當這花子妤表面謙卑恭順，暗地裡仗著和遜兒有幾分關係，便使喚自己府裡的丫頭，輕薄樣兒越發地讓人厭惡了！

薄觴則玩味地看向了諸葛不遜，更加證實心中猜測。暗道：若非這諸葛少爺愛慕此女，又豈會以主母身分相待，還安排個丫鬟隨身伺候，且看這丫鬟，一身衣裳和裝扮也是不俗，定不是粗使的，應是有幾分體面的大丫頭；可看她對待子妤的態度，不過一個戲伶罷了，竟恭敬如此，不得不教人懷疑！

不過越是這樣，薄觴就越覺得有趣。一招手，身邊的小廝哈腰點頭，轉而竟主動走到了花子妤的身側，屈身恭敬地呈上手中托盤。「子妤姑娘，這是我家少爺贈與姑娘的禮物，請笑納。」

說完，小廝右手一拉，露出了猩紅絨布下的東西。

五色紗絲絹花一對兒，羊脂白玉簪子兩支，祖母綠掛珮一件，這幾樣東西雖不是頂貴重，可琳琅滿目的擺在托盤中，映著初升的太陽，倒也耀目刺眼。

子妤看著捧在面前的托盤，疑惑地問：「小侯爺這是何意？」

「不是什麼稀罕的東西，希望姑娘喜歡。」薄觴見子妤看著那托盤，卻不讓身後的丫鬟接過去，悠悠然地解釋道：「也不知道這些東西的折價夠不夠請子妤姑娘出一場堂會，若是不夠，只算打賞，之後便補上例銀。」

「小侯爺的意思，要請我過府唱戲？」子妤總算明白了，又低頭掃了一眼那托盤中的各色珠寶首飾，並未一口拒絕。

「姑娘只猜對了一半，」薄觴見子妤沒有抗拒，笑道：「如此碧湖美景，若能聞得姑娘開口一唱，定能給這無邊水色更增光彩！」

薄觴此舉，倒叫子妤有些不知所措。

按理，對方許與重金，只是為了請她唱戲，作為戲伶，就算對他本人不太喜歡，也要謹守德操，不能沒有理由就隨意拒絕。但薄觴竟要自己在這兒就開唱，確實有些彆扭，這兒畢竟是相府，還是諸葛不遜的園子，若答應了豈不有些無禮？

想著，子妤抬眼看向了身邊端坐的唐虞，想從他那兒徵詢自己該如何做。

唐虞也側頭看了一眼子妤，對她微微一笑，轉而起身，朝著薄觴拱手道：「多謝薄公子厚愛，但子妤並非瘦馬，而是官家記名的戲伶，豈能隨意擺開陣勢唱戲。若公子說笑，那倒無妨；但若是認真想請子妤過府唱堂會，還請稍等一、兩月的時間，因為戲班裡送來的帖子已經排到九月去了。還望薄公子見諒！」

又是這樣不卑不亢、毫不服軟的態度，唐虞一席話說得有理有據，挑不出半點錯處。

「本公子親自相請，難道貴戲班也不給個面子嗎？」

薄觴說話間雖然唇角仍舊含著笑意，眼神卻透出一股冰冷的意味，一揮手讓小廝退下，卻也不理唐虞，轉向子妤望去。「姑娘身為戲伶，怎好拒絕看客，若是傳出去，豈不名聲大壞？不明就裡的，還以為妳耍排場呢！」

不想看著大家翻臉，子妤忙朝那薄觴展顏一笑，主動起身來，福了福禮。「小侯爺看得起子妤邀請出堂會，這本是榮幸之至的事，豈有拒絕的道理。但您剛才也聽唐師父說了，送帖子邀唱【木蘭從軍】的就有不下十位看官。若是小女子作主答應了您的請求，豈不是對這些客人不公？還請莫讓子妤為難才是。」

就知道這丫頭嘴上伶俐，薄觴聽了她親自解釋，倒也挽回了幾分面子，乾脆道：「無妨，反正我也會一直待在侯府別院，回頭便送上帖子去戲班。」說著，薄觴突然轉向了唐虞，略抬高了下巴，一副傲色。「這下，唐師父沒話說了吧？」

面對薄觴如此態度，唐虞也沒有介意，只是含著淡淡的笑意點點頭。「多謝薄公子通達曉理，在下代花家班謝過了。」

「對了！」薄觴又朝小廝使了眼色，朝子妤笑道：「還請姑娘先收下訂金，也讓我在諸葛小姐和諸葛少爺面前不失了這分薄面。」

「既然如此，那小女子便卻之不恭了。」子妤樂得如此，讓巧思代自己收下了。反正戲伶唱戲，除了必要的例銀，打賞則是看主客的心情而定，不論高低，都是收得的，倒也不介意這區區幾樣珠寶首飾。

章一百二十七　不情之請

薄侯一行人在相府做客三天，最後一夜的歡送宴會就在今日。

大清早，諸葛暮雲陪著諸葛夫人親自來到了潤玉園。先是和唐虞聊了一會兒諸葛不遜學習竹簫技藝的事，然後才提出要求，想請子妤在晚宴上幫忙唱一齣堂會。

具體細節，唐虞自不好多問，但既然諸葛夫人親自前來相邀，實在無法拒絕，只好點頭答應，但也解釋說因事出突然，準備不周，再加上子妤之前並無更多登臺經驗，若是演出不盡滿意，還請諸葛夫人多多包涵。

對於唐虞的顧慮，諸葛夫人卻笑著擺擺手，說她也曾在諸葛貴妃的壽辰上看過子妤演那一齣【木蘭從軍】，表演出色讓人印象深刻。而且今夜的宴席不過是家宴，與其大張旗鼓去戲班請了戲伶出堂會，不如就請正在相府裡做客的子妤姑娘幫忙助興一二，總之例銀和打賞是不會少的。

一旁相陪的諸葛不遜也幫著稱讚了子妤幾句好話，既然如此，唐虞點點頭，表示將和子好商量一下到底唱什麼段子合適，稍後報上曲目給相府管家，這才恭送了諸葛夫人離開。

小院子裡，子妤正倚在門口，隨意翻看手裡的詞集，院門外傳來一陣腳步聲，輕輕緩緩，不疾不徐。

子妤微微一笑，聽出這腳步聲必是唐虞回來了。

今日唐虞並未穿尋常那件竹青色的長袍，只一身點染了墨竹葉的雪色衫子，越發顯得氣質清高，冷冷獨幽。

進了院門，見子妤倚在門廊邊看書，便迎上前去。「子妤，我有話說與妳聽，跟我進屋吧。」說著，不等子妤答應，已經邁步推門進屋了。

放下詞集，子妤起身來理了理後背的衣裳，隨著唐虞進了屋。

「關上門吧。」唐虞自顧斟了一杯不冷不熱的茶入口，這才示意子妤過來坐下，並為她遞上一個杯盞，同樣斟滿了茶。

「可是諸葛夫人有什麼吩咐？」子妤過去替唐虞把窗戶推開，迎了些風進來，又在門口點燃一支薰香，免得飛蟲蚊蠅進來擾了。

沒想到子妤一猜就中，唐虞無奈地點點頭。

見唐虞點頭，子妤樂得移步過去端坐在他對面，替他又斟了一杯茶。「諸葛夫人既然親自前來，肯定不會單只詢問遜兒的絲竹功課。說吧，她有什麼要求，或者什麼誤會不成？」

想了想，唐虞也不隱瞞，直接將諸葛夫人的請求說了出來，並仔細看著子妤的反應。

「請我唱戲？」子妤有些意外，但更多的卻是驚喜。「諸葛夫人怎麼說的？她可覺得我唱得還好？」

唐虞肯定地道：「上次貴妃壽宴，妳的表演不落俗套，清新有趣，一眾賓客可都是記得的，諸葛夫人自然也印象深刻。」

「真好，我是極願意的。」子妤覺得這機會甚好，既然承蒙對方看得起自己，而非薄觴那般別有用心，當然是極為樂意的。

唐虞試探性地問了一句：「是在為薄侯送行的宴會上表演，妳不介意？」

「無妨的。」子妤擺擺額首，雖然有些不喜那薄觴，但請自己唱戲的是諸葛夫人，又不是薄觴，並無什麼關聯，遂道：「就是不知道唱什麼段子才好。若是【木蘭從軍】，還得立馬招了子紓和止卿過來，或許有些來不及了。」

「諸葛夫人倒沒說要聽哪一齣，不過若是能演【木蘭從軍】自是最好的。」唐虞想了想，心中已有決定。「不如這樣，我來演韓士祺，咱們只取後面一段〈三試木蘭〉，不用武戲，我也能勝任。」

子妤一喜，當即就點點頭。「若唐師父肯親自上陣，自然是最好了，但是這一段也有些將軍的戲分，雖然只有幾句唱詞，若取消了，有些無法承上啟下，難以過場，可怎麼辦？」

「這個簡單。」

這時，窗外竟傳來諸葛不遜略顯細潤的聲音，子妤趕緊起身來開門，將他迎進了屋子。

「今兒個不是薄侯在相府做客最後一日嗎？你怎麼不去作陪，反倒溜回來和我們說話了？」

諸葛不遜得意一笑。「我若不回來，怎麼能聽到你們的商量，又怎麼能兩肋插刀、雪中送炭呢？」

「說那什麼話？」子妤沒聽明白，一邊給諸葛不遜斟茶，一邊說道：「你又不能唱子紓的角色，算什麼雪中送炭、兩肋插刀！」

唐虞倒是聽明白了諸葛不遜的話，再看他笑得自有深意，不禁道：「諸葛少爺難道真想要代替子紓上場？」

「同行十二年，不知木蘭是女郎……」諸葛不遜竟以直接行動代替了回答，脫口唸出這句唱詞，還頗為清朗動聽，嗓音圓潤。

見子妤和唐虞面面相覷，一副又意外又猶豫的樣子，諸葛不遜淡淡一哼。「不就是這句唱詞嗎，我看過兩遍你們演這一齣【木蘭從軍】，若只演這第三折，自是不難！」

「唐師父，你看？」子妤有些愣住了，從沒想到諸葛不遜竟也能登臺唱戲。雖然只是一句唱詞罷了，但畢竟是正經場合，還有些拿不定主意，擔心到時候出什麼變故。

仔細想了想，唐虞並沒有作決定，看著諸葛不遜，認真地問道：「府上是否會介意諸葛少爺您親自登臺？」

揮揮手，諸葛不遜毫不在意地道：「這個唐師父就放心吧！我自小就喜歡吹拉彈唱的這些玩意兒，府裡長輩哪個不知道。這次替你們助陣，不過玩票罷了，無論是父親還是母親，都不會說什麼的。倒是爺爺那邊有些麻煩，可他臨時被姑奶奶召進宮談事情去了，或許深夜才能回來呢。到時候大家都睡下了，他就算知道也晚了。不妨事的！」

聽得諸葛不遜此言，唐虞並無懷疑，反倒鬆了口氣，樂得不用再費心思去接了子紓過來，便道：「既然諸葛少爺能保證，那唐某也不必多慮，我們三人這就一起合合戲。雖然是臨時起意，但也不能怠慢，免得砸了花家班的名聲。」

「是，唐師父！」子妤立馬答應了，心中可是很期待能和唐虞演對手戲，素來沈靜的目光也變得晶瑩閃閃，含著幾絲興奮。

見這師徒二人並沒有異議，諸葛不遜也暗地裡舒了口氣。

先前他還有些怕唐虞顧慮太多而拒絕自己。要知道，這可是他想了許久才想出來的唯一法子，到時候讓薄侯看到未來女婿竟在戲臺上唱戲，如此意外，想來那薄侯定是無法接受。

這還是諸葛不遜通過多方打聽，才終於找到了薄侯的忌諱。

當初他納劉桂枝為妾，就引起議論紛紛，戲伶身分雖不至於低賤，但始終是配不上皇親國戚的，所誕下的女兒薄鳶雖然被封了郡主，劉桂枝卻始終只能是妾室，並未給她一個侯府側妃的名分。

自此之後，叱吒一方的薄侯便對「戲伶」二字有些敏感。若是看到未來女婿也沾染了這些「咿咿呀呀」之事，想來一定引發他藏在內心深處的忌諱，一氣之下主動取消婚事也說不定。

即便對方顧忌自己的爺爺不便當場發作，離開之後也會找個藉口取消了婚事！

如此盤算，既不會傷了子好或者花家班的名聲，又能藉此氣一氣那所謂的「未來岳父」，實在是一箭雙雕的好計，讓諸葛不遜忍不住越發得意地笑了起來。

唐虞自是不知這諸葛不遜打的如意算盤，安排道：「好了，咱們直接去湖心小亭上練習吧，另外，還請諸葛少爺派人去一趟花家班，取來戲服和道具。」

「唐師父，不如咱們用清唱的！」諸葛不遜可不想畫張花臉，到時候可就不容易被薄侯發現了，便建議道：「反正是家宴，又是我母親來請了唐師父和子好幫忙熱熱場子，不如就便服上場，不帶妝，不用樂師，只清唱即可。想來，也別有一番趣味。」

子好看向了唐虞，對諸葛不遜的提議並無多大意見。「這倒是新鮮，就是不知於禮數相不相合？」

略想了想，唐虞說道：「按戲班戲伶出堂會的規矩，首先要班主簽了送請的帖子，並報上曲目和參演的戲伶，以及例銀的檔次等等，才能成行。如今是諸葛夫人過來相請，並沒有走先前的流程，若是清唱的，倒也更為合適。」

諸葛不遜的臉上出現了少見的激動神色。「那就這樣，咱們去練習吧！讓巧思守著園子大門，不許人進來打擾便是。」

「走吧，小半天的時間應該就夠了。」唐虞點頭，看了子好一眼，三人便一同出了房間。

且說亭中三人練了一會兒，基本磨合得差不多了，就只是諸葛不遜上臺走位，語氣神態等還需要再琢磨。

看在唐虞眼裡，這諸葛不遜簡直就是天生而善戲曲的人，無論是腔調還是唱法，俱是一點就通，不過短短半個時辰的練習，已經能入得了眼了。

只可惜這樣的好人才，卻是右相親孫，要讓他真正登臺唱戲那是絕無可能的，否則，說不定一代名伶就此誕生。

子好端了茶一一遞給唐虞和諸葛不遜，取了把團扇來打著。「這天氣裡，若不是身在湖上，不知道要熱成什麼樣子呢。」

諸葛不遜喝下半盞溫茶，頓覺舒服了許多，言笑道：「妳覺得我園子好，不如每年夏天都和唐師父過來避暑。」

「好啊！」子好樂得當即就答應了。「只是你得送上名帖，免得班主不放人。」

「子好……不得無禮。」唐虞輕聲提醒了一下，眼神溫和地望向了湖面，也對這幾日來在潤玉園中的閒適日子很是喜歡。但諸葛不遜所提，每年夏天都過來暫住，這實在是想像而已，極難成行。

或許從唐虞的表情中看出了些什麼，子好和諸葛不遜相對一視，臉上原本微微的笑意也逐漸收斂了起來，意識到這不過是片刻的偷閒罷了，畢竟身分不同，無法永遠都這樣在一起唱戲品茶的。

這一時片刻，小亭內竟安靜如許，只聞得徐徐微風掃過湖面，纏綿著飄了進來，拂在臉上，清涼中有著淡淡的溫熱感覺。

章一百二十八　迎玉開園

入夜，聒噪的蟬鳴聲被溫柔的蟈蟈叫所取代，迴蕩在空曠的院落，憑添了幾分熱鬧。

右相府的迎玉園燈火如晝，丫鬟、小廝來來往往，雖說是家宴，一點也不顯得清冷寒酸，反倒一派富貴繁華之象。

唐虞和花子妤在潤玉園裡用過晚膳，也只是一碗清粥和兩樣小菜罷了，免得臨唱戲時身體不適。眼看時候差不多了，巧思來報，說前頭諸葛暮雲派了個姓路的婆子來接，讓他們準備好就過去。

先前諸葛不遜就和唐虞商量好，他先去迎玉園陪客，等臨近他們上場的時候再到候場的屋子來會合，其他時候先不碰面，免得被人看到，晚上登場的時候沒了驚喜。

唐虞自不會懷疑什麼，只說讓他放心陪著薄侯一行人，等輪到他們上場時再來也不遲。

倒是花子妤有些暗暗的擔心，總覺得諸葛不遜看起來有些古怪，但仔細想來，又沒什麼不妥之處。

畢竟登臺唱戲對於許多富家子弟來說，並不算荒唐，只要喜歡，倒貼銀子去戲班唱的人也不少。依本朝風俗，戲伶身分並不低微，若是極紅的，甚至許多官家少爺、小姐們也多有追捧，甚為崇拜。

當初，一代名伶花無鳶便是箇中翹楚，上至皇親貴戚，下至坊間百姓，均多有她的追捧者，且因德藝雙全，死後也多有人憶想當年之勝景佳人。

換上一身顏色稍微深一些的墨綠雲紋長衫，唐虞不似以往只隨意將披髮束起，而是綰在頭頂成髻，用一支木簪別住，如此裝扮，顯得沈穩莊重了幾分。見花子妤還沒出來，便上前去敲了敲門。「子妤，走吧。」

收回對那個既陌生又熟悉的母親的回憶，推開門，子妤邁步而出，也是沐浴一番換了新衣。

因為是清唱，既不用帶妝，也不用穿戲服，若是按原先「花木蘭」的服飾來挑衣服，那未免顯得有些黯淡無趣。子妤便認真找來一件簇新的裙衫，極淡的紫色作襯底，深深淺淺的繡著紫菀花串，成片地綴在裙角和袖口，再加上腰間的紫色流蘇，這一身衣裳十分醒目好看。

頭髮也拜託巧思幫忙綰了個雙鬟髻，別上兩朵院子裡開得茂盛的紫菀花，一身上下呼應著，清麗秀美之感撲面而來。

只是子妤不喜黏膩，所以拒絕了巧思幫忙敷粉上妝的建議，只點了一朵極淡的梅花在額間，另描了一下眉形，看起來倒也多了幾分嬌豔嫵媚之色。

唐虞很滿意子妤的這身裝扮，點點頭，見她出來的時候似乎踩到什麼，身子稍微有些偏斜，忙過去扶了扶。「小心！」

巧思關了門過來，也扶著子妤。「姑娘忘了，這繡鞋還是新的，落腳的時候要仔細些，免得滑倒了可就不妙！」

唐虞聞言望了望，只見一截尖尖金蓮從裙襬間露了出來，是極青翠的顏色和花樣，越發襯得她嬌憐若芙，清濯如荷。

「罷了，你們都扶著我，又不是千金大小姐的。」子好有些羞赧地掙脫開兩，忙道：「等會兒還得穿著這雙繡鞋上臺呢，這會兒不走動走動，等上了臺再摔倒就丟人了。」

唐虞鬆開了手，看著她腰肢輕擺小心翼翼的樣子，不禁也莞爾一笑道：「那我們走慢些，妳小心腳下。」

巧思也依言鬆開了手，將行燈點燃提好，在前照亮著一路來到院門口，跟隨接引的婆子往迎玉園而去。

「呀，那位唐師父果真來了，快看快看！」

一群衣著鮮亮的丫鬟們湊在一塊兒，本是想趁著主子們參加夜宴家席的工夫出來躲懶，可見著了那抹墨綠色的身影後，都一時間呆住了。

唐虞身上這衫子衣料垂墜，顏色又是略深的墨綠，將其略微偏瘦的身材顯得更為挺拔清雋，加上腰中別著的一截竹簫，看起來就像是林中仙人款款而來，撥雲散霧，終於在這群丫鬟前露出了真面目。

而旁邊的子好經過裝扮，看入那些個眼高的丫鬟眼裡，也交頭接耳道：「不是說那戲娘的模樣只是清秀嗎，如此看來，倒也恬雅柔然，不失大家氣度。果然是曾在宮裡登過臺的，有幾分別樣出塵。」

領著唐虞和花子好，前頭的巧思見不遠處圍在一處使勁打量的姊妹們，將頭一抬，腰一挺，與有榮焉似的，步子也邁得大了些，還回頭挨著唐虞柔聲道：「唐師父小心腳下，這邊請。」

如此情形，看得那些個丫鬟們嫉妒極了，直扯著帕子低聲埋怨道：「憑得那巧思運氣好，竟被孫少爺又召了回去。看看，日日陪在那神仙一般的人物旁邊，怕是早就熟稔了吧，真是羨煞我等了！」

當然，這廂一心琢磨著等會兒演出的唐虞和子妤都不知道那邊丫鬟們的熱鬧，只跟著引路的婆子繞過一方迴廊角，從側門進入了迎玉園。

「唐師父，子妤姑娘，候場的地方就從這兒進去，老婆子就不帶路了。」那婆子停下腳步，伸手指了指這迎玉園前頭飲宴的那方大殿，旁邊一個抱廈，看得出有一條迴廊連接在大殿的側門處。

「多謝路婆婆。」巧思嘴甜地送了那婆子離開，見四周燈柱連連，一口吹滅了行燈。「請跟奴婢來，前頭就是了。」

進了屋子才發現，這抱廈裡的裝飾也是極為精巧的，孔雀翎的羽扇屏風遮在連接側殿的小廊前，一整套的湘繡抱枕、靠墊、坐榻，均以四喜富貴為題，點以雀翎的紋樣，整間屋好像是那鳳凰仙子的居處，很是耀目貴氣。

巧思迎了兩人進屋後，趕忙吩咐在抱廈裡伺候的小丫頭上茶，這才瞧了瞧那方屏風。「此處原本是女客們喝了酒休息的地方，屏風過後有一條小道直接連通大殿，估摸著舞臺就在那裡，待奴婢先去問問看幾時登臺，還請唐師父和子妤姑娘先稍作休息，等候片刻。」

原來是給女客歇息之所，怪不得均以鳳鳥等圖案來點綴著屋內，子好暗嘆了一聲「奢侈」，接過了小丫頭遞上的茶，朝她一笑。「敢問這位小姊姊，今兒個除了我們，還有誰會獻唱啊？」

小丫頭忙上前福禮道：「奴婢叫香兒，姑娘這般稱呼就好。今夜除了你們，倒還真有其他戲班子的人過來了。聽說是……對了，是個叫小桃梨的戲娘！」

「小桃梨！」

唐虞和子好一聽，面面相覷，一時間也不知道該說什麼，都看出了對方眼底的一抹意外。

章一百二十九　碎語閒言

真是沒想到，當初在貴妃壽宴上比過一場，因得子好甲冑滑落而草草下臺，佘家班便放出話來，不承認自己贏過了花家班，還說讓小桃梨什麼時候再和花家班的人較勁，一定要比出個高下。

當初子好和唐虞聽了都一笑了之，以為這又是佘家班的招數，想要顯出自家的大度，在名聲上又多爭些叫好聲。

卻沒想，不過幾天的時間，子好和小桃梨倒真又有了機會遇上，著實有些巧合。

雖然對方從來是一人獨身登臺慣了，子好這廂卻不會為了所謂的傳言真就單獨上場和那小桃梨較勁兒。按照先前和唐虞商量好的，子好只心平氣和地端坐在扶椅上，一邊隨意地品著茶，一邊回想著等會兒要唱的詞。

唐虞則是取出一張細布，沾了點兒茶水，擦拭著手中的竹簫，對小桃梨之事不提不問，看來也是並未放在心上的樣子。

不一會兒，門簾子動了，進來一個身量有些豐潤的女子，容長臉兒，很有幾分風情，雖然梳了婦人頭，卻掩不住那股清秀感，見其裝扮，倶是體面得很。

只見她掃了一眼屋裡，冷冷道：「香兒，等會兒小桃梨姑娘就要來了，妳可千萬別怠慢了。」

「是，奴婢知道了。」香兒趕忙上去答了話，又目送著那婦人出去，這才回來屋子裡，看樣子鬆了口氣。

見唐虞和子妤都看向自己，香兒笑著解釋道：「柳嫂子以前是老太太屋裡的人，後來跟了咱們老爺，一直伺候得極好，在夫人沒進屋前大家都以為她將來要做姨娘的。後來夫人嫁入相府，這位柳嫂子卻被老爺指給了一位親信長隨，不過這樣也好，夫人也極信任她，是身邊得寵的。平日裡她專門管教府裡的小丫鬟，所以剛才奴婢見了她有些怕怕的，還望唐師父和子妤姑娘別見笑就是了。」

對於相府裡的人情世故，唐虞和子妤都不太感興趣，聽了香兒的解釋便沒再關心什麼了。

只是聽那柳嫂子說，小桃梨馬上要到了，子妤不由得放下了手上的茶盞，往那門簾處看著，心想她今夜不知要演什麼，倒有些微微的期待。

不一會兒，門簾微動，露出一襲煙色裙角和一隻彎彎金蓮，下一刻，隨著一抹粉色身影掀簾而進，一陣香風也跟著拂了進屋。

子妤這還是第一次正面靠得如此近地打量這個宗家班的傳奇名伶。

膚爭瑞雪三分白，韻帶桃花一段香，不過十四、五歲的年紀，這小桃梨就已經出落得極為水靈，一顰一笑間充滿了少女姿態的嬌羞和成熟女子的媚態風致；特別是側髻斜插的一支鑲嵌珍珠碧玉簪子，隨著她腳步晃動，更映出了她俏麗動人的一面。

怪不得她能獨自在戲臺上唱滿場而讓看官們不覺煩悶，無論她怎麼唱，唱什麼角色，都能刻劃得入木三分，引人入勝。

「咦……」小桃梨進來後也一眼看到了唐虞和花子好，目光變得有些興奮起來，挪步過去，上下打量著，粉唇微啟問道：「這位姊姊可是花家班的？」

「正是。」子好點點頭，沒想到小桃梨認出了自己。「在下花子好，得見小桃梨姑娘，實在有幸！」

「姊姊好客氣，與外界傳聞的有些不一樣呢。」小桃梨掩口一笑，露出幾分小姑娘家的姿態來。

見這小桃梨笑意促狹，子好有些茫然。「什麼傳聞？」

接過香兒遞上的茶盞，小桃梨喝了一口，又招手讓跟著的兩個丫鬟放下東西細軟，這才聲如軟糯地道：「聽水仙兒姊說，妳在花家班仗得討好了唐師父和諸葛右相的曾孫，竟從一介婢女搖身一變成了五等的戲伶。看來和唐師父關係好不假，和右相曾孫相熟也是不假，就是看姊姊這麼秀氣雅怡的模樣，和那些個『心思深沈』、『陰險狡詐』的詞兒實在挨不上邊罷了！」

小桃梨小嘴兒翻得真快，一席話說得子好不知道她是在誇自己呢，還是在罵自己。不過看她樣子，頗逗人喜歡，心裡也放鬆了兩分，笑道：「妳也是有意思，和我原先想的不太一樣。」

「原先想的是什麼樣兒？」小桃梨撲閃著晶亮的大眼睛，那表情有著說不出的嬌俏風流。

子好見了她這模樣跟笑意，總覺得和那《紅樓夢》中的晴雯丫頭很是相似，不由得格格一笑。「妳的名聲可是夠響亮了，雖然年紀小些，想來應該端端架子才對，可看起來卻不然。」

小桃梨略歪著頭，一副天真懵懂的口氣。「姊姊唱得也好，怎麼不端架子？」

「妳真覺得我唱得好？」子好有些高興，畢竟同行相妒，小桃梨又是箇中翹楚，能如此直白的表揚自己，實屬意外。

一旁伺候小桃梨的丫鬟終於受不住了，伸手輕輕拉了拉她的衣袖，似乎在示意，讓她莫要和花家班的戲伶如此親熱地說話。

小桃梨顯然也反應了過來，微微一笑。「不知姊姊今兒個唱哪一齣？上次在貴妃壽辰上那個開場的清唱可把我給看癡了，比起那些粉堆出來的假人兒，姊姊的真實率性更讓人喜歡。」

一番話說到最後，小桃梨還是忍不住讚了起來，惹得身後丫鬟連連翻白眼。

一旁端坐的唐虞見小桃梨如此率性，也對她有了幾分好感，起身來到兩人面前。「在下花家班唐虞，見過小桃梨姑娘。」

「唐師父好！」小桃梨起身來乖巧地福了福，臉上有些淡淡的紅暈。「其實我早認出了唐師父，就是有些不敢過來打招呼，還請唐師父莫要以為我怠慢了。」

唐虞擺擺手，淡淡一笑。「姑娘不必如此客氣。對了，聽說今日乃是相府家宴，並未準備請戲班子出堂會，怎麼小桃梨姑娘也來了呢？」

小桃梨一愣，隨即便答道：「實則今兒個出門的時候遇上了相府大管事，他認得我，問我夜裡得不得空，我本想推說有事，但想想右相府的關係還是得維繫著，便點了頭，就告訴他我得閒。那管事就塞了一百兩的銀票給我，說是幫忙過來唱一齣家宴，不算是出堂會。他暗示說薄侯在府上做客，他那二夫人雖然沒來，卻也不好明著點了戲伶來熱鬧。」

「原來如此。」唐虞聽她這麼一說，心裡想到了什麼疑竇卻又不確知，只好點點頭。

「我和子妤也是因為在府上做客，過來幫忙唱一齣罷了，倒和小桃梨姑娘的情形一樣。」

「早就聽說唐師父被諸葛少爺請過來做教習師父，也難怪能和子妤姊姊在這兒遇上。」小桃梨笑著掏出一張絲帕來拭了拭額角，又道：「等會兒姊姊可是還唱那一齣【木蘭從軍】？可只有妳一個人呢！」

「那是唐師父寫的新戲，他正好也在，就一併幫忙演了。」子妤簡單解釋了兩句，也想起來地問小桃梨：「妳準備唱什麼呢？」

「原是想唱一齣【桃花扇】，後來那管事的柳嫂子說不夠喜慶，準備改唱一段【玉簪記】中的折子。」小桃梨乾脆地答了，上下打量了一番花子妤和唐虞，反問道：「姊姊和唐師父難道也準備清唱？」

點點頭，子妤笑道：「本來就是順道給捧個場，戲班裡也不知道有這回事。若是穿戴整齊了去唱，免不了問起壞了規矩。就這樣便服清唱的，倒不失新鮮！」

「可巧了！」小桃梨掩口一笑。「我原本也是這樣想的。剛才進屋瞧見你們，還怕我一個人就這樣上去顯得不尊重，又不敢真的從戲班裡請來化妝師父和樂師，這下可好，咱們都便服上去清唱，俱是輕輕鬆鬆。」

「唐師父，子妤姑娘。」

三人隨意聊著，正說得愉快，見巧思姑娘從那孔雀屏風處急急走了出來，嘴裡嚷著：「前頭開始歇酒了，夫人吩咐讓你們準備好了就上場。」

香兒也忙過去福了福，張口道：「小桃梨姑娘也請準備著，等唐師父他們退下了您再上！」

「你們少爺呢？」子妤和唐虞倒沒什麼好準備的，可諸葛不遜還沒來，豈不是一齣戲少了個角色，怎麼演下去？

「哦，對了。」巧思抹抹頭上的細汗，忙道：「孫少爺在前頭候著呢，快請吧！」

唐虞將竹簫輕放在細布之上，對鏡理了理衣袍，又看了看子妤的服飾打扮，滿意的點點頭。「那好，我們就先走吧。」

子妤朝小桃梨一笑，這便跟著唐虞一起繞過了那方輝煌的孔雀彩屏，沿著廊下走了十來步，果然看到諸葛不遜端立在那頭，正朝這邊望過來。「好了，侯爺他們剛剛歇了一會兒酒，該輪到咱們上場了！」

見諸葛不遜神色間略有些緊張，唐虞先前那股淡淡的異樣感又冒了出來。正想開口問什麼，正好聽見那位柳嫂子隔了簾子淡淡說道：「唐師父，子妤姑娘，準備好了就上臺吧。」

第一百三十章　暗藏玄機

〈三試木蘭〉本是【木蘭從軍】中壓軸的一折，挑出來單獨演也是極有看頭的場面。

且說便服清唱登場的花子妤和唐虞，兩人均是極俊秀清朗的人物，光是上了臺，還沒開唱就足以讓人滿眼生輝，目不轉睛。

那些個小丫鬟們更是癡癡地往那一抹修長清俊的墨綠色身影看去，手裡攥著的香帕，已是被絞得全縐了，顯出心中又是愛慕又是嚮往的心思來。

而那薄觴也在席中端坐，見了花子妤在臺上脂粉不施卻猶帶嬌媚，越發心癢了起來，原先本是玩笑的念頭如今也滋生茁長了，總覺得她和一般女子不一樣，是極特別的。

這一折〈三試木蘭〉，戲文內容不過是韓士祺發現了些端倪，先是邀請花木蘭一起下水，此為一試；後說回家將妹子嫁給花木蘭為妻，要她答應，此為二試；最後一試，則是指著一隻母兔子說雌雄難辨，問木蘭能不能猜出來。

「雄兔腳撲朔，雌兔眼迷離；雙兔傍地走，安能辨我是雄雌？」

演到此，子妤所扮的花木蘭側開身子，面帶嬌羞唸出了這一句心裡獨白，一旁唐虞所扮的韓士祺則朗聲一笑，唸道：「也罷也罷，等我們凱旋回鄉，定帶上妹子去木蘭家相看相看！」

兩人在臺上換過身形，圍攏走了兩圈步，算是一個過場。

子好來到前邊，將纖手揚起在鬢側撫了撫，露出了與先前全然不同的嬌羞姿態，糯糯地唱道：「開我東閣門，坐我西閣床；脫我戰時袍，著我舊時裳；當窗理雲鬢，對鏡貼花黃……」到此一頓，眼眸掃著場下一轉，腰身一扭做了個推門而出的動作，復又開口唱道：「出門看夥伴，夥伴皆驚忙！」

扮作韓士祺的唐虞一見此景，頓時表情愣然，圍著換回女兒身的花木蘭走了兩圈，不停地上下打量，眸中透出又是驚又是喜的情緒來，感染了臺下仔細觀看的眾賓客，惹得大家俱是悵然一笑，笑這韓士祺「公母雌雄」也分不清。

聽得臺下看客有了反應，唐虞這才收起誇張表情，茫然地抬手拍拍腦袋，復又朝臺側的簾子鞠身恭請道：「將軍，你且來看上一看，這到底是木蘭兄弟，還是木蘭兄弟的妹子啊！」

臺下賓客都只當這齣戲就只有唐虞和花子好兩個人演，卻沒想這時候竟還有人要上場，俱睜大了眼睛，往臺側的簾子處看去。

簾動，一截青色皂靴露了個頭，緊接著，一身絳紫錦服的諸葛不遜終於站到了臺上。清潤含水的眸子朝著臺下一掃，果然見得從右相到薄侯，從母親到姊姊，無一不是愣住了，只怔怔地看著自己踱步上臺，連阻止的動作都沒有，樂得諸葛不遜捏了嗓子，輕輕唱道：「也罷也罷，同行十二年，不知木蘭是女郎！」

這一唱，可真把臺下諸葛家的各個主子丫鬟、客人小廝們俱都大為一驚，想來自己眼睛沒花，那端立在戲臺上的人正是諸葛不遜！

不過富貴人家的公子們上臺玩票也並非太荒唐的事兒，因此才剛自宮裡匆匆趕回來的諸葛長洪也只狠狠瞪了孫兒一眼，就打了個哈哈，招呼端坐在身邊、一臉詫異的薄侯解釋道：「這小傢伙平日裡倒也聽話，就是喜歡時不時唱上兩句。小孩子家鬧著玩一玩罷了，薄侯不理他就是。」

這話要是說給尋常人聽，或許笑笑也就過了。可薄侯心裡對那「戲伶」二字本是如鯁在喉，眼看著未來的女婿竟當著他的面登臺亮相，心裡的滋味可不是三言兩語能說得清楚的。

原本心裡就對這個生得過於俊俏的諸葛不遜有些不滿意，嫌他沒有西北地方的男人那麼有氣概，如今又知道了他喜歡那些個「咿咿呀呀」的玩意兒，薄侯臉上的臉色雖說沒有當即垮了下來，卻也越來越難看了。

且說戲臺上，諸葛不遜離下頭首座不遠，瞧著那侯爺努力按捺著吹鬍子瞪眼的樣子，心裡就樂翻了天，不由得走步繞場，演得更加賣力起來。

而這一折〈三試木蘭〉唱到這兒，也該是花木蘭與韓士祺雙雙靠攏，吐露心聲的時候了。

此處經過唐虞的精心設計，原是不用言語，不用唱詞，只需要扮演花木蘭和韓士祺的兩人走近了，用眼神表情來收尾就好。將真意蘊含在脈脈不語之中，反倒比那些熱鬧收場多了幾分雅韻，是極好的一個點子。

子好駕輕就熟的，當即便含著一抹嬌羞的姿態，挪著蓮步往戲臺中央而去，等靠攏了才意識到今兒個唱對手戲的可是唐虞，頓時螓首半垂，腮邊浮起了一抹淡淡的紅暈，在四周輝煌燈燭的照耀下越發顯得嬌媚羞怯，溫柔得彷彿要滴出水來。

先前練習，或者看著子妤和止卿演的時候，唐虞倒也不覺得有什麼，如今眾人定眼瞧著，自己和子妤又挨得極近，頓時心裡不知怎麼湧上來一股尷尬。再看子妤在身前垂首低眉，嬌嬌欲憐的樣子極是惹人心疼，也讓他忍不住伸手輕輕攀住了她的肩頭，終於完成了這一折演出。

「好好好，賞銀二十兩！」

相爺看在眼裡，對唐虞和子妤的表演很是喜歡，雖然孫兒自作主張讓他有些失了面子，卻也不會吝嗇賞錢。

一旁的諸葛夫人也讓丫鬟送了一封十兩的賞錢過去，臉上笑意嫣然，見場面如此熱鬧，很是高興。

諸葛暮雲則是一直盯著唐虞看，偶爾挪開眼睛不過是掩飾一番，眼看臺上的花子妤和唐虞靠得如此近，而那臉紅的樣子也不像是裝出來的，越發有些羨慕了，不禁遙想，若是自己站在那個位置，該有多好。

懷著如此心思的丫鬟還真不少，個個都看得心中難耐，還好知道花子妤只是唐虞的徒弟，不然這嫉妒心思還會更甚。

下方又是看賞又是捧場的，上方戲臺子上已經清了場，唐虞帶著子妤和諸葛不遜早通過後廊直接回到了那抱廈歇息。

雖然不清楚諸葛不遜怎麼不回去席上陪客人，但畢竟是主人家的事，唐虞作為客人不便多問。子好倒是記得臺下那個穿淡黃色袍服的大鬍子定是薄侯，他眼見未來女婿登臺唱戲，面上雖不說，可半癟著的嘴卻洩漏了心底想法。

有些不安，子好便拉了諸葛不遜到一邊細問：「你說給客人一個驚喜，我看是驚嚇才對。你瞧見薄侯的臉色沒？」

拍拍手，反正已經達到了目的，諸葛不遜捋了捋衣袖。「這有什麼，京裡的公子哥兒們好這一味的多得是。除非他不在京裡找女婿，否則，豈不十之八九都不滿意了。我管那麼多做什麼，若是不喜歡，退婚便是，誰也沒強要娶他的郡主。」

見香兒和巧思都往這邊瞧，子好忍住了想掐他一下的念頭，狠狠地瞪了他一眼。「你莫不是誆騙我們，故意上臺氣你未來岳父的吧？」

「怎麼會！」諸葛不遜自然不會承認。

子好不信，咬著牙道：「你怎麼鬧那是你們相府和侯府的事，可別把我們戲班和唐師父也扯上了關係。到時候自己兜著，也別連累我！」說完，扭頭就走，似是生了氣。

「好姊姊，別生氣！」諸葛不遜無奈地跟了過去，正巧看到那小桃梨歪著頭在看，眼神裡的促狹和玩味明擺著。只好一拂袖，訕訕說道：「累了，爺先下去歇息，回頭再分賞錢。」

丟下這句話，諸葛不遜也不敢回前頭殿裡再做陪客，對著巧思招了招手，便直接往潤玉園去了。

瞧著諸葛不遜離去時臉色有些悻悻然，不復往日的氣定神閒一副小大人樣子，唐虞收拾了竹簫，過去勸了子好一句：「諸葛少爺自己要上場唱戲，對方又是主人家，我們做客人的，從頭到尾想攔也沒有理由。若真有什麼不妥當的地方待會兒我親自去給侯爺請個罪，也會拖累了戲班，更不會擔上什麼罪名。妳就放心吧！」

「我……」瞥了一眼小桃梨，子好有些話不大好說出口，只抬手揉揉自己的肩。「算了，他是侯府的孫少爺，我們不過是外客，確實並無多大關係。罷了罷了，我不說了就是。」言罷，側過臉背著小桃梨，子好朝唐虞擠擠眼。「唐師父，咱們先回去吧，我累了。先前又沒吃什麼東西，如今一下臺就覺著胃裡酸酸的。」

知道子好是想單獨和自己說話，唐虞點點頭，轉而對小桃梨頷首道：「不能看姑娘上臺演出了，以後有機會再敘。」

「唐師父客氣。」小桃梨忙回了禮，又對子好嫣然笑道：「姊姊既累了，千萬少用些夜宵，免得盯著天花板睡不著呢。」說完，前頭柳嫂子親自來催了，說是歇夠了，讓她上場。

即使如此，小桃梨又極有禮數的向唐虞及子好福了福，這才對著一面偌大的銅鏡理了理鬢角和衣服領子，旁邊跟著的小丫頭也蹲下來替她將裙幅扯平了，巴巴地扶著她往孔雀屏風後去。

章一百三十一 夜語唏噓

且不說那迎玉園裡頭仍舊燈火通明，酒香飄遠，熱鬧異常。待得小桃梨一亮相，也是一身便服清唱，一口婉轉的水磨腔調讓人聽著就舒服，最後的打賞也頗為豐厚。

這廂，唐虞和子妤已經離開了迎玉園，也沒有讓路婆婆引路，只說找得到回去的路，不耽誤對方歇息。路婆婆能稍微偷懶一下，自是樂得高興，也不阻攔，就放了那師徒倆離開。

因為主人家都在迎玉園裡陪客人飲酒作樂，相府的丫鬟小廝、婆子家丁們都聚在一處偷閒，所以園子各處都是靜悄悄的，只有一輪明月高掛在天空，發出細細柔柔的光華，為夜行人照亮去路。

月下，有兩個身影並肩而行，一清弱纖細，一高挺俊逸。一時間都沒人開口說話，只有周遭傳來斷斷續續的蛐蛐叫聲，或是一陣風過吹起的樹葉「嘩啦」聲，卻並不顯得鬧騰，反倒添了幾分幽靜的味道。

「子妤，先前妳欲言又止，這下並無旁人，可以說了吧。」

還是唐虞熬不住這太過旖旎溫柔的氣氛，清了清嗓子，打破了寧靜。

抬眼看了看身側的唐虞，子妤也不隱瞞，便將自己猜度諸葛不遜的真實心思給說了出來，又道：「我怕他有意拿這件事來氣侯爺，萬一上頭怪罪下來，豈不連累戲班了。」

唐虞倒是不懼怕諸葛不遜惹惱侯爺，戲班會跟著受連累，只是蹙蹙眉。「妳從何知曉諸葛少爺心思的？」

子妤沒聽出唐虞話裡有話的意味，只直接地答道：「咱們不是從小一塊兒玩耍嗎，還有薄鳶郡主，沒外人在的時候也是不講那些個禮數的。遜兒從來都不大愛搭理郡主，兩人也時常拌拌嘴。之前他們連這婚事提也沒提過，還是後來偶然說漏嘴，我和弟弟才得知的。」

「妳將他們看作友人知己，又豈知對方怎麼看妳和子紓？」唐虞挑了挑眉，竟吐出了這句頗含深意的話，甚至微微有些酸意在裡面。

聽他這樣說，子妤哪裡還會不明白的，只是覺得唐虞不應該是這等猜疑心思的人，因而有些意外，音量不由拔高了兩分。「打小的情誼，難道還有假不成？就算他們一個是右相親孫，一個是侯府郡主，那又如何？我和子紓又不圖他們什麼，也沒存那些個攀高枝的想法，大家有緣能相識，成為夥伴，只是緣分罷了。你話裡的意思……」

「妳也長大了，不再是從前那個不諳世事的小姑娘，男女之事也要明白什麼是界線。」唐虞說著，眼見身旁的人兒停住了腳步，也意識到自己或許不該說得這麼直白，只好又道：「妳並無父母，我作為妳半個長輩，又是男子，自然不便教妳那些禮數規矩，可沒人教，並不代表妳就不知道。若諸葛不遜只是個普通的公子也就罷了，偏偏他身分不同於一般人。若是妳以友人自居，萬一惹上什麼麻煩，豈不是冤枉？」

「唐師父，您的話我明白了。」子妤悶聲笑了笑，覺得有些沒意思，淡淡道：「他們兩家一個是相府，一個是侯府，若要結親，我等小民自然沒法插手什麼。但遜兒和我們姊弟自小相熟，我也知道他幾分心思。原本是怕他得罪侯爺遷怒於我們，從來沒有生出其他不該有的心思來。您若誤會了，我也只解釋這一次，以後，還請不要再用什麼禮教說法來壓我，我花子妤雖然沒有父母教養，卻也懂得做人的道理！」

話一說完，子妤邁開步子就走，明顯是生了氣的樣子。

唐虞見狀，立馬跟了上去，伸手拉住她一邊的手腕，忙道：「妳生什麼氣，我不是那個意思。」

「那你是什麼意思？」子妤氣得緊抿著唇，實在忍不住，又道：「你是知道我的，從沒存那些個想要飛上枝頭當鳳凰的心思，況且遜兒比我還小，難不成我還……」

子妤說著，臉上由怒轉羞，氣得跺了跺腳，想要掙脫開來。「算了算了，你不過大我幾歲罷了，一天到晚板著臉裝老成，那些個女兒家的心思，難道你就能看得懂？真是氣死我了！」

被子妤如此語氣數落，唐虞一愣之下，心底反倒升起一絲異樣的感覺。「我只是……我見妳那麼關心他，總覺有些不妥。剛才小桃梨的眼神妳也看到了，巧思和那個丫鬟香兒也是瞧在眼裡表情異樣的。妳素來做事穩妥，我怕妳感情用事，一時不察被人落了口實。」

「我感情用事？」子妤被他一番話說得心中更是憋悶不已。難道教她直接表白，說自己的感情都放在你唐師父身上了不成？

氣急了反倒笑了起來，子妤一把抽開手，揉了揉有些發疼的手腕。「算了算了，唐師父也是關心我，我不該耍脾氣。好了，我明說，我對『那位』沒有絲毫的男女之情，也沒有存任何心思想要高攀侯府。這下，你總該信我了吧？」

雖然周遭並沒什麼相府人經過，但子妤還是用「那位」兩個字代替了諸葛不遜，免得被人聽去他們的對話，到時候沒什麼都要變有什麼了

不知怎麼的，唐虞覺得耳根處火燒似的，手被子妤掙脫開了也有些不知道該放哪兒。「妳不用這麼說，我並未誤會妳，只是萬一他對妳……」

鮮少見的，唐虞竟露出頗有些像是吃飛醋的表情，子妤原本憋在心頭的悶氣頓時就消了一大半，樂得讓他多掂量掂量自己的心思，便也不理他，提了裙角就往前走去。

看著子妤的身影被月色勾勒得纖弱細薄，腳下步子卻含了幾分歡快的意味，再想著她扭頭時唇角微微揚起的那一抹表情，唐虞心裡頭的滋味就更加有些莫名難解，不復往日清朗了，只得悶著頭跟上前去。

潤玉園門口兩串花燈晃著，將門口照得敞亮。

巧思得了諸葛不遜的吩咐，正準備去接唐虞和子妤，遠遠看到子妤走在前、唐師父走在後的回來了，忙迎了過去。「孫少爺命奴婢備了些細軟的吃食，唐師父和子妤姑娘為了今晚的獻演都沒吃多少晚膳，快來歇著用點兒吧。」

「我不餓，多謝費心了。」子妤只淡淡回了句，故意連看也不看唐虞一眼，逕自就往湖心小亭去了。

「這……」巧思覺著奇怪，朝唐虞福了福禮。「那唐師父可要用？」

唐虞知道子妤這是在和自己鬧彆扭，感覺怪怪的，卻並不生氣，只道：「罷了，勞煩姑

娘直接送到院子裡，等子好回來萬一餓了，也可用一些。」

獨自在湖心小亭吹了一陣子夜風，直到一抹濃黑的烏雲遮住了月亮，子好才收拾好心情，準備回到院子裡休息。

走在小徑上，直覺得腹中絞疼，大概是因為晚膳時為了唱戲並沒吃什麼東西，這一整個晚上又有些累了，此刻胃中空空，這才難受的。

想到此，子妤加緊了腳步，想回屋去找兩塊昨天剩下的糕點填填肚子，不然可要餓上一夜了。

剛進了院門，子妤抬眼瞧了瞧，唐虞屋子的燈燭還亮著，卻沒什麼動靜，不禁癟了癟嘴，推門回了屋。

見桌上竟放著兩、三樣小點心，其中有自己平素裡喜歡吃的紅棗栗子糕，旁邊還有一壺溫溫的清茶。想著多半是唐虞給自己留的，心中生出些暖意，便又趕緊淨了手，自顧吃起來。

剛吃到一半，就聽見門響，竟是諸葛不遜在叫她：「子妤姊，睡了嗎？」

「來了！」小聲地回應，將手上吃剩半塊的紅棗栗子糕放回盤中，子妤趕緊過去開了門，生怕隔壁屋子的唐虞聽見聲響，又生出些什麼誤會來。

待諸葛不遜進了屋子，子妤回桌邊喝了一口溫茶，這才順了氣，回頭埋怨道：「半夜三更的，你怎麼又來了？萬一被人看見，又要說些有的沒的了。」

諸葛不遜則是一臉惱怒未消的樣子，悻悻地說：「這園子裡的丫鬟、婆子跟小廝俱被我打發了，只有巧思在那邊的雜院裡歇息，誰會看見？」

「沒人？隔壁屋裡不是還有唐師父嗎?!」子好癟癟嘴，想起先前他說的話，雖然誤會了自己，可透露出來的心意，卻是難得的妒意，心中又泛起了一絲甜蜜。

見子好先是佯怒，後又含羞一笑，諸葛不遜自當猜到了幾分，悶悶一笑，低聲道：「妳就知道唐師父……」

「什麼？」子好沒聽清，見諸葛不遜臉色不太好，知道他還在惱先前的事，主動斟了一杯茶，雙手奉到他的面前，福了福禮道：「諸葛少爺息怒，先前我不該在迎玉園裡質問你，也不該自私地說了那些撇清關係的話。」隨即想想，又添了一句：「你這麼晚過來，應該是為了此事吧？」

蹙蹙眉，見子好的樣子，諸葛不遜憋不住悶笑了出來。「罷了，本少爺接受妳的道歉。不過，我卻不是來問妳罪的，而是心中煩悶，想找個人說說話。」

章一百三十二　敘夜深沈

拔下髮髻上的一支玉簪子，子妤挑了挑燈芯，又把小爐子上的冷水換了，重新搬到門口加了柴火，這才左右瞧瞧，看隔壁屋裡有沒有動靜。

幸好唐虞屋裡的燈燭雖然還亮著，卻沒什麼聲響，好像也沒有發現這邊的動靜，子妤這才將門關好回屋。

見子妤回來，諸葛不遜翻了翻白眼，和他平日裡端正出塵的模樣大不相同。「虧得妳還惦記著我會不高興。不過，今晚這事兒我確實也有不對的地方，妳擔心戲班受牽連也是正常的。」

「你就那麼不喜歡郡主嗎？」子妤斟了杯茶遞給他。「雖然她有一點兒小小的驕蠻，但性子卻是好的，模樣也大方出眾，加上從小就認識，彼此熟悉。總比你家裡找個完全不認識的人當媳婦兒不是更好？」

「倒也不是薄鳶郡主不好，只是我才十五歲，不想那麼早就成親。」諸葛不遜又像個小大人一樣，嘆了口氣。「而且，我從小就不喜歡她，仗著侯府的人疼寵，從來不把別人放在眼裡。況且她也說過不想嫁給我，我又何必勉強呢？」

「所以你便藉口幫我們撐場子，故意上臺去氣薄侯？」子妤已經猜到了大半的原因，卻覺得本朝貴公子們多有此好，上臺唱唱戲並非是天大的罪過，最多讓人感覺輕浮一些罷了，便道：「你這樣做，薄侯也不會就此退婚，那又何必呢。不如實話告訴你爺爺，就說婚事等過幾年再議就是了。薄鳶郡主也是十五歲，但畢竟是女孩子，你能等，她卻等不得，或許到時候先出嫁了，這事兒不就了了嗎！」

喝下一口半溫的茶，諸葛不遜心裡的悶氣也消了些，恢復了幾分平常的表情，冷冷道：「妳卻不知道，薄侯與我家聯姻，還有其他的原因，具體原因是什麼，也不方便說與妳知道，總之，我就是不願如他的意，平白利用了我們家，利用姑奶奶和太子表叔。」

聽諸葛不遜話裡的意思，這兩家聯姻好像還和皇帝扯上了一些關係，而且是不太好的關係，子妤蹙蹙眉。「你既已在局中，如何跳脫出來？除非你不是相府的孫少爺，否則，說什麼或做什麼，到頭來也是一場空罷了。真是何苦呢！」

子妤勸說著，不由得打了個呵欠，諸葛不遜見狀，也不多留了，起身來讓她好生休息，便逕自推門而出。

沒走多遠，身後傳來一陣腳步聲，諸葛不遜以為是子妤追出來還有話要說，故而停下來轉過頭。「怎麼啦，剛剛不是妳直打呵欠趕我走……」

話未說完，諸葛不遜才發現一抹高挺俊逸的身影從院門處踱步而來，分明是同住小院的唐虞，頓時有些尷尬。「呃，唐師父，這麼晚了您還要出去嗎？」

「諸葛少爺不也是還沒睡嗎？」唐虞走近了，臉上卻瞧不出什麼喜怒，只淡淡道：「既然長夜難眠，不如你我去湖心小亭說說話，消遣一會兒。」

「也好。」諸葛不遜看了看被夜風拂開露出半張臉的月亮，點點頭，做了個邀請的動作，與唐虞並肩走向湖心小亭。

踏著微涼的夜色，兩人立在亭中，一時誰都沒開口，只看著水面反射出的半輪月色羞羞掩掩地在密雲中緩緩挪移。

「唐師父，多謝您答應讓我今晚上場唱了一齣戲。」

還是諸葛不遜主動開口，提及了登臺唱戲之事。「先前子好說的話，您別放在心上。莫說薄侯並未當場發難，就算他不喜我做這事兒，也斷然不會連累到花家班的頭上。」

唐虞倒沒在意會不會被連累的事，只突然問道：「聽子好說，你不願答應這門親事？」

諸葛不遜有些悻悻地苦笑了一下。「我雖未明說，想來花家姊弟都是看得出來的。」

「這些是你的私事，子好本不該過問。」唐虞話鋒一轉，拱手道：「她先前在迎玉園唐突了諸葛少爺，還請見諒！」

「唐師父是要代子好道歉？」諸葛不遜見他一副替子好擔心的樣子，忍不住起了心思要逗逗這個只曉得裝嚴肅的師父，笑道：「聽說子好並非唐師父的親傳弟子，若是她闖了禍，唐師父也要受罰嗎？」

沒瞧見諸葛不遜眼底露出的促狹之意，唐虞點頭。「這是自然，在戲班裡，子好是弟子，雖不是我的親傳，但總是晚輩。」

就等唐虞這麼說，諸葛不遜一笑，反問道：「可我與子好只是私下相交，關係也是朋友而已，唐師父又怎麼好以長輩的身分介入替她道歉呢？」

一時間愣住了，唐虞並未立馬答話，只是覺得自己以戲班長輩的身分來干涉子好交友，確實有些名不正言不順，但面對諸葛不遜，這個有可能影響到子好聲譽的豪門公子，他又不得不問清楚，只好端正了臉色，有些嚴肅地開口道：「諸葛公子與子好私交如何，唐某自是不好過問，但子好在戲班好不容易可以登臺唱戲，若是為了一些事情而分心，或者受什麼不好的影響，實在得不償失。我也知道諸葛公子性情大雅，能與子好姊弟以友相交實在難得。但就像剛才，夜裡去到她房間之類的事，還是避嫌得好。」

「這點確實是我想得不夠周到，只當還是小時候，別人不會說什麼。」諸葛不遜輕輕的帶過了所謂的「男女有別」之說。

被諸葛不遜誠懇的態度所感，唐虞也收起了先前頗為嚴肅的語氣。「諸葛公子既視花家姊弟為友，有些事就不得不避開些，這也是為了子好好。」

總算逼得唐虞說了兩句心裡話，諸葛不遜樂得眼中含笑，轉身來到亭邊扶欄，看著水面泛起的淡淡光華，輕聲道：「唐師父，你果真對子好只有師徒之誼嗎？」

明明聽得很清楚，唐虞卻因對方突然問出這樣一個問題，表情愣了一愣，只淡淡道：「諸葛少爺此話是何意？」

諸葛不遜捋了捋袖口。「沒什麼，夜深了，咱們都回屋去休息吧。」說著，回頭朝唐虞一笑，眼底含了幾分意味深長的笑意，施施然轉身，便揚袍而去，只留下唐虞站在湖心小亭上，久久回味著他剛剛所問的那句話。

難道，自己表現得太過明顯，言談舉止皆逾矩了？

唐虞自省一番，卻找不到任何疏漏之處。但想起諸葛不遜離開時那一抹笑容，分明就是暗含促狹與深意，他絕對不會看錯。可對方怎麼就一語道出了自己心中的那個疙瘩呢？

看來，平素還是要再注意些。

心裡雖這樣想，卻知道很難掩飾自己對子妤的關心愛護，唐虞甩甩頭，有些無奈地背著手，也緩緩踱步回了所居小院。只是站在庭院中，唐虞忍不住又停下腳步，抬眼望向了子妤所居的那間屋子。

「也不知她吃了那些糕點沒有？」

喃喃自語了一句，唐虞復收回目光，總覺得剛才分明是自己找諸葛不遜想要說清楚一些事。一席話之後，對方施施然離開了，卻讓自己陷入了一個反而無法釐清的境地中，著實有些煩悶。

但子妤的身分、自己的身分，這些東西始終無法忽視，或許，自己會去勸諸葛不遜，其實也是想勸勸自己罷了……想著，唐虞提起了步子，目光略有些黯然，推門進了屋裡。

章一百三十三　巧贈香荷

接下來的這幾日，潤玉園的日子又變得閒適安靜起來。

子好除了每日在唐虞的教導下練功和練習聽曲作唱之外，便隨手和巧思一起做做女紅，倒也能打發些時光。

巧思一直盤算著要繡個荷包送給唐虞，如今做好了，卻時時揣在懷裡不敢送出。子好看著總覺得彆扭，趁著諸葛不遜去前院請安，巧思又放下活兒去吩咐午膳的空檔，悻悻地將此事告訴了唐虞。

「什麼荷包？」

唐虞收拾了竹簫，喝下半盞溫茶，聽得子好說起巧思竟為自己做了個荷包，有些意外，也有些尷尬。

這幾日，老是有丫鬟們託巧思捎帶東西送給自己，不是扇絡子，就是荷包香囊之類的，甚至還有鞋底和腰帶等等物件，讓唐虞很是困擾。

後來被諸葛不遜斥責了一番，丫鬟們這才稍微收斂了，諸葛不遜還要唐虞不用理會這些丫鬟，只當她們發癡了就好。

對於感情之事再遲鈍，唐虞也知道這些丫鬟們是在討好自己，只是無奈又覺好笑，卻並未放在心上。

可一旁的子妤看在眼裡，卻心中悶得慌。想起自己拿回來的那個香囊，上面還是繡著「並蒂青蓮」圖樣。雖然是阿滿造成的誤會，但唐虞也帶在身邊好些日子；如今要是巧思送給他荷包，他應該也會一直帶在身上。一想到他身上揣著別的女子親手做的東西，子妤心口就覺得悶悶的，見他還問「什麼荷包」，便道：「女兒家親手繡的東西，無論什麼樣式，總之都含了幾分心意在裡面。巧思和相府其他丫鬟不一樣，這小半月在潤玉園照顧我們很幸苦，你若沒那個意思，就不要讓她誤會。」

唐虞心下暗笑，臉上卻故作正經問道：「妳是讓我不要收她的東西？」

子妤沒發現唐虞表情有異，只埋頭想了想。「若是不收，她回頭定會惱得飯都吃不下呢。算了，你還是收了，可態度得淡一些。你都不知道自己那張臉是個禍害，把巧思那一群丫鬟的心都給勾走了。」

瞧見她俏臉微紅的樣子，唐虞覺著有說不出的可愛，笑道：「對了，妳先前送我的香囊要回去了，又不讓我收巧思做的荷包，是不是該補一個給我？」

「補一個？」子妤不解地看著他，卻發現他眼中默默含著的半分笑意，心中像小鹿亂撞似的，又怦怦跳得越發快了。

「我說真的。」唐虞話音越發的柔緩輕慢起來，聽來有種說不出的舒服感覺。「潤玉園靠水，入夜後多蚊蟻，妳幫我做個香囊放些藥草在裡面，晚上也能睡得安穩些。」

「你不如直接收了巧思的荷包來用，我才沒那個閒情呢。」覺得臉上臊得慌，子妤只回了這一句話，便起身走到亭邊，藉著望向湖面的動作掩飾羞意。

「可妳又不讓我收巧思的東西，這該怎麼辦？」故作為難的語氣，唐虞眼底的笑意卻更深了。

兩世為人，子妤在感情上卻沒有更豐富的經驗，只任由耳根燒得火燙，轉過頭來瞪了唐虞一眼。「再不到半個月就得回戲班參加小比，唐師父若等著用，我回頭去找個舊的給您應急。」說到此，又看了看外面的天色，轉而道：「都臨近正午了，膳食該送過來了，我去院門口幫巧思接手。」

看著子妤逃也似的背影，唐虞唇邊的笑意逐漸濃了起來，只覺得這丫頭害羞起來的樣子還真有幾分可愛，也逐漸開始適應了兩人在一起的那種微妙氣氛。

卻說子妤剛到院門口就遇見了巧思，身邊還跟著從廚房一併送飯來的粗使婆子。

「巧思，我回小院去用飯，唐師父怕熱，就在亭中用飯，妳去伺候吧。」說著，子妤已經動手將自己那一份托盤端在手中。

有些驚喜，又有些羞怯，巧思只點點頭，接過粗使婆子手上的托盤，調整一下情緒，這便踏著水上小棧往湖心小亭而去。

「唐師父，該用午膳了。」巧思放下托盤，將三碟菜餚和一碗白米飯一一擺好，又換了茶壺裡的水，這才坐到一邊，拿起自己先前放下的繡籃，埋頭做活兒。

唐虞見只有她一人過來，不由得問道：「子妤呢？」

「姑娘說她回房用飯。」巧思回答，想起子妤刻意給自己這個機會，猶豫了半晌，最終還是起身來，走到唐虞的面前。「唐師父，近日來暑氣大盛，咱們潤玉園又靠水，所以，我趕著繡了個荷包，裡面裝了些避蚊的香草……」說著，從袖兜裡掏出來一個碧色絲線繡好的荷包。「您若不嫌棄，就放在身上用著吧，夜裡也能睡得舒服些。」

原本就打算拒絕巧思送的荷包，唐虞這下卻有些為難了。

對方雖然還是俏臉羞紅，卻語意坦蕩，再看看荷包的式樣，清淡簡約，又只是裝了避蚊蟲的藥草，並無半點女兒家的情絲在裡面。若是就這樣拒絕，反而顯得自己小器，唐虞只好接過了荷包，起身拱手道：「多謝巧思姑娘費心。」

沒想到唐虞直接就收下，巧思高興地猛一抬眼，水眸中的點點情愫根本就難以抑制的流露了出來。「唐師父若要謝，不如吹一曲好聽的曲調給奴婢消消暑。」

看她高興的樣子，唐虞不禁有些後悔，只覺自己太過心軟，似乎根本不該收下這荷包。就算荷包本身沒什麼，但畢竟是女兒家一針一線縫出來的，又花費了心思裝入避蚊藥草，目的怎麼可能那麼單純。

可現在要退還已經是不可能的了，唐虞只好藉口用過飯再說，避開了巧思那雙含滿了情思的眸子。

且說子好有意留下空間，好讓巧思送了荷包，再由唐虞委婉拒收。眼看時候差不多了，自己也吃飽了，便又梳洗一番，換上一件輕薄的藕色裙衫，又隨手從院門口摘了一朵鮮花別在斜髻上，這才徐徐緩步前往湖心小亭。

手中拿著一把團扇好遮住上頭的烈日，子好挑了有遮蔭的地方走，又呼吸著從湖上吹來的濕潤微風，倒也不覺得極熱。

沿著小徑，剛來到湖岸邊，就聽得陣陣簫聲傳來，子好抬眼望了望，見是唐虞正立在亭邊吹奏，一旁巧思倚在扶欄上，正癡癡地聽著，眼神完全膩在了唐虞的背影上。

本能的感覺到了一絲異樣，子好蹙了蹙眉，心想：若是唐虞拒絕了巧思，那丫頭臉皮極薄，應該會羞惱地躲起來才是，又怎麼可能以如此眼神看著唐虞呢？而且唐虞應該不會單獨吹簫給巧思聽，這到底是怎麼一回事？

想著，子好加快了腳步，總覺得心裡頭慌慌的，提著裙角來到了亭中。

唐虞瞥見子好急急而來，手上的團扇垂在身側，臉上泛著微微的紅暈，便停下吹簫，主動斟了一杯溫茶遞給她。「喝一口，太陽底下走得太急，小心染了暑燥之氣。」

看著唐虞對待子好如此溫柔關切，巧思眼裡的柔情更濃了，認定這位唐師父平素裡只是看起來稍微清冷淡漠了一些，卻是極體貼弟子的，將來必是一位極體貼妻子的好夫君吧……

想到此，巧思只覺得自己太不害臊，羞得耳根子發燙，趕緊找了個藉口，說是取廚房取一些冰鎮的綠豆湯來給子好解暑，就趕緊離開了。

只一眼，子好就瞄到唐虞腰間繫著的荷包，一股火氣沒來由冒了出來。「不是讓你別收嗎？瞧瞧剛才巧思的樣子，她定是滿心歡喜你能帶著她親手做的荷包，恐怕今夜連覺都睡不好了。」

見子好動氣了，唐虞解釋道：「她只說裝了避蚊藥草給我，並未多言其他。若是不收，豈不有些失禮？」

「她嘴上不說，卻是存了那般心思的。」子好想了想，悶聲又道：「先前那些個丫鬟們讓她捎帶的東西，什麼鞋底、腰帶之類的你都回絕了，獨獨收了她這一份，你這樣……不是讓她誤會嗎！」

「這……罷了，我取下來，等會兒她來了還給她便是。」

「你怎麼這樣呆?!」子妤氣惱了，慍聲道：「你既然收了人家東西，轉過身卻又還了，這不是比打了她的臉還讓人難受嗎？」

「那我不用，就不會讓她誤會了吧！」唐虞將荷包取下收到袖兜裡。「這樣總行了吧？」

子妤咬咬唇，真想伸手戳醒唐虞的腦袋。「先前你只當是避蚊用的荷包繫在腰上，等我來了一趟，轉身就取下來，你當巧思和你一樣呆，不知道是怎麼回事兒嗎？」

「那妳說該怎麼辦？」唐虞攤了攤手，將荷包拿出來放在石桌上。也不惱子妤如此氣急的態度，反而一逕含著半分笑意看著她。

被唐虞的眼神看得心底有些莫名，子妤別開眼，也不惱了，只留下一句「誰管你怎麼辦，我走了！」便提著衣裙匆匆走遠了。

章一百三十四　所謂何事

看著湖邊那抹纖細的身影越走越遠，唐虞無奈地甩頭笑笑，看了一眼那荷包，還是決定先收著，回頭放在房間裡不用便是。

巧思並不笨，想來也看得出自己並沒有接受她的情意。這麼簡單的事，只有子妤身在其中，迷了眼看不清罷了。如此想來，唐虞心中泛起淡淡的高興，又取出竹簫湊在唇邊，開始隨意吹奏起來。

一陣陣輕揚歡快的曲調在湖面上繚繞飄散，惹得已經走遠的子妤停下來跺了跺腳，啐道：「他怎麼這樣輕鬆，還吹著如此歡快的調子，真不知道那木頭腦子裡想的是些什麼！罷了，懶得理會這些事，反正還有十來日就要回戲班了。」這樣想，子妤反倒笑了起來，覺得自己是不是想太多了，就算收了個荷包，巧思也不會真以為唐虞就接受了她的情意吧，倒是自己剛剛在唐虞面前實在有些丟臉呢！

「子妤姑娘，請留步。」

正一步邁進了小院，子妤聽得耳後傳來一聲呼喚，轉過頭去，竟是一位十二、三歲的小丫鬟匆匆而來，便依言停下腳步。「小姑娘，妳叫我嗎？」

跑近了，小丫頭順了口氣，點點頭。「奴婢是奉了大小姐之命，請姑娘過暢玉院一敘。還請姑娘換身衣裳就隨奴婢去吧。」

有些意外，不曾想那諸葛暮雲為什麼會專程來找自己過去說話，但也不好拒絕，只得點點頭。「走吧，不用換什麼衣裳了。」

「也好，姑娘如此清清淡淡的，反倒襯托出別樣的氣質來。」小姑娘甜甜一笑，滿月似的臉上嵌了一對深深的小酒窩。「奴婢名喚桃兒，因為姓胡，其他姊姊和主子們都叫我胡桃兒呢。」

「妳姓胡？」子妤這才恍然大悟。怪不得這小丫頭看起來頗為眼熟，想來跟那胡姓的奶娘有些關係才是。

「姑娘想來見過我姨婆吧。」胡桃兒笑得極甜，邊走邊說話。「姨婆是大小姐的奶娘，所以奴婢從小就在相府裡當差。別看奴婢年紀小，可是暢玉院的前輩了，好多十五、六歲的丫鬟都要稱呼我一聲胡桃兒姊呢。」

見她這樣討喜，等到進了暢玉院，子妤從懷裡掏出個精緻的玉兔形絡子塞到她手裡。

「胡桃兒別嫌棄，有空去潤玉園找我，招待妳喝茶。」

「不嫌棄！」胡桃兒拿著這絡子看了看，極喜歡的樣子。「手工真精細，好漂亮呢，正好最近得了個大小姐賞的月宮蟬桂團扇，把這絡子繫在上面當扇墜兒！」

「對了，諸葛小姐在何處等我？」子妤看了看這暢玉院，紅牆黛瓦，四處點綴盛放的玉蘭花樹，白的粉的，紫的黃的，滿眼清新，特別是一股股濃香蔓延開來，煞是誘人採擷。

指著一條青石徑，胡桃兒道：「從這兒過去有座小花園，大小姐就在那兒等著姑娘呢。奴婢就不去了，還得去看看茶點備好沒有。」說著，小丫頭又對著子妤福了福禮，這才輕快地退下了。

看來這相府的少爺、小姐們都喜歡安靜，不然一個潤玉園只有巧思留下伺候，怎麼這暢玉院也是清清冷冷的樣子，來來去去就只見過一個奶娘和這胡桃兒小丫頭。

也不多想，子妤按照胡桃兒指路的方向提步而去，看著滿眼的玉蘭花，心情也輕鬆了不少，不再多想這諸葛小姐為何突然找了自己過來說話。

只是剛轉過一個花廊，子妤就聽得裡面有人在說話，仔細聞來，應該是諸葛小姐和那姓胡的奶娘正議論著什麼，音調有些高，語氣也逐漸激烈了起來。

不想被人發現，子妤又怕對方誤會自己在偷聽，乾脆轉身，想要到前頭的迴廊處坐一坐，等她們談完了再過來便是。

「大小姐，妳為什麼老想著那後生……不過是個戲班師父罷了……妳的這心思要是讓宮裡頭知道了，豈不是大罪……」

突然間，那胡姓奶娘似乎又拔高了些聲調，原本聽不太清楚的對話中，這句話卻斷斷續續鑽入了子妤的耳朵裡，聽起來似乎和唐虞還有自家戲班有關，也不再顧忌要避嫌，子妤順著花廊又往裡走近了些，來到一處可以遮掩身形的樑柱邊，緩緩沿著扶欄坐下，有些關注地豎起了耳朵，想聽清楚她們為何扯上這些。

「奶娘，我什麼都沒做，妳可別胡說了！」

「好小姐，老婆子從小將妳奶大，妳生母死得早，交代老婆子要好生看護著妳，免得受人欺負。若是讓其他人曉得了妳不安分的心思，那可怎麼辦啊！」

「胡說，我最多……心裡想想罷了，又怎會讓其他人知道呢！」

「小姐，那妳今兒個請那子妤姑娘過來喝茶做什麼？」

「不過是問問她昨夜遜兒登臺唱戲的事罷了。」

「那這又是什麼？」

「這是我閒暇時題的一首詩而已，奶娘別誤會了。」

「算了，老婆子的話小姐既然聽不進去，也只好不再多說免得討人嫌了。小姐記住，您即將入宮選秀，少不得會中選做妃子娘娘的，有些心思存在心裡便好，可千萬別讓其他人看出來！」

胡奶娘說完這句，便聽得碎碎腳步聲傳來，子妤一驚，趕緊站起來往回走了幾步，再轉身，臉上表情如常，假裝剛剛走近的樣子。

果然，片刻間胡奶娘的身影就出現了，臉上還猶帶著幾分怒氣，看到子妤迎面而來，似是有些驚訝，停住腳步福了福。「子妤姑娘來啦，我們小姐在裡面候著呢，您沿著花廊往裡走到盡頭便是。」

「哦，多謝胡婆婆。」子妤跟著其他丫鬟的稱呼，裝作若無其事的樣子福了福禮，也不多客套，直接提步而去。不過這心裡卻打起了鼓來，對諸葛暮雲相邀之事多了幾分疑惑在腦中盤旋。

步覺幽香，行來袖滿……恍然間透過斑駁的光影，子妤瞧見了端坐在花庭正中的諸葛暮雲。一身暖黃的衣裳，猶若一朵斜長的迎春花串，倚在那綠樹馥鬱之間，就像一幅靜靜的畫卷，美得讓人不忍打攪。

「子好姑娘，妳來啦。」倒是回神過來的諸葛暮雲先開了口，見子好嫻若靜月地立在那裡，臉上浮起一抹刻意的笑容，起身來邀了她入座。

款款而去，子好先福了福禮，這才在白玉石桌邊坐下，一眼就瞥見了她腳邊的一團紙，應該就是胡奶娘提及她所寫的一首詩。雖然有些好奇，但子好可不想被對方看出自己知道什麼，隨意環顧了一圈，柔聲道：「諸葛小姐此處倒是個納涼的好去處，就是不知喚了子好過來，有什麼吩咐？」

見子好說話客氣，諸葛暮雲回復了幾分平靜，卻也沒直接回答她的話，只伸手指了指桌上放置的一串葡萄和幾片紅肉綠皮的西瓜。「懶得見火，我這園子裡倒沒有茶水招待，姑娘吃些水果解渴吧。」

雖然心裡對諸葛暮雲為何找她過來敘話有些困惑，但看著那誘人的西瓜，正是剛剛鮮切不久的樣子，加上此處雖然也涼快，畢竟還是暑熱之天，子好沒有客氣，拿起一片就從尖尖處咬下了一小口。

真是舒服啊……前世裡，子好雖然不太喜歡吃西瓜，可到了夏天總要靠這東西解解暑。但自從穿越後，沒想來在現代極為普通的水果，卻只有宮裡或者極富貴人家才有得吃，並不是這東西太貴，而是有錢也沒地方買，所以相當稀罕。

見這丫頭果然不客氣，拿起西瓜就啃，諸葛暮雲眼底閃過一絲輕蔑，越發沒把她放在眼裡，淡淡道：「不知姑娘之前可曉得遜兒要登臺之事？」

差些沒被嗆著，子妤放下咬剩下的半片西瓜，掏出手絹來擦擦嘴，好不容易順了氣，心下卻打起鼓來。

糟了！萬一對方追究起來，自己和唐虞都是知情的，還提前排練了一下午。諸葛暮雲這樣問，難道是要找自己擔當責任不成！

子妤決定先弄清楚再答不遲，於是佯裝鎮定地問：「敢問諸葛小姐，可是府上怪罪了諸葛少爺？」

「也不是怪罪，但薄侯走的時候臉色不太好……」說到此，諸葛暮雲突然意識到了什麼，趕緊住了口，卻用一種極度懷疑的目光上上下下打量著花子妤的臉。

從對方的表情，子妤已經猜出了幾分，知道她一定是誤會了什麼。「諸葛小姐，令弟確實是提前一天告訴了我們，還在一起排練了小半日，可我們並不知道他這樣做會觸怒薄侯。世家公子們上臺唱兩句本是京中極為盛行的一種風雅之事，想來諸葛少爺同樣沒有預料到會讓薄侯不喜，還請莫要過多責怪才是。」

看到這丫頭竟為自己弟弟說好話，諸葛暮雲臉色好看了幾分，語氣也沒先前那麼冷了。

「這件事我本來該找唐師父來問，可畢竟……有些失禮。」

「哪裡哪裡。」子妤客氣地笑笑，意識到她終於提及唐虞，頓時有了幾分不妙的感覺。

諸葛暮雲沒有發覺子妤的變化，遲疑了半晌，才又道：「其實，還有一事，想請問一下姑娘的。」

「諸葛小姐請說。」子妤看了看她，心中的防備更甚了。

第一百三十五章　若是有緣

一陣風過，帶來縷縷玉蘭花香。

瞥了一眼腳邊被自己揉成一團的詩箋，正隨著風兒悄悄滾遠了些，諸葛暮雲顯然是有些緊張，長長的睫羽微微顫著，這才緩緩啟唇道：「昨日母親說起，想給遜兒找個師父長期管束他，我見遜兒極聽唐師父的話，所以推薦了唐師父。但就是不知唐師父會不會答應留下，所以找了姑娘來，請妳去探探唐師父的口風。」

子妤臉色有些發苦，卻並未多說什麼，硬生生擠出個笑容。「恐怕是不行吧。唐師父不過臨時過來教習諸葛少爺竹簫技藝罷了，若是讓他教其他的，定有不足之處。還請府上另請高明才是。」

諸葛暮雲卻輕輕擺手，不甘心地道：「姑娘是唐師父的弟子，卻不是唐師父肚裡的蛔蟲，又怎知他不會答應呢？若是留在相府做遜兒的師父，束脩一定不會虧待，一年足有一百兩銀子，比好些個低品官員的俸祿還要多，而且極為輕鬆，只需每日督促遜兒學習便可，不用費什麼勁兒。若時機運氣好，得了相爺賞識，或者將來遜兒出仕做官，說不定還能沾得一官半職；論前途，豈不比在戲班做個師父要好許多？」

對方這麼一說，子好還真有些猶豫了。且不說一百兩束脩對於花家班的二當家來說並不算多，但比起在戲班做師父，的確更有前途。若將來諸葛不遜高中，還真能跟著做個小官兒也說不定。

想到此，子妤只好點點頭。「諸葛小姐的心意，我先代唐師父謝過。但真正的意思，還是得問過他本人才能確定。」

諸葛暮雲見子妤鬆了口，嫣然一笑，神情如釋重負般，語氣也柔和了不少。「姑娘若能幫忙勸勸唐師父，本小姐答應一定會給妳豐厚的賞錢。畢竟能為遜兒覓得一位好老師，實在是居功厥偉的。」

「不敢。」子妤訕訕一笑。「這前途之事，全看唐師父怎麼想，我身為弟子，能勸自然會勸幾分，卻並不能真起了什麼用處，還請諸葛小姐不要抱太大的希望才好。」

「這是自然。」諸葛暮雲點點頭，又道：「還請子妤姑娘儘快轉告唐師父，因為這幾日父親就要託人去尋師了。若唐師父拒絕，也好早些找其他人來接替。不過，最好還是能勸得唐師父應下此事，那就皆大歡喜了！」

「那我今晚用膳時就去勸勸他。」子妤點點頭，拿起剛剛吃剩的半片西瓜送到嘴裡，只是怎麼吃，卻沒了先前那股清甜的味道，如同嚼蠟般讓人難以吞嚥。

兩人又隨意說了幾句客套話，子妤藉口早些回去把這件事轉達給唐虞，便起身離開了。

諸葛暮雲自然巴不得，又從袖兜裡取了個二兩的銀錁子塞給子妤，只說是補上昨夜沒來得及打賞的銀錢。

反正是要自己幫忙做事，這點兒表示也不為過，子妤嘴上也不說破，心安理得地收下，這才告辭離開了暢玉院。

有些悶悶不樂地走在路上，眼看要回到潤玉園，子妤想著臨走時諸葛暮雲的再三叮囑和那明顯別有用意的表情，心裡有著說不出的憋氣。

都已經說了唐虞不可能留在相府長期擔任諸葛不遜的老師，諸葛暮雲卻聽不進去半句，只當自己是個小丫頭，硬是讓她過來問問唐虞的意思。都已是要入宮的人了，還存了這些心思。但轉念一想，唐虞若能留在相府做事，的確更有前途。他已經是二十出頭的人了，也該為自己的將來打算打算才是。

況且，唐虞離開戲班最大的好處，便是與自己不再有師徒關係，將來也有了幾分可能……想著，子妤倒是下定了決心，準備認真問過他的意思，適當的勸一勸。不為諸葛暮雲的囑咐，只為自己和他的將來。

剛一踏進園子，一陣簫聲夾雜著濕潤的氣息撲面而來，抬眼瞧去，唐虞正在亭中吹簫。衣袂翩翩，隨風起舞，長髮垂在背後，也被那陣陣風兒撩撥著揚起幾縷，遠遠看去，一派閒適的景象。

腳步輕緩地從水上小棧一路而去，子妤踏上了湖心小亭，也不打攪唐虞，隨意倚著樑柱坐在扶欄之上，偏著頭瞧著他的側臉，也不眨眼，就那樣凝望著。

微光從遠處的湖面折射而來，點染著唐虞一身竹青色的長袍，彷彿鍍上了一層淡淡的金色。他高挺的鼻梁正好擋住了一絲光亮，在側臉處形成一片斜斜陰影，卻更顯出精緻如刀刻般的俊美輪廓。往下看，薄薄的嘴唇就在竹簫之上，極淡的唇色映著濃烈的翠綠之色，讓人恍然間有些陷入其中，卻不是因那陣陣幽婉的簫聲，而是那一開一合唇瓣間的迷離溫柔……

許是早就發現了在一旁盯住自己肆意打量的花子妤，唐虞吹罷一曲，便收了竹簫，緩緩轉過頭來，正好碰上了那雙滿含情愫卻又澄澈無比的眸子。

「啊，你吹完了……」子妤驚覺自己的失態，雙腮升起一抹微紅，趕緊別開了眼。「我怕打擾你，就沒作聲。」

瞧著對方羞怯的模樣，和那巧思送自己荷包的樣子一般無二，唐虞突然覺得自己有些太過遲鈍。

如此明顯的愛慕神色，濃得化不開的女兒情愫，子妤自從來到這相府之後，似乎就不曾刻意掩飾，可偏偏自己一直沒有正視，只一味的自欺欺人，以為那不過是一般弟子看著師父的神情罷了。

報以柔潤一笑，唐虞走過去斟了一杯茶遞給她。「剛剛我問巧思妳去了哪裡，她說好像是諸葛小姐請妳過去說話，怎麼，她沒有為難妳吧？」

「倒也沒有為難。」子妤飲下小半杯溫茶，總算把剛才胸口那一抹情思給澆滅了不少，點點頭，莞爾道：「不過，卻有個難題讓我轉達給你。」

「我？」唐虞也來到子妤身邊隨意坐下，側眼看著她微紅未褪的粉腮，猶如凝脂潤玉般的肌膚極為細膩，好像瓷片，又像薄玉，彷彿一碰就會碎，讓人不由得生出一股憐意。

似是注意到唐虞有些過分柔和的目光在自己臉上流連，子妤耳根燒得更燙，趕忙側開臉，啟唇道：「她讓我問問你，可否願意長久留在相府，做遜兒的老師，監督他學習。」

唐虞有些意外，顧不得再去想那些兒女情長，回神過來，問道：「她是何意？」

子妤毫不猶豫，細細說道：「她說了，你若留在府中做諸葛不遜的老師，將來前途無量，說不定等她弟弟出仕了，你也能謀得一官半職，讓你仔細考慮考慮。」

淡淡一笑，唐虞沒有半點遲疑，當即便道：「不用考慮，我對仕途毫無興趣，只願做個閒散之人。」

子妤憋著後面有些難以啟齒的話沒說，畢竟自己是女兒家，若說「你離開了戲班，將來才有可能娶我」這些話也太不知羞了，只好改口說道：「你若離開戲班，也有諸多好處，你就沒想過？」

「什麼好處？」唐虞一問，發現子妤耳畔的紅暈更深了，也突然想到了關於「師徒」身分的問題。

有些尷尬地不知該怎麼開口，唐虞想了想，終於還是主動說道：「子妤，妳的意思，我大概能夠明白。可將來的事，誰又能說得準呢？妳現在才十六歲，說不定過幾年便能成為頂級戲伶，追捧妳的貴公子會從戲班門口排到東大門去，到時候妳的那……」

頓了頓，唐虞語氣尷尬中帶著一抹沈黯。「那心思也就淡了。」

雖然唐虞沒有明說什麼心思，但也足夠子妤一驚，回眸怔怔地看著他，真沒想到他竟隱隱不明地把話給挑開了說。

不清楚自己是高興還是生氣，子妤飛快地理了理腦中思緒，本已想好該怎麼表達，話到嘴邊，卻成了這一句：「你若願意等我，我又怎會看上那些個紈袴子弟！」

如此直白的回答，加上那眼眸中殷切無比的期盼，唐虞一時間啞口無言，只緩緩抬起手，替她將耳畔被風吹落的一縷青絲拈在指尖。

思悠悠，似水流，一句輕許，只化為繞指柔……唐虞沒有再糾纏於兩人心事的話題，只輕聲道：「這相府並不是妳想的那樣簡單，諸葛暮雲引薦我留下，也別有深意。」

見子妤螓首微垂，睫羽起顫，唐虞還是忍不住一嘆，吐出了一句：「若有緣，無論何時何地，也能廝守一起的。」

猛地抬眼，驚喜中更有層層霧氣蒙住了雙眸，子妤不敢相信剛才聽到的那句話，只癡癡問道：「此言當真？」

「什麼當真？」

好好的氣氛，卻被不遠處獨步而來的諸葛不遜給擾亂，只見他朗然一笑。「今兒個高興，由我作東，咱們去城中的鑲月樓喝酒去！」

子妤和唐虞也只來得及對視一眼，暫且隱下情思，雙雙起身向諸葛不遜迎了過去。

——未完，待續文創風035《青妤記》6之4‧〈戲如人生〉

預知後情

難得諸葛不遜心情大好，邀兩人一起去京城裡著名的酒樓鑲月樓，為了避免引起注目，花子妤特地扮了男裝，準備好好享受這一頓美酒佳餚。她的身材原本就高䠷，加上戲伶出身，扮男裝可說輕鬆簡單，果然一路瞞過了所有人的耳目，沒被識穿。沒想到席間子妤出來包廂想召喚店小二，卻在樓梯的轉角處遇上了她最不想見到的人──薄觴！

喝得微醺的薄觴認出了女扮男裝的子妤，藉著酒意上前糾纏不休，正拉拉扯扯時，諸葛不遜從包廂走出來大聲喝斥……這兩人一個是薄侯府少爺，一個是相府孫少爺，俱是來頭不小，眼看在大庭廣眾的酒樓裡即將要起了衝突，偏偏一向沈穩冷靜的唐虞此刻已醉得不省人事，只剩機伶敏慧的子妤要如何獨自化解這場紛爭？

而一波剛平，一波又起，來相府做客的太子殿下竟對子妤別有好感，還趁著對唱【長生殿】時大膽調戲子妤……如此不當的行為卻連諸葛不遜也不敢出面了。

面對身分一個比一個尊貴的人，子妤跟唐虞又會做出什麼舉動來保護自己，維繫兩人之間的這段感情？

9/6
出版

她是天生屬於戲曲舞臺上的，
一唱一唸、一顰一笑莫不讓人沈醉其中，
如此天賦怎麼能埋沒在吃人的宮廷裡？

戲曲文獨領風騷／
一半是天使
餘韻婉轉 回味再三

文創風 035 # 青妤記 6之4〈戲如人生〉

愛上一個太俊美的男人，老是看著他被其他女人纏上真的不好受！
依約來到諸葛右相府裡當婢女的花子妤就深深體會到箇中滋味，
這唐虞生得比神仙還好看，氣質飄然出眾，可說人見人愛、花見花開，
無怪乎相府裡上自千金諸葛暮雲，下至美貌丫鬟，無不對他垂涎三尺，
可子妤這廂醋意還來不及發，自己竟也無意間招惹了來做客的太子，
太子明裡不敢太囂張，暗裡卻藉著對唱【長生殿】時，大膽調戲她，
唐虞為此大怒，不惜與諸葛不遜鬧翻，二人因此提前返回花家班。
誰知一波未平，一波又起，今年宮廷的選秀女大典著實透著蹊蹺，
戲班子原本並沒有將子妤列名其中，最終入宮待選的名單上卻赫然有她，
是內務府弄錯了名單，還是背後有人在作怪？
子妤心裡清楚，自己一沒過人容貌，二沒傲人身段，三沒超人才情，
當朝皇帝不至於看上她，最大的可能便是有人知道了姊弟倆的存在，
藉選秀名義點了她入宮想接近她……或者要和她相認？!
無論如何事已至此，她只好硬著頭皮進宮了，
何況她也想弄清楚，當年在娘親花無鳶身上到底發生了什麼事？

2012/8/17 狗屋網站【先讀為快】敬請期待！

＊文創風036《非我傾城》8之3．〈佛也動情〉一書中可見
文創風034《青妤記》6之3〈梨園驚夢〉之「精采看看先」，High翻搶先看喔！

狗屋編輯精挑細選出**精采看看先**，讓你試嚐好滋味……掀開下一頁，精采好戲特映中——

墨舞碧歌

那一世，他轉山轉水轉佛塔，不為修來生，只為途中與妳相見；
那一瞬，他墜凡成魔，不為劫滿再生，只為佑妳平安……

文創風 032 非我傾城 8之1〈逆天〉

在東陵王墓考古遇見一批盜墓者時，秦歌捨命救了海藍，
她明明知道他相救的理由無關情愛，何況在事發前他早已跟她分手，
然則，他能不愛，她卻做不到無情，畢竟她是那麼真切地愛著這個男人，
於是，當她得知他的前世是榮瑞皇帝以後繼位的東陵王，
得知若能打破蝴蝶效應，當時不修陵寢、無王墓存留下來，此世的秦歌就能重生時，
她毫不遲疑地決定回到千年前的東陵王朝，決定逆天篡改歷史，
當她醒來，已附在東陵屬地北地領主十二歲的三女翹楚身上，
兩年後，東陵太子到北地當質子，那熟識的容貌讓她確定他便是下任東陵王，
不料他因故在父親愛妃養毒物的蚊樓內中了毒，她立即前去救他，
在他昏迷前，曾說若得登尊位，必以天下最貴之聘迎娶她，護她不受欺侮，
言猶在耳，回朝後他卻娶了打小沒少欺凌過她的異母姊姊——傾城美人翹眉！
為了當面問他一問，也為了讓東陵派兵援救她母親的部族，
即便被下毒毀去絕世容顏，她仍攜二婢逃出，前去參加皇八子睿王的選妃大典。
八爺上官驚鴻，據說八歲時因夜裡府邸走水，毀了容貌並致左足微瘸的男人，
自那晚以後，他便以鐵具覆面，沈默寡言，不得帝寵，直至最近的湘陽大捷，
眼前，他是她救母的唯一希望了，她無論如何也得在選妃賽中勝出才成……

《非我傾城》8之1〈逆天〉

說到睿王，在最近的湘陽大捷以前他只是名普通的皇子。八歲時因夜裡府邸走水，毀了容貌並致左足微瘸，那晚以後，這位皇子便鐵具覆面，自此變得沈默寡言。他資質平常，在眾多兄弟中算不得出色，不說和太子相比，相較兄弟中文才武功都屬上乘的賢王、寧王和夏王，也多有不如。

湘陽是東陵邊塞的一個城市，鄰國西夏突襲，朝中數員大將正和別的國家打仗，太子又正新婚，皇帝本打算派驍勇善戰的夏王監軍，朝堂上睿王卻突然請薦出戰。他上書的理由很簡單——那是他母親常妃的故鄉。常妃早在多年前病薨。

沒人想到皇帝竟派了這個皇子出戰，更沒有人料到睿王會大敗虎狼之國西夏。有人說，那是常妃庇佑的運氣，也有人說這位皇子深藏不露，不是個簡單的人物。

滿朝震驚之餘，皇帝龍顏大悅，又大出眾人意料，下旨為睿王選妃。屆時，將在睿王府設下三道試題考驗各位佳麗，朝中權貴一律親臨見證。

而此時，即將大喜的睿王尚在歸途之中。

對於皇位，素來不是立長便是立優，榮瑞皇帝有三十多個兒子，繼承大統的人選理應落在大皇子賢王或二皇子即太子身上，但寧王和夏王自成一派，實力亦不可小覷，而湘陽之戰也讓政局起了微妙變化。

數十名佳麗都是朝中重臣女眷，真正的名門千金。其中，最負盛名的有四位，驍騎將軍之女——武功了得的秦秋雨；太傅千金——聰明玲瓏的王語之；皇后內侄——家世顯赫的郎霖鈴；還有北地領主翹振寧之女、翹眉四妹——絕色美人翹容。

誰將成為睿王妃，不說民間早已議論沸天、設下各種賭局，便是朝歌各大家族也各自坐了莊、押了寶。此番競選，百姓看美人、博賭彩，屬民間娛樂；而這王妃之位誰屬，背後的政治意義則大了去了。被皇帝朱筆批下的參選家族，太子黨、賢王黨、寧王黨、夏王黨皆有之，這些重臣一旦與睿王結了親，睿王會站在岳丈一方支持兄弟，還是拉攏泰山自成一派，頗耐人尋味。皇帝御批選妃一舉，誰也揣測不著聖意。

「擠擠擠，擠什麼擠！都趕著擠乳溝去呀？」人群裡，有人沒好氣地罵道。嗓音清脆，卻很快地湮沒在此起彼伏的眾聲中。

睿王府前，黑壓壓的都是人頭，兩尊威武的石獅子前，上百名高壯的侍衛攔阻著不斷向府門湧去的人流。門庭前七、八名儀禮官，人人面露緊張。

此時已是辰時三刻，巳時就將開始比賽，卻仍不見半頂宮轎出現。百姓都為看美人而來，這會兒是越發焦急了，卻不知為安全起見，這車轎又豈容民眾驚擾？王府早已開闢秘密通道，讓皇帝、大臣和各位官家小姐從暗門進府了。

一旁，素來沈穩的侍衛長樊如素也微微皺起眉頭，這看熱鬧的人群竟看不到盡頭，大有萬人空巷之勢，較之月前太子娶妃時的熱鬧場面毫不遜色。

「樊大人。」樊如素一凜，只聽得身旁的莫存豐淡淡道：「大人務必看緊，那人快到了，莫讓人驚了駕才好，這犯上之罪，不是你和咱家能承擔的。」

「謝公公提點。」

樊如素連忙躬身一揖。眼前這位莫公公是皇帝近侍，地位卓然。皇帝已秘密進府，按理說，莫公公早該隨侍在側，他此刻身處府門卻另有乾坤。只因這位大太監口中的「那人」正是當朝太子，否則，幾個儀禮官也不會如此緊張。只是，太子不走暗門反選前門，又有什麼奧妙？

他是一名侍衛長，頂頭上司大侍衛長是皇帝的心腹，大侍衛長手下的數名侍衛長和諸王各自交好，他卻秉承大侍衛長之訓，始終保持中立，今日奉命鎮守睿王府維持秩序。

在宮中當值，自然見過太子，太子平日裡話語不多，只記得有幾次，朝上百官爭議激烈，太子出列一站，眼角微抬，淡淡數語，堂上頓時聲息俱寂。

樊如素不敢再多想，招過身旁兩名副手，低聲囑咐了幾句，便繼續察視。想起方才聽到的污言穢語，朝某個方向瞥了一眼。對方一驚，迅速轉身，看上去是名十七、八歲的白衣少年，眉目清秀。

他正想仔細看去，卻聽得吆喊之聲大作，人群被迅速分開兩旁，兩頂轎子在數十名侍衛的護衛下向府門而來。

與此同時，人群裡剛剛側過身的白衣少年，卻被身旁的黑衣少年賞了個爆栗。

黑衣少年斥道：「若是因妳的喧譁而被跟蹤的人發現、搞砸了主子的事，我回去就把妳的胸部給踩平！方才的穢亂之詞是誰教妳的？」

白衣少年撇嘴。「咱們主子。」

黑衣少年一怔。「……主子能教，妳不能學，乖。」

白衣少年。「……」

忽地，一道聲音從背後幽幽地插了進來——

「四大、美人，都別吵了，事情已經搞砸了。」

四大、美人雖被主子翹楚賜予兩個古怪名字多年，但每當名字被主子喚起，兩人仍忍不住嘴角抽搐。轉身之際卻見背後的綠衣少年身旁，不知什麼時候竟多出一名蓄著絡腮鬍子的大漢，少年腰側被一柄匕首抵著。

兩人大驚，黑衣少年怒道：「都瑪，主子是你徒弟，虎毒不食子！」

白衣少年冷笑，道：「美人，他有當過咱們主子是徒弟麼？平日授課，他教給翹眉、翹容的是最上乘的東西，教給咱們主子的不過是些皮毛。」

「都瑪，你明知和太子定下白首之約的是咱們主子，不是那翹眉，現下主子的母親有難，領主不肯救，咱們才來朝歌求一個機會，主子只有做了睿王的妻子，夫人才有救。領主四個女兒，長女、次女都已出閣，皇上御筆批下，說是翹家待字閨中的女兒皆可參賽。四女翹容能來，咱們主子翹楚是他的三女，為何不能來？可恨領主只送翹容到朝歌，現在竟還派你來阻撓嗎？」

被喚作都瑪的男人一笑，道：「這裡的埋伏早在妳們主子預料之中，妳又何必故作驚訝？不然為何妳們都喬裝成男子，也不到儀禮官那裡報上名諱進府，為的不就是要避開我嗎？」

四大和美人向一直沈默不語的翹楚看去，只見翹楚淡淡笑道：「不，翹楚愚鈍，只知有伏，卻沒想到翹眉姊姊派的竟是都瑪師傅你。」

美人眸中冷光一凝，翹楚飛快地看了她一眼，搖搖頭，同時間都瑪已道：「妳為助公主走出塞漠，身中劇毒，若強行運功，只會死得更快。」

美人冷冷道：「不勞你老惦念，我拚著一死也送她進去便是！」

都瑪道：「妳身子現在大不如前，以死相搏也送不了她進去。」

四大大怒，卻見翹楚微微蹙眉，正看著前方。

睿王府門前兩頂轎子停下，原本潮湧般的人群突然寂靜下來，所有人都屏住聲息，看向從第一頂轎子中走下的女子。

只見那女子讓兩名丫鬟攙扶著，一身粉裳，薄紗挽在兩側，霞雲髻淺梳，流雲金葉簪低垂，紗巾覆面，眼梢含笑帶嗔。被她掃視到的人無不激動，這女子竟是未見其貌，一段風流姿態已攝人心魂。

樊如素看到圍守侍衛皆癡癡看向女子，輕咳一聲，兩名副官率先清醒過來，吆喝著眾侍衛維持秩序。

這時，莫公公眼角朝儀禮官一掃，居中一名女官忙報上名諱。「翹容公主到。」

樊如素卻有些奇怪，人人都走暗門，為何這翹容公主獨走前門？那麼，這緊跟在翹容後面的轎子裡面坐的便是太子了？

他正疑惑，卻聽到圍觀百姓中有人倒抽了口氣——

「這是仙女嗎？」

「翹容公主已是如此容貌，太子妃號稱北地第一美人，那太子妃豈非……」

「依我看，睿王妃之位是非翹容公主莫屬了，幸虧我早押了她。」

……

突然，翹容的面紗飄落，四周驚嘆聲頓時不絕於耳。樊如素看去，果見翹容的容貌不可方物。

丫鬟慌慌張張地幫翹容將面紗覆上，又有儀禮女官急忙攙她過去。

莫公公與翹容見了禮，翹容一笑，並不急著進門，讓女官攙著在門前站定，明眸微眺，看向第二頂轎子。

四大和美人心裡一酸，齊齊看向翹楚。天下人只知北地正妃所出的翹眉和翹容兩位美人，卻不知庶出的翹楚姿色絲毫不遜於二翹。

為防翹楚參加比賽，翹振寧逼翹楚服下了絕顏丹，以致翹楚的容貌發生變化，與尋常女子姿色無異，若不服下解藥，則再難恢復舊時容貌。

這時，一直站在第二頂轎旁的紫衣青年輕輕一笑，看向莫公公。

莫公公笑道：「王御史也來了。」

這紫衣青年是候選佳麗之一王語之的兄長王莽，其父官拜太傅一職，文官正一品。王莽年紀輕，天資卻聰穎，已做到督察御史職位，從一品，是太子至交。

他伸手指了指轎子，莫公公連忙頷首，宣道：「太子駕到。」

「太子殿下千歲千歲。」百姓一陣激動，山呼下跪。

四大和美人又驚又喜，這竟是太子的轎輦！

「跪下。」

二人只聽得翹楚低聲吩咐，一凜之下，忙隨參拜的人群一同跪下，同時又警惕地盯著都瑪，生怕他對翹楚不利。

「平身。」轎簾紋絲未動，男人淡淡的聲音從轎中傳出，語音溫爾，卻隱隱帶著一股不可抗的威嚴。

聽著那遠遠傳來的聲音，翹楚握緊了雙手。

都瑪皺了皺眉，道：「公主，妳知道為何翹容公主獨獨出現在此嗎？」

翹楚想了想，道：「賽時將至，不見任何一位小姐的身影，想必她們早已從暗門進府。翹眉要她的親生妹妹先聲奪人，故而請了太子相陪作這一場戲。否則，即便從正門進府，轎子大可不必停下，人更不必出來，轎伕直接將轎子抬進去便是。」

都瑪一怔，嘆道：「公主是個明白人，妳既知這箇中蹊蹺，當知這場比賽妳沒有任何勝算可言。每個人都有背景，妳如何爭？」

翹楚笑道：「都瑪師傅，四大方才也說了，翹楚只求一個機會。我從未求過你，看在昔日的情分上，翹楚懇求師傅讓我進府。」

都瑪看了一眼她的手，掌心薄繭遍布。放養牲畜、收割糧物，這個公主都曾做過，他心裡一酸。翹眉派他來攔阻翹楚，其實是要他來傷翹楚的心。因為除去公主的虛名，翹楚只有母親、兩個丫頭和他這個教騎射的師傅。記得曾問翹楚，

為何給四大和美人取那樣古怪的名字？她淡淡地說，兩個變四個，這兩個名字聽上去喜慶熱鬧。

他咬了咬牙，道：「公主，放妳，都瑪完成不了任務，是為不忠；不放妳，都瑪乃不義。都瑪和妳立一個約定，若妳不報上北地公主的名諱，卻能在太子的眼皮底下走進睿王府，都瑪便只當今兒沒有看到妳。」

四大怒道：「都瑪師傅，什麼忠義難全，說得好聽，你分明有意為難我主子！所有皇親貴胄都在睿王府，事關皇帝安危，誰會放一個來歷不明的人進去？」

美人卻向她使了個眼色，四大暗罵自己愚鈍，只要翹楚能脫離都瑪的箝制，到了府門口，管你什麼約定，拿出信物、報上名諱進去便是。東陵皇帝曾送翹振寧四塊美玉賜予四位公主，翹楚只要拿出這信物，一定能進去。

兩人正喜，卻聽得都瑪厲聲道：「公主，若妳違反約定……」

翹楚看了看兩個丫頭，輕聲道：「師傅必定有辦法阻止我們耍詐。」

都瑪的臉色這才稍霽，道：「若妳使詐，屆時我將在暗處引弓，妳休怪師傅不義。」

四大和美人大驚，都瑪是百步穿楊的好手，美人中了毒，絕不可能將他的弓箭攔下。不遵守約定，翹楚會被都瑪射死，可若遵守約定，她們根本不可能進去！

兩人待要反駁，卻見女官已扶翹容進了府，另一邊，太子的轎子也已準備起行。兩人正急，卻見翹楚朝都瑪點點頭，竟答應了。

王府門前，王莽向莫公公一揖，正欲隨太子轎輦起行，突聽得一聲——

「御史大人留步！」

王莽一怔，只見人群中奔出三名少年。

莫公公看了樊如素一眼，樊如素走到幾名少年面前，正要質問，卻聽得王莽道：「讓她們過來。」

王莽的目光淡淡地落在居中那名綠衣少年身上，樊如素不禁奇怪。他已看出這幾個人是女子喬裝打扮，但若論長相，這綠衣少女反最尋常。只是說來也怪，她模樣僅屬清秀，一雙眼睛卻明亮動人，配在這張平凡的臉蛋上倒有些可惜了。

這三人正是翹楚和兩個丫頭。四大焦急，不知翹楚要怎麼做。美人眼尖，看到王莽的目光掠過翹楚腰間，那裡繫著一塊玉珮。

美人不解，此時翹楚身上戴的並非皇帝御賜的、能證明身分的玉珮，而是她們從朝歌一個女子身上竊下的玉珮。她們在客棧打尖的時候認識了一名少女，那少女說家門森嚴，她從沒出過門，這次是偷走出來玩的。

從大漠倉皇出逃來到朝歌，她們的銀兩已不多，翹楚說「偷吧，咱們還得吃飯」，於是，她們偷了那女子的玉珮和部分財物。翹楚後來沒有讓她們拿玉珮去典當換錢，說看玉上的雕刻必是貴族之物，少女的身分只怕不簡單，玉珮萬不可再露眼，否則必惹麻煩。這時不知怎的，她卻把玉珮繫在了腰上。

美人一急，卻見翹楚摸了摸玉珮，笑道：「太子爺能帶我們進去看選妃大賽嗎？」

此話一出，連莫、樊兩人在內的所有人都吃了一驚，心想這人是不是不想活命了，竟敢向太子提出這等要求？

這時，王莽卻微微掀開轎簾，和太子說了句什麼。

轎內，太子略一沈吟，也不動怒，只道：「孤為何要允妳所求？」

四大和美人都捏了把汗，只聽翹楚笑道：「人們常說太子殿下才動天下，倒不知這運氣如何？太子可敢與小人賭一局？若小人僥勝，殿下便帶我們進去看熱鬧，好不好？」

莫公公眉頭一皺。「樊大人。」

憑直覺，樊如素並不討厭這個不知天高地厚的少女，只是這種情形他不敢怠慢，招過兩名侍衛，便要將三人轟趕出去。他親自動手去抓人，卻聽得太子的聲音從轎內傳出——

「誰讓你們動她們？」

雖是輕訓，樊如素已驚出一身冷汗，莫公公也是一愣，二人慌忙請罪。恍惚間，太子的聲音再次淡淡透過帳簾傳出——

「珍寶和女人孤都賭過，卻不曾賭過運氣，倒也有趣，妳且說說看。」

聲音裡透著幾分慵懶，圍觀的百姓卻越發緊張，心想太子就是日後的真龍天子，這是天下最大的運氣，這少年竟敢和太子賭？每個人都目不轉睛地看著，想知道眼前後生到底要和太子賭什麼。

這時，王莽笑問：「若妳輸了？」

「一生為奴可好？」翹楚一聲輕咳，答道。

莫公公斥道：「放肆！太子殿下的奴僕是妳想當便能當的嗎？」

王莽看了翹楚一眼，又看向太子轎輦。帳簾不展，聲息不聞。

突然，轎簾被掀起一角，半形玉白錦袍在光影裡輕曳，那握在簾上的手，似乎比那截錦袍更皓豔幾分。

美人如花隔雲端。天下無人不聞轎中男子風華，此時一派緊張氣氛下，比起方才的翹容，人們更想一睹太子容貌。正屏息等他走出來，卻聽得太子吩咐道——

「王莽，你代孤與她一試。」

聞言，人們一陣失望。

王莽當即應了，走到翹楚面前。在人們焦灼的目光中，翹楚緩緩從懷中拿出一只錦囊。王莽見慣了大場面，這時也不免略略好奇，眸光隨錦囊而動。

翹楚一笑，拉開帶子，錦囊往空中用力一拋，道：「驚灝通寶、驚羨通寶。美人，揀出來。」

人們只覺眼前一花，只見無數銅錢從半空灑落。

美人心領神會，眸光一凝，出手如電，須臾之間已將其中兩枚銅錢拈在指中。

樊如素心中暗忖好俊的身手。他甚是警惕，伸手握向腰間大刀提防，眼梢卻見美人似笑非笑地看了他一眼，頓時一驚。

翹楚從美人手中接過銅錢，道：「敢問御史大人，可認得這兩枚銅錢？」

王莽負手於後，笑道：「自是認得。敢問小兄弟怎樣賭？」

原來，這兩枚銅錢大有來歷。一枚，其中一面刻著「驚灝承通」字樣，背面另刻「驚羨寶鑒」字樣，另一枚，兩面均刻「驚羨寶鑒」字樣。

驚灝是太子的名諱，驚羨是賢王的名諱。幾年前，二人行了及冠之禮，皇帝命人打造一批以兩個皇子名諱命名的銅錢，以紀念二人成年，可以執事、為父分憂了。

然而，銅錢造出來，其中一部分卻出了問題，兩面刻的都是「驚羨寶鑒」字樣。皇帝大怒，重罰了負責的官員。民間有傳，這事其實是賢王暗中使絆，至於寓意，則不言而喻。但彼時銅錢已全國發行，後來太子一笑置之，只說無礙，事情也就擱下了。

翹楚道：「大人與小人先各選定一面，再將兩枚銅錢放進錦囊中，然後輪流將其中一枚銅錢抽出來，各抽十次，每次抽取均記錄下抽到的是哪一面。最後，誰選的字樣被抽到的次數更多，誰便獲勝。」

莫公公立時冷笑道：「這豈非胡鬧！兩枚銅錢，三面都是『驚羨寶鑒』，選『驚灝承通』面的只輸不贏。」

圍觀百姓也都哄的一聲笑了。

四大哼了聲，道：「大叔，你能不能聽我主子把話說完再發表高見？」

莫公公自然不與她一般見識，沒有理會，只聽得翹楚笑道：「若是如此，還賭什麼？我們來定一個規矩，每次抽取，若抽出來朝上一面的字樣是『驚灝承通』，須將銅錢扔回袋中，重新再抽，拿出來的時候，朝上一面是『驚羨寶鑒』的才作數。如此一來，背面字樣不是『驚灝承通』就是『驚羨寶鑒』，機會不是各占一半嗎？我們就賭這背面的字樣。」

莫公公一怔，一旁的樊如素心想這倒在理，也沒有誰占了便宜之說。他雖這樣想，可又隱隱覺得此法甚是複雜。

這時又聽得翹楚道：「手探進袋中摸索的時候，若不費時仔細分辨，單憑瞬間觸感，絕不可能分辨出兩面的字樣。當然，為公平起見，開始之前，御史大人可讓這裡任何一個人進行檢驗，查看兩枚銅錢可有任何機關，錦囊亦可由大人提供，大人更可先選銅錢的任何一面。」

人們聞言，霎時撫掌聲不絕。

「不錯，這樣才公平！」

王莽眸光一深，隨之緩緩點頭，莫公公朝府前一名儀禮官招手，那女官上前，從翹楚手上拿過銅錢仔細檢查起來。

人群中聲音越發熱烈。

「你說誰會贏？」

「這可是賭運氣的地方，誰知道……」

女官檢查完畢，又奉上新的錦囊，翹楚一笑看向王莽。「敢問大人選哪一面？」

王莽看了太子轎輦一眼，道：「在下便選……」

睿王府，正廳。

居中主座的男子兩鬢微白、方臉短髯、一襲明黃錦服，正是東陵國主榮瑞皇帝。他身旁一名女子雖已見年歲，但雍容華態，姿色猶在，正是大皇子賢王之母、當朝皇后。

座下滿堂佳麗美人，皇后眸光輕掠，笑道：「這時辰也到了，怎還不見太子殿下和翹容公主？」

皇帝也是微微皺眉。

有女子起身一福，笑道：「父皇、母后恕罪，殿下和睿王手足情深，今兒八爺選妃，自不敢怠慢，卻也謹記父皇教誨，公務不可有一刻耽擱。今兒出門前，殿下正收到州府送來的急件，便讓臣妾先行。臣妾妹妹翹容來自蠻荒之地，唯恐見笑於父皇、母后和各位候選的姊姊，說是稍作裝扮才敢出門。」

女子說話之際人人注目，不比皇后遜色，不僅因為一顰一笑絕色傾城，更因為她的身分，這正是名動東陵的太子妃翹眉。

「嗯，太子做事素來有分寸。」皇帝頷首。

皇后唇角微抿，正想說話，翹眉察言觀色，道：「父皇，要不臣妾外出一探，看殿下到了沒有，可好？」

府門前。

王莽先選了「驚灝承通」一面，翹楚沒有選擇，默認了「驚羨寶鑒」一面。

這時，賭局已開始過半，場面激烈。

「快看，第十六個回合了！」

「這個回合可是至關重要……」

「呀，十一比五……」

相較於老百姓的激動，王莽的神色反而甚為平和，淡淡笑道：「勝負已分。」

輪著每人抽十次，十六個回合已是十一比五之勢，落後一方再怎麼追，都已不可挽回。

「謝殿下承讓。」翹楚眉眼一揚，領著兩個丫頭穿過所有儀禮官，快步走進睿王府。

明日耀眼，一陣靜默過後，人群歡呼起來。

「那後生贏了！」

「他竟贏了御史大人！」

是的，勝負已分，翹楚贏了。

莫公公和樊如素仍在吃驚之中，王莽快步走回太子轎旁，苦笑道：「王莽不才，有負殿下厚望。」

太子尚未答話，一名太監從院裡惶惶奔出，道：「時辰已到，皇上讓殿下盡快過去。」

轎簾倏開，一襲白袍似玉如雪，眾人只看到一道挺拔頎長的身影從轎中步出，頃刻走進大門，電光石火間竟似未及照面。莫公公和樊如素急步跟上。

「殿下——」

門外洶湧的叫喊聲瞬間被急閉的大門隔斷。

睿王府院中，三個少女已不見蹤影。

王莽再次請罪，太子反問道：「你不是早已知道你必輸無疑嗎？」

樊如素一驚，這是怎麼回事？

饒是莫公公也疑惑，道：「殿下，我們檢查過銅錢，錦囊也是我們的人提供的，恕奴才眼拙，並沒看出那女子哪裡使詐了。」

太子笑道：「這賭局只是看起來公平而已。賭局的規則是，銅錢抽出來時，朝上一面若是『驚灝承通』，須放回袋中重抽，只有拿出來時是『驚羨寶鑒』才作數。因 背面可能是『驚灝承通』或『驚羨寶鑒』，他們賭的是這背面的字樣，看上去至少有一半的機會。

「但實際上，賭的雖是字樣，王莽選『驚灝』一面，她選『驚羨』一面，等於各自已經間接選定了其中一枚銅錢，王莽的是『驚灝——驚羨』幣，她的是『驚羨——驚羨』幣。

「這就是說，她的銅錢永遠不會有被放回錦囊重抽的可能，而在賭局開始以前，王莽的銅錢已有一半的機會要被放回錦囊中重抽。這二十個回合輪下來，除非王莽運氣極盛，否則，先勝的必定是她。」

樊如素怔了半晌，這才明白這看似簡單的賭局原來還有這等蹊蹺。

莫公公道：「難怪剛一進門她們就躲了起來。這女子奸狡，奴才必定將她擒住，讓殿下嚴懲！

樊如素卻想起一事，看了看莫公公，又看向王莽，欲言又止。

王莽笑道：「樊侍衛長有話但說無妨。」

樊如素道：「那卑職便僭越了。若說用詐，那少女畢竟是讓御史大人先選，若大人選的是『驚羨』一面，那結果豈非完全不同？」

莫公公也是一怔，王莽則擺擺手，笑道：

「不，不會有這種可能出現。」

樊如素大驚，莫公公卻像想通了什麼，低聲道：「原來如此。」

樊如素百思不得其解，心中越發奇怪。

太子淡淡道：「若當時是樊侍衛長，樊侍衛長會怎麼選？」

樊如素一個激靈，頓時明白其中玄妙。

雪靈之

虐戀情深 第一大手

愛恨無垠

文創風 020

十四歲那年跟步元敖約定好要一起私奔，他沒出現。
只託娘告訴她，要她等他，這一等就是五年過去。
這期間她為了打聽他的下落，在一次私逃中掉入了寒潭，
最不該的是，害得弟弟也一同落水，兩人患上了同樣的怪病。
神醫說要治好這寒毒唯有找到流著九陽玄血的男人方能得救。
而這世上唯一流著九陽玄血的人……竟然就是步元敖。
他說要他的血可以，條件是要娶她過門。
當她滿懷期待地去找他，卻發現她只是幫他暖床的奴婢，連妾都不如……
哼！當初蔚家背信忘義，甚至追打落水狗般地對他下重手；
如今卻需要他的血來救命，行！叫蔚家四小姐蔚藍為奴伺候他，
要是她伺候得他舒服了，他可以給上一碗血。
別怨他狠，當初蔚家對他可是狠上千百倍，
他所受的屈辱折磨他全都要討回來！尤其是蔚藍那女人，
當初有多愛她如今就有多恨，而這恨就拿折磨她來抵！
偏偏折磨她的同時也折磨著他自己，想要的痛快竟得不到……

那一世，他轉山轉水轉佛塔，不為修來生，只為途中與妳相見；

那一瞬，他墜凡成魔，不為劫滿再生，只為佑妳平安……

重量級好書名家／**墨舞碧歌**

非我傾城

文創風 033　8之2〈醜顏妃〉

翹楚在太子府等待出嫁前，她的夫婿睿王卻親眼目睹太子吻了她，
而在隨後發生的行刺太子事件中，她為救太子，讓刺客誤以為他才是太子，
結果他因此受了傷，也一併褪去人前溫和不爭的假面，露出陰鷙狠戾的模樣，
她這才驚覺，他以前所有的溫情以待都是在作戲，娶她也不過是別有目的，
不過無妨的，此生只要完成來東陵及救母的任務，其他的都不重要，她不需愛情，
誰知她意外發現書房的秘密，進入一處地穴，看見一個俊美無儔的男人，
那分明是太子的臉，但他身邊不離身的鐵面卻昭示他是她的爺、她的丈夫！
老天，秦歌的前世究竟是太子上官驚灝，還是遭她背叛過的睿王上官驚鴻？

文創風 036　8之3〈佛也動情〉

他是萬佛之祖飛天，本該心如明鏡、無慾無求的，
不料在親手接生了翹家二女若藍後，命運之輪便啟動了，
明知不可，他卻悄悄對貼心善良的她動了情，
他很明白這是不被允許的，因此他一直掩飾得很好。
對誰都好、看似有情卻無情，是他向來給眾神佛的印象，
直至他的佛殿祝融肆虐，她為救寶貴典籍而喪命，
至此，他再做不來喜怒不形於色，
為免她魂飛魄散，當下他使計讓兩大古佛施展捕魂咒救她，
事後，他及天界一干動了愛恨嗔癡念的眾神佛皆得下凡歷劫，
他成了睿王上官驚鴻，而若藍則化為翹楚，
倘若再愛上她以致歷劫失敗，那她將灰飛煙滅，於是，他只能對她狠了……

文創風 037　8之4〈爺兒吃飛醋〉

大婚前先是與他的太子二哥曖昧不清，大婚後又和九弟夏王眉來眼去？
想不到翹楚這姿色平平的女人，還真有活活氣死他的本事！
她那破敗身子毒病一堆，沒幾年命好活了，竟還有閒工夫到處勾搭他的兄弟？
民間姑娘、勾欄場所的花魁，幾時看九弟真心對待過一名女子了，
而今不僅一直戴著她給的荷包，還贈她千年白狐做成的名貴狐裘，這算什麼？
怎麼著，難不成九弟這次竟看上了自己的嫂嫂、看上他用過的女人嗎？
只是，他這個好弟弟似乎忘了一件事——翹楚是他的女人！
即便他上官驚鴻不愛，他上官驚驄也休想染指她一分一毫，
不論是死是活，這輩子她翹楚都只能是他八爺的妃！

《非我傾城》隨書附贈東陵王朝人物關係表&精美封面圖書卡

風
文創
034

青好記

6之3

〈梨園驚夢〉

國家圖書館出版品預行編目資料

青好記. 6之3, 梨園驚夢 / 一半是天使著. --
初版. -- 臺北市 : 狗屋, 民101.08
面 ; 公分. --（文創風）
ISBN 978-986-240-876-6（平裝）

857.7　　101013659

著作者　一半是天使
發行所　狗屋出版社有限公司
地址　台北市104中山區龍江路71巷15號1樓
電話　02-2776-5889～0
發行字號　局版台業字845號
法律顧問　蕭雄淋律師
總經銷　知遠文化事業有限公司
電話　02-2664-8800
初版　101年08月
國際書碼　ISBN-13　978-986-240-876-6

原著書名：《青好記》，由起桌中文网（www.cmfu.com）授權出版。

定價230元
狗屋劃撥帳號：19001626
網址：love.doghouse.com.tw　E-mail：love@doghouse.com.tw